NAME: Justus Jonas
FUNKTION: Erster Detektiv
FRAGEZEICHENFARBE: weiß
BESONDERE MERKMALE: das Superhirn der drei ???; Meister der Analyse und Wortakrobatik; erstaunlich schneller Schwimmer; zu Hause auf dem Schrottplatz von Tante Mathilda und Onkel Titus; zupft beim Nachdenken an seiner Unterlippe
IST FAN VON: Tante Mathildas Kirschkuchen und Denksport aller Art

NAME: Peter Shaw
FUNKTION: Zweiter Detektiv
FRAGEZEICHENFARBE: blau
BESONDERE MERKMALE: für körperliche Herausforderungen immer zu haben, dafür kein Ass in der Schule; großer Tierfreund; Spezialist für Schlösser aller Art, die seinem Dietrichset einfach nicht standhalten können; neigt zu Vorsicht und Aberglauben
IST FAN VON: schnellen Autos (insbesondere seinem MG), der südkalifornischen Sonne, so ziemlich jeder Sportart

Die drei ???®

Die drei ???®
Schaurige Weihnacht

Kosmos

Umschlagillustration von Silvia Christoph, Berlin
Umschlaggestaltung von eStudio Calamar, Girona, auf der Grundlage der Gestaltung von Aiga Rasch (9. Juli 1941 – 24. Dezember 2009)

Unser gesamtes lieferbares Programm und viele weitere Informationen zu unseren Büchern, Spielen, Experimentierkästen, DVDs, Autoren und Aktivitäten findest du unter **kosmos.de**

MIX
Papier aus verantwortungsvollen Quellen
FSC® C014496
FSC www.fsc.org

Gedruckt auf chlorfrei gebleichtem Papier

ISBN 978-3-440-14224-0
Redaktion: Annemarie Chiappetta
Produktion: DOPPELPUNKT, Stuttgart
Druck und Bindung: GGP Media GmbH, Pößneck
Printed in Germany / Imprimé en Allemagne

Die drei ???®
Schaurige Weihnacht

Die drei ???®

und der 5. Advent

Ein Fall in 24 Kapiteln

erzählt von André Minninger

Am **1. Dezember** war Justus Jonas alles andere als weihnachtlich zumute. Das lag hauptsächlich an den spätsommerlichen Temperaturen, die seit einigen Tagen in Rocky Beach herrschten. Selbst für südkalifornische Verhältnisse war es für diese Jahreszeit ungewöhnlich warm. Hatte das etwas mit der Klimakatastrophe zu tun, die in aller Munde war? Dieser Gedanke ging Justus durch den Kopf, als er in Hollywood in den Canyon Lake Drive einbog, um für seine Tante Mathilda einen Botengang zu machen.

Zwei Minuten später hatte er sein Ziel erreicht und drückte auf den Klingelknopf von Lydia Candles Bungalow. Einige Sekunden geschah gar nichts; hinter der Tür blieb alles ruhig. Justus sah sich auf dem Grundstück um. Aus dem gepflegten Vorgarten bot sich ein fantastischer Blick auf den berühmten Hollywood-Schriftzug, dessen Buchstaben im gleißenden Licht der Mittagssonne leuchteten.

In diesem Moment rumorte es im Schlüsselloch und die Haustür wurde geöffnet. Justus fuhr herum und blickte in das freundliche, von Falten durchzogene Gesicht von Tante Mathildas langjähriger Freundin.

»Justus! Das ist ja eine Überraschung!«

»Hallo, Mrs Candle!« Der Erste Detektiv deutete auf die goldene Stofftasche, die er bei sich trug. »Tante Mathilda schickt mich. Ich soll Ihnen eine kleine Festtagsgabe überreichen.« Mrs Candle blickte theatralisch gen Himmel und legte eine Hand auf ihr Herz. »Oh, wie aufmerksam! Wenn jemandem in der vorweihnachtlichen Zeit das Wort ›Nächstenliebe‹ noch ein Begriff ist, dann der Familie Jonas. Komm doch rein, Junge!«

Justus folgte der alten Dame ins Wohnzimmer. Sie deutete auf einen gemütlichen Sessel und bat den Jungen, Platz zu nehmen. Bevor Justus sich setzte, blickte er sich überrascht um. »Meine Güte, Mrs Candle! Wohnt hier der Weihnachtsmann?«

Das Wohnzimmer war über und über festlich geschmückt. Unzählige Girlanden aus Tannenzweigen, Kränze, Engel, Sterne, selbst gestrickte Santa-Claus-Socken und blinkende Lichterketten kündeten vom nahenden Weihnachtsfest. Aus einem CD-Player ertönten die leisen Klänge von »Jingle Bells«. Justus' Augen begannen zu leuchten.

»Ich muss schon sagen, Mrs Candle, Sie verstehen es wahrlich, einen in Weihnachtsstimmung zu versetzen!« Er ließ sich in den Sessel plumpsen und blickte fasziniert zum Kamin, in dem trotz der sommerlichen Außentemperaturen ein Feuer brannte. Über dem Kaminsims hing ein gerahmter Zeitungsbericht, der die alte Dame in ihrem Garten zeigte.

»Tante Mathilda hat mir erzählt, dass Sie kürzlich einen Preis für Ihren Garten bekommen haben! Sogar im Fernsehen wurde darüber berichtet! Glückwunsch, Mrs Candle!«

»Und als ersten Preis bekomme ich im Januar Besuch vom renommiertesten Landschaftsarchitekten Hollywoods! Der wird meinem Garten einen ganz neuen Look verpassen!«, antwortete sie stolz, griff nach einer Keksdose und hielt sie Justus unter die Nase. »Dann lang mal zu und lass es dir schmecken. Die habe ich heute Morgen selbst gebacken.«

Justus griff nach einem Plätzchen und ließ es genussvoll auf der Zunge zergehen. »Mmhhh … köstlich! Das habe ich ja noch nie gegessen. Was ist denn das?«

»Zimtsterne. Nach original deutschem Rezept!« Mrs Candle lächelte und nahm in ihrem Ohrensessel Platz. Dann griff sie nach der Tasche, die Justus auf dem Tisch abgestellt hatte, und zog daraus ein Geschenk mit üppiger Schleife hervor. »Ach, wie lieb!«, flötete sie gerührt und begann neugierig, das Päckchen mit ihren knochigen Fingern abzutasten, um den Inhalt zu erraten. Doch dann rief sie sich zur Vernunft und schob das Geschenk von sich: »Oh nein, Lydia! Übe dich in Geduld! Noch ist nicht Weihnachten!«

Justus konnte sich ein Grinsen nicht verkneifen. Er kannte Mrs Candle seit seinen frühen Kindertagen und hatte schon immer bewundert, wie sehr die alte Dame im Herzen ein kleines Mädchen geblieben war. Inzwischen war sie steinalt, aber daran schien sich nichts geändert zu haben.

»Ich liebe die Festtage über alles! Wenn es nach mir ginge, könnte jeden Monat Dezember sein!« Dabei griff auch sie nach einem Keks und ließ ihn schnell in ihrem Mund verschwinden. »Ich hoffe doch, du hast ein bisschen Zeit mitgebracht, Junge.«

Justus wollte nicht unhöflich sein. Er wusste zwar, dass Mrs Candle kaum noch Freunde und Verwandte hatte und nur selten Besuch bekam – aber zu Hause wartete noch eine Menge Arbeit auf ihn. Er hatte versprochen, seinem Onkel dabei zu helfen, eine Fuhre Antiquitäten abzuladen.

»Nun ja …, wenn ich ehrlich bin …« Er warf einen kurzen Blick auf seine Armbanduhr und machte ein verlegenes Gesicht. »Onkel Titus wartet im Gebrauchtwarencenter schon auf mich und er kann sehr ungehalten werden, wenn –«

»– wenn sein einziger Neffe nicht zum vereinbarten Zeitpunkt erscheint«, brachte Mrs Candle den Satz zu Ende. »Ich kenne Titus ja! Aber es war ganz reizend, dass du mir diese Überraschung vorbeigebracht hast!« Dabei deutete sie mit einem verschmitzten Lächeln auf das Geschenk und erhob sich aus ihrem Sessel. »Aber bevor du gehst, lass uns doch noch schnell gemeinsam nachsehen, was sich heute in meinem Adventskalender befindet!«, sagte sie schnell. »Ich habe mir mein Päckchen noch aufgespart.«

»Ach, Sie besitzen einen Adventskalender?«, fragte Justus interessiert. »Darüber habe ich einmal etwas gelesen. Dieser vorweihnachtliche Brauch soll sich ja auch bei uns in Amerika immer mehr verbreiten. Stammt diese Tradition nicht ursprünglich aus Deutschland?«

Mrs Candle lächelte anerkennend. »Ja, das ist richtig. Du weißt wirklich eine Menge, mein Junge. Meine Großeltern waren Deutsche. Jedes Jahr am ersten Dezember bekam ich von ihnen vierundzwanzig kleine Päckchen, die von eins bis vierundzwanzig nummeriert waren. An jedem Morgen durfte ich dann eines der Geschenke öffnen. Als Kind habe ich es geliebt, mir so das Warten auf Weihnachten mit einer täglichen Überraschung zu verkürzen. Heute ist es zwar nicht mehr so spannend – ich habe die Päckchen schließlich alle selbst gepackt –, aber freuen kann ich mich darüber immer noch!«

Mrs Candle trippelte zum Kamin. Über dem Sims waren an einer Schnur vierundzwanzig Stoffsäckchen befestigt.

»Komm her, Justus! Hilf mir, die Eins zu suchen!« Die alte Dame rückte ihre Brille zurecht und begann, umständlich die Säckchen zu prüfen.

Justus trat hinzu und deutete nach wenigen Sekunden mit

zielsicherem Blick auf das vorletzte Säckchen auf der rechten Seite. »Da haben wir es schon! Die Eins!«

»Richtig!« Freudestrahlend löste die Dame das kleine Bündel von der Schnur und machte sich mit zitternden Händen daran, es zu öffnen. »Nun bin ich aber wirklich gespannt!«

Es dauerte eine gefühlte Ewigkeit, bis Mrs Candle den Knoten gelöst und den Inhalt des Säckchens auf ihre Handfläche geschüttet hatte. Zum Vorschein kamen zwei Marzipankugeln, ein kleiner Bleistiftanspitzer in Form eines Schneemanns und ein winziges Kuvert, das kaum größer als eine Streichholzschachtel war.

»Oho … sicher ein Gruß vom Weihnachtsmann!«, mutmaßte die alte Dame und löste die Lasche des Umschlags. Dann zog sie ein Kärtchen hervor, klappte es auf und begann zu lesen. Sämtliche Farbe wich aus ihrem Gesicht. »Oh nein …« Hilfe suchend stützte sie sich auf dem Kaminsims ab und schnappte aufgeregt nach Luft.

»Mrs Candle! Was haben Sie? Ist Ihnen nicht gut?« Justus ergriff die Hand der alten Dame und führte sie zu ihrem Sessel. Mit weit aufgerissenen Augen ließ sie sich nieder und reichte Justus wortlos das kleine Kärtchen. Er las:

Liebe Großmama,

oft geschehen Dinge im Leben, die man nicht vorhersehen kann. Ich weiß, dass du der einzige Mensch bist, dem ich je vertrauen konnte, und hoffe, dass das auch jetzt noch so ist und bleibt. Ich möchte dir nur mitteilen, dass ich immer noch existiere.

In tiefer Verbundenheit
dein Edward

Justus ließ das Kärtchen sinken und blickte Mrs Candle fragend an. »Was hat es mit diesen Zeilen auf sich? Warum versetzen sie Sie so in Aufregung?«
Mrs Candles Augenlider begannen nervös zu flattern. »Das … das muss ein böser, hinterhältiger und geschmackloser Scherz sein! Ich … ich kann mir das nicht erklären … Ich begreife das nicht!«
Justus blickte die alte Dame noch immer irritiert an. »Können Sie mir das etwas genauer erklären?«
»Ich … ich … nein … das ist doch unmöglich!« Fassungslos griff sich Mrs Candle an die Stirn. »Dieses Kärtchen … und die Handschrift …«
»Was hat es damit auf sich?«
Mrs Candles Atem kam stoßweise. »Edward ist mein einziger Enkel … Aber … aber er ist bereits seit fünf Jahren tot!«

»Wie jetzt – tot?«, fragte Peter und riss dabei das oberste Blatt des Kalenders ab, sodass der **2. Dezember** zum Vorschein kam.
»Nun, tot ist tot«, bemerkte Bob, der dem Bericht von Justus' Erlebnis ebenfalls gelauscht hatte, und biss dabei herzhaft in ein Stück Christstollen, den Tante Mathilda den drei Jungen vor wenigen Minuten in die Zentrale gebracht hatte. »Deutsches Rezept!«, hatte sie stolz betont, während Justus etwas von »pangermanischen Weihnachtsbräuchen« murmelte.
Die Jungen saßen in einem ausrangierten Campinganhänger, der versteckt unter einem Haufen von Gerümpel auf dem Schrottplatz des Gebrauchtwarencenters T. Jonas stand. Von hier aus betrieben Justus, Peter und Bob als »Die drei ???« ein Detektivunternehmen, das schon unzählige gelöste Fälle auf seinem Erfolgskonto verbuchen konnte.
Justus berichtete mit vollem Mund seinen Kollegen, was sich während seines Besuchs bei Mrs Candle ereignet hatte.
»Nun, ihr Enkel Edward ist vor fünf Jahren unter recht mysteriösen Umständen ums Leben gekommen, hat mir Mrs Candle berichtet.«
Peter zog seine Stirn in Falten. »Dann können wir wohl davon ausgehen, dass da jemand ein ziemlich übles Spiel mit der alten Dame treibt. Schließlich haben wir es ja schon öfter erlebt, dass sich ein Toter angeblich aus dem Jenseits zurückmeldet, um eine Person langsam, aber sicher in den Wahnsinn zu treiben!«
»Du sagst es, Peter«, bestätigte Justus. »Und die Geschichte, die Mrs Candle da gestern widerfahren ist, weist verblüffende Parallelen zu einem unserer früheren Fälle auf.«

Bob überkam ein Frösteln. »Erinnere mich bitte nicht daran, Erster. Wenn ich an die Vorfälle mit Mrs Holligan im Fall ›Stimmen aus dem Nichts‹ zurückdenke, überkommt mich jetzt noch eine Gänsehaut!«

»Geht mir genauso!«, bestätigte Peter seinem Freund. »Und das muss ich zur Weihnachtszeit nun wirklich nicht haben! ›Frieden auf Erden‹ lautet die Losung! Da steht mir nicht der Sinn nach Psychoterror und Schikane!«

Justus blickte Peter entgeistert an. »Äußerst lobenswert, dass dir die Festtage heilig sind, Zweiter. Doch wenn Mrs Candle bis zum ersten Weihnachtstag in die Psychiatrie eingewiesen werden sollte, nur weil es einem gewissen Peter Shaw wichtiger erschien, mit seiner Freundin Kelly über den Weihnachtsmarkt zu schlendern, statt Mrs Candles Peiniger das Handwerk zu legen, wird Santa Claus dich ganz gewiss nicht mit Geschenken bedenken!«

»Ist ja schon gut, Justus!«, versuchte Peter seinen Freund zu beschwichtigen. »Es war ja nur eine Wunschvorstellung! Eine Träumerei zur schönsten Jahreszeit … Dafür musst du mir doch nicht gleich mit dem Schlimmsten drohen!«

»Dein Herz solltest du dennoch auch für andere Menschen öffnen, vor allem für die in Not Geratenen«, erwiderte Justus vorwurfsvoll.

Bob schaltete sich ein: »Nun mal langsam, Erster. Warum um alles in der Welt bist du denn so auf Krawall gebürstet? Peter wird doch wohl mal ein bisschen flapsig sein dürfen. Das ist doch noch lange kein Grund, gleich zu einem Rundumschlag auszuholen!«

»Also, Kollegen«, setzte Justus zur Erklärung an, nachdem er

den letzten Bissen hinuntergeschluckt hatte. »Vielleicht habe ich eben etwas zu heftig reagiert, aber wenn ihr beiden gestern bei Mrs Candle dabei gewesen wärt, könntet ihr meine Erregung vielleicht etwas besser nachvollziehen.«
»Dann liefer uns doch mal ein paar Details, Erster.« Bob hatte inzwischen aus einer alten Holzkiste eine Lichterkette hervorgekramt und sie über das Bücherregal gehängt. Er sah seinen Freund fragend an. »Also, Just, wir hören!«
Der Erste Detektiv machte ein ernstes Gesicht und atmete tief durch. »Ihr wisst, Kollegen, dass ich in der Regel eher rational als emotional veranlagt bin. Aber der gestrige Nachmittag bei Mrs Candle hat mich doch stark erschüttert.«
»Und warum?«, fragte Peter.
»Nachdem die alte Dame die seltsame Botschaft ihres Enkelsohnes gelesen und mich über die Tatsache informiert hatte, dass Edward Candle bereits seit fünf Jahren nicht mehr unter uns weilt, ist sie weinend in ihrem Sessel zusammengesackt. Ich hatte Schwierigkeiten, sie wieder einigermaßen zu beruhigen. Ihr könnt euch gar keine Vorstellung davon machen, wie sehr dieser Fund in ihrem Adventskalender sie aufgewühlt hat. Sie hat Rotz und Wasser geheult.«
»Hat sie denn etwa im Ernst geglaubt, dass ihr Enkel Edward wieder aus dem Jenseits zurückgekehrt ist?«, wollte Bob wissen, während er auf allen vieren auf dem Boden umherkroch und eine freie Steckdose für die Lichterkette suchte. »Du hast sie doch wohl vom Gegenteil überzeugen können, oder?«
»Das war gar nicht nötig«, fuhr Justus mit seiner Erklärung fort. »Mrs Candle ist zwar uralt, aber sie verfügt über eine

recht gesunde und schnelle Auffassungsgabe. Und trotz ihrer kindlichen Art ist sie ein absoluter Realist: Sie glaubt nicht im Geringsten daran, dass Tote wieder ins Diesseits zurückkehren können.«

»Das hat sie mir dann wohl voraus.«

»Ganz recht, Zweiter!«

»Aber weiter im Text, Just. Warum hat sie denn dann diesen Nervenzusammenbruch erlitten?«

»Weil bei ihr mit einem Mal wieder alte Erinnerungen lebendig geworden sind«, berichtete der Erste Detektiv weiter, während er sich daranmachte, eine Orange zu schälen. »Soweit ich es Mrs Candles Worten entnehmen konnte, hat sie damals die Nachricht von Edwards Tod ziemlich aus der Bahn geworfen. Das ist ja auch nichts Ungewöhnliches und völlig verständlich. Aber die Umstände, die zu seinem Tod geführt haben, sind gestern bei Mrs Candle alle wieder hochgekommen. Da sind alte Wunden aufgerissen …«

Peter begann trotz der behaglichen Temperatur, die im Wohnwagen herrschte, zu frösteln. »Oje, da traut man sich ja gar nicht zu fragen, auf welche Weise ihr Enkel ums Leben gekommen ist.«

»Justus wird es uns aber sicher gleich sagen«, mutmaßte Bob und blickte den Ersten Detektiv fragend an. »Oder?«

Justus blickte ernst in die Runde. »Edward war noch ein Kind, als seine Eltern bei einem tragischen Autounfall ums Leben gekommen sind. Und deshalb ist er bei seiner Großmutter Mrs Candle aufgewachsen. Sie hat ihr Bestes gegeben, um es ihrem Enkel an nichts fehlen zu lassen, aber Edward ist irgendwann auf die schiefe Bahn geraten. Mit etwa zwanzig Jahren ist er in kriminelle Kreise geraten, die schließlich für sein vorzeitiges Ableben gesorgt haben.«

»Hat man ihn … erschossen?«, fragte Peter vorsichtig.

Justus schüttelte wortlos den Kopf.

»Nun sag schon, Erster!«, drängte Bob ungeduldig.

»Um es galant auszudrücken, hat sich Edward in nichts aufgelöst.«

»Aha, dachte ich es mir doch«, schlussfolgerte Bob. »Er hat seinen Tod vorgetäuscht und sich dann anschließend aus dem Staub gemacht. Edward lebt also noch und war deshalb auch in der Lage, fünf Jahre nach seinem angeblichen Ableben in Mrs Candles Haus zurückzukehren, um dort eine Nachricht im Adventskalender zu deponieren. Richtig kombiniert, Just?«

Die Lippen des Ersten Detektivs wurden zu einem schmalen Strich. Wieder schüttelte er den Kopf. »Edward war einigen Verbrechern enorme Summen Geld schuldig geblieben. Und diese Leute waren nicht zimperlich, Methoden anzuwenden, die die Rückzahlung beschleunigen sollten. Doch Edward dachte nicht daran, seine Schulden zu begleichen. Und daraufhin verschwand er für immer von der Bildfläche. Spurlos. ›Lupara bianca‹ heißt das bei der Mafia.«

»Wie?«, fragte Peter unbehaglich. »Was soll denn das heißen?«

»Edward wurde von den Leuten, denen er das erbeutete Geld aus einem gemeinsamen Coup nicht auszahlen wollte, einfach … Nein, das erzähle ich jetzt nicht. Ich sage nur so viel: Wäre diese Todesart in einem Film gezeigt worden, hättest du ihn dir erst mit achtzehn anschauen dürfen!«

Bobs Nackenhaare richteten sich auf. »Das ist ja eine äußerst stimmungsvolle Weihnachtsgeschichte, die du da zum Besten gibst, Erster. Und deinem Gesicht entnehme ich, dass sie tatsächlich wahr ist …«

»So hat es mir Mrs Candle zumindest gestern berichtet«, erklärte Justus trocken. »Stimmt ihr mir nun zu, dass es unsere Pflicht ist, herauszufinden, wer ihr diese Botschaft in den Adventskalender gesteckt hat?«

Peter stand auf und verschränkte demonstrativ die Arme. »Ich kann ja verstehen, Justus, dass dich dieser Fall bei deiner Detektivehre gepackt hat, zumal es sich hier um die Freundin deiner Tante handelt. Aber wenn Verbrecher an der Sache beteiligt sind, die nicht davor zurückschrecken, einen Menschen auf anscheinend grausame Weise zu töten, dann ist das nicht so ganz meine Kragenweite! Ich bin ja gerne dazu bereit, mit euch nach entlaufenen Katzen zu suchen, Schätze aufzuspüren und mysteriöse Rätsel zu lösen. Aber mit Mord will ich lieber nichts zu schaffen haben!«

»Nun mal langsam«, versuchte Justus seinen aufgebrachten Freund zu beruhigen. »Ich bin ja vollkommen deiner Meinung: Grundsätzlich sollten wir das der Polizei überlassen. Mir geht es in erster Linie darum, Mrs Candles Seelenfrieden wiederherzustellen. Und ich glaube auch nicht eine Sekunde daran, dass der Mörder ihres Neffen die ominöse Botschaft in dem Kalender deponiert hat. Warum sollte er denn so töricht sein, nach all den Jahren die Aufmerksamkeit wieder auf sich zu lenken? Das ergibt doch gar keinen Sinn!«

»Mit dieser Überlegung könntest du recht haben, Erster.« Bob drehte an dem kleinen Rädchen der Lichterkette herum, sodass die Lämpchen abwechselnd zu blinken begannen. »Was glaubst denn du, wer oder was dahintersteckt?«

»Diese Frage kann ich dir frühestens beantworten, nachdem wir Mrs Candle einer ausführlichen Befragung unterzogen haben. Und eines gebe ich euch schriftlich, Kollegen: Sollte sich wider Erwarten ergeben, dass die Mörder ihres Neffen tatsächlich etwas mit den aktuellen Vorgängen zu tun haben könnten, geben wir den Fall an Inspektor Cotta ab.«

Bob erhob sich und reichte Justus die Hand. »Wenn das ein Versprechen ist, Erster, schlag ein!«

Justus folgte der Aufforderung. »Schön«, erwiderte Bob. »Dann bin ich dabei. Was ist mit dir, Peter?«

»Ihr habt mich ja quasi schon überstimmt.« Der Zweite Detektiv machte ein skeptisches Gesicht. »Aber wenn dein Versprechen eine Brücke sein sollte, die beim Überqueren einstürzt, hast du ein Problem – damit das klar ist!«

Bob brach sich eine kleine Ecke vom Christstollen ab und ließ sie rasch im Mund verschwinden. »Also los, Erster. Greif schon zum Telefonhörer und teil der alten Dame mit, dass wir den Fall übernehmen.«

»Das können wir ihr leider erst morgen berichten.«

Peter stutzte. »Wieso erst morgen?«

»Weil Tante Mathilda mir vorhin erzählt hat, dass ihre Freundin heute Morgen nach einem Kreislaufkollaps ins Krankenhaus eingewiesen wurde. Nach Santa Monica übrigens – sie kennt da einen Spezialisten. Der soll nun ihr schwaches Herz untersuchen, das durch die heftige Aufregung gestern anscheinend doch schwer angegriffen ist. Sie darf frühestens morgen Mittag Besuch empfangen.«

Justus beobachtete das farbenfrohe Blinken der Lichterkette, doch trotz der festlichen Dekoration kam keine Weihnachtsstimmung bei ihm auf. Obwohl er seinen beiden Detektivkollegen ein Versprechen gegeben hatte, spürte er, dass großes Unheil in der Luft lag.

Im Eingangsbereich des Saint John's Health Center war neben dem Empfangstresen ein festlich geschmückter Tannenbaum aufgestellt. Das war aber auch schon alles, was in der sterilen Halle an diesem **3. Dezember** darauf hindeutete, dass Weihnachten nicht mehr lange auf sich warten lassen würde.

Als sich die drei ??? der Anmeldung des Krankenhauses näherten, sahen sie einen Mann mittleren Alters, der sich drohend vor der jungen Frau aufgebaut hatte, die hinter dem Tresen saß. Er redete aufgebracht auf sie ein, während sie konzentriert auf einen Monitor blickte und dabei mit der Computermaus hantierte.

»Aber Sie müssen es doch wissen!«, raunzte der Mann und knallte dabei die Faust so heftig auf den Tresen, dass die Frau erbost aufsah. «War heute schon jemand anders hier, der Mrs Candle besucht hat?«

Die Empfangsdame ließ sich vom Auftreten des Mannes jedoch nicht einschüchtern und setzte ein unverbindliches Lächeln auf. »Wie Sie sehen, bin ich hier noch mit anderen Dingen beschäftigt, als darauf zu achten, ob – und wenn ja, von wem – hier Patienten wann auch immer besucht werden.«

»A… s… w… s… d… n… d… er… können.« Der Mann sprach nun so leise, dass die drei ??? kaum noch etwas verstehen konnten.

Die Jungen traten deshalb noch einen Schritt näher an den Tresen heran, blieben dann unauffällig vor einem Kaffeeautomaten stehen, taten so, als wären sie an einem der Heißgetränke interessiert, und spitzten neugierig die Ohren.

»Sie müssen wissen: Mein Bruder hat sich gestern mit unserer Tante einen heftigen Streit geliefert. Er hat sich nur sehr schwer unter Kontrolle! Wahrscheinlich war das auch der Grund dafür, weshalb sie hier ins Hospital eingeliefert worden ist. Sie können daher sicher verstehen, dass es ihrer Gesundheit nicht guttäte, wenn er hier auftauchen würde, um sie weiter zu belästigen!«

»Da kann ich Sie beruhigen«, entgegnete die Frau, nun um einen freundlichen Tonfall bemüht. »Der Doktor hat angeordnet, dass Mrs Candle heute *niemanden* empfangen darf. Sie hat ein starkes Beruhigungsmittel bekommen und muss nun erst mal schlafen. Wer auch immer zu ihr will, muss sich daher bis morgen gedulden. Das gilt für Sie, Ihren Bruder und selbstverständlich auch für alle anderen Besucher.«

Der Mann tippte mit den Fingern an die Krempe seines eleganten Hutes. »Habe verstanden. Dann komme ich morgen Nachmittag noch einmal vorbei.« Er machte auf dem Absatz kehrt und verließ eilig die Empfangshalle.

Justus wartete, bis der Fremde die Drehtür passiert hatte, dann machte er Bob und Peter ein Zeichen mitzukommen und trat an den Tresen heran.

»Kann ich den drei Herren helfen?« Die Frau schob ihre Brille zurecht und blickte bewundernd auf den bunten Blumenstrauß, den Peter in seiner Hand hielt.

»Eigentlich hat sich das schon erledigt«, setzte Justus zu einer Erklärung an. »Denn wie wir bereits vernommen haben, darf Mrs Candle ja heute keinen Besuch empfangen. Obwohl ...«

»Obwohl – was?«, hakte die Frau mit einem Lächeln nach.

Justus deutete vielsagend auf den Blumenstrauß. »Wir drei

haben eine halbe Tagestour hinter uns gebracht, nur um unserer guten alten Freundin unsere Aufwartung machen zu können. Meinen Sie nicht, es wäre ihrem angeschlagenen Zustand zuträglich, wenn wir ihr nur für ein paar Minuten etwas von unserer positiven Energie zukommen ließen?«

»Und wenn du mich noch so charmant anlächelst!« Die Frau zwinkerte Justus freundlich zu, schüttelte aber den Kopf. »Nichts zu machen. Anordnung ist Anordnung. Da kann ich auch bei euch leider keine Ausnahme machen. Der Mann, der eben vor euch hier war, hat auch schon versucht, mich weich zu klopfen.«

Justus spürte, dass es keinen Zweck hatte, die Frau hinter dem Tresen weiter zu bearbeiten. Von ihr würde er auch nicht erfahren, ob der Unbekannte eventuell seinen Namen genannt hatte. Die drei ??? verabschiedeten sich von ihr und verließen enttäuscht das Gebäude.

Draußen ließ Peter frustriert den Blumenstrauß sinken. »Tja, das war wohl ein glatter Reinfall. Die zehn Dollar für das Grünzeug hätten wir uns auch sparen können. Bis morgen lassen die Blumen bestimmt ihre Köpfe hängen.«

»Pessimismus ist hier fehl am Platze, Zweiter«, bemerkte Justus belehrend. «Jetzt haben wir Gewissheit, dass hier etwas ganz und gar nicht stimmt! Obwohl ich eingestehen muss: Ich hätte vorhin schneller reagieren können. Denn eines steht fest: Der Mann am Empfang hat gelogen! Und das wiederum wirft die Frage auf, was er an Mrs Candles Krankenbett zu suchen hatte …«

Bob horchte interessiert auf. »Mit dieser Aussage bist du uns nun zwei Antworten schuldig: Inwiefern hat dieser Besu-

cher gelogen und worauf hättest du schneller reagieren sollen?«
»Unsere Klientin hat mir erzählt, dass sie seit Edwards ominösem Verschwinden keinen einzigen lebenden Verwandten mehr hat. Und daher wird es sich bei dem Mann wohl kaum um Mrs Candles Neffen handeln! Wenn ich nur ein paar Sekunden schneller geschaltet hätte, wären wir ihm heimlich gefolgt, um dadurch womöglich seine wahre Identität herauszufinden.« Frustriert schlug sich Justus an die Stirn.
»Das ist gewiss ärgerlich«, entgegnete Bob. »Aber er wird doch morgen sicherlich noch einmal hier auftauchen. Damit lässt sich dein Plan doch noch in die Tat umsetzen.«
»Vermutlich hast du recht …« Justus zupfte nachdenklich an seiner Unterlippe. »Irgendwie lässt mich jedoch das merkwürdige Gefühl nicht los, dass dieser hartnäckige Besucher sehr unter Druck stand. Und das wiederum legt den Schluss nahe, dass er wohl kaum die Ruhe aufbringen wird, sich bis morgen zu gedulden, um seine angebliche Tante zu sprechen. Was immer er auch von ihr will!«
»Eines lässt du dabei aber völlig außer Acht, Erster.« Peter konnte sich ein Grinsen nicht verkneifen.
»Und das wäre?«
»Ich kenne niemanden, der die Kunst der Überredung besser beherrscht als du! Und wenn selbst *dein* Charme es nicht fertiggebracht hat, dass man uns zu Mrs Candle vorlässt, so wird es auch niemand anderem gelingen, sich über die strengen Krankenhausregeln hinwegzusetzen!«
»Das sehe ich genauso«, pflichtete Bob ihm schmunzelnd bei. »Und deshalb werden wir morgen eine Viertelstunde vor

der offiziellen Besuchszeit wieder auf der Matte stehen und die Ersten sein, die sich am Bett unserer Klientin einfinden. Und wenn dann auch der Fremde auftaucht, wovon wir wohl ausgehen können, schlagen wir zwei Fliegen mit einer Klappe!«

Am **4. Dezember** bot sich dem Ersten Detektiv und seinen beiden Kollegen endlich die Möglichkeit, Mrs Candle am Krankenbett zu befragen. Besonders Justus brannte eine Frage auf den Nägeln.

Pünktlich – eine Viertelstunde vor der offiziellen Besuchszeit – waren sie im Saint John's Health Center eingetroffen und gleich zu Mrs Candle, die in einem Einzelzimmer untergebracht war, vorgelassen worden.

»Wie geht es Ihnen?«, erkundigte sich Peter, nachdem Bob und er sich vorgestellt hatten, und füllte dabei am Waschbecken eine Vase mit Wasser, in die er den am Vortag gekauften Blumenstrauß steckte.

Mrs Candle war von der noch immer frischen Blütenpracht sichtlich angetan und lächelte dankbar. »Ihr braucht euch keine Sorgen zu machen, Jungs. Mein Arzt hat mir in Aussicht gestellt, dass ich bereits morgen das Krankenhaus wieder verlassen kann. Länger würde ich es hier auch bestimmt nicht mehr aushalten.«

Bob setzte sich auf einen Stuhl und vergrub seine Daumen in den Hosentaschen. »Justus hat uns ja bereits von dem unheimlichen Vorfall berichtet, der sich am 1. Dezember in Ihrem Haus ereignet hat. Die Nachricht im Adventskalender hat Sie schier umgeworfen, richtig?«

Mrs Candle nickte zustimmend. »Oh ja! Als Justus gegangen war, dachte ich nämlich, ich hätte das Schlimmste bereits überstanden. Doch dann hat mich die Neugier gepackt und ich wollte wissen, ob sich in den anderen Säckchen des Kalenders vielleicht noch weitere Botschaften befinden ...«

»Und?« Justus schnappte nach Luft. Das, was Mrs Candle

da gerade erzählte, war genau das, was er sich in der Nacht immer wieder selbst gefragt hatte.
»Im zweiten Säckchen befanden sich nur die drei Walnüsse, die ich selbst hineingesteckt hatte«, fuhr die alte Dame in ruhigem Tonfall fort. »Aber als ich das dritte Säckchen öffnete, hat mich fast der Schlag getroffen!«
Justus verspürte ein starkes Kribbeln im Nacken. »Was war denn drin?«
»Ich habe ihn sofort erkannt! Denn schließlich hatte ich ihn –«
In diesem Moment öffnete sich die Tür. Die drei ??? fuhren herum und blickten in das Gesicht des Mannes, den sie gestern schon einmal gesehen hatten. Es war der Fremde vom Empfangstresen! Justus' Herzschlag beschleunigte sich.
»Oh … äh … Ich … ich komme wohl etwas ungelegen …«, stammelte der Mann verunsichert und fasste sich dabei verstört an die Krempe seines Hutes.
Bob schaltete als Erster und sprang schnell von seinem Platz auf. »Oh nein! Ganz im Gegenteil!« Er baute sich vor dem Fremden auf und wies dabei auf Mrs Candle. »Wo Sie doch gestern so erpicht darauf waren, Ihre Tante zu sehen, lassen wir Ihnen gerne den Vortritt!«
»Moment mal …«, schaltete sich die alte Dame in das Gespräch ein und richtete sich dabei von ihrem Bett auf. »Wovon sprecht ihr denn da?«, fragte sie mit ungläubiger Miene. »Ich habe diesen Mann …«
»Bleiben Sie ganz ruhig, Mrs Candle!« Peter trat an das Krankenbett heran und legte ihrer Klientin ganz sanft die Hand auf die Schulter. »Der Herr wird uns sicher gleich den

Grund seines Besuches erklären.« Dabei blickte er dem Fremden fest in die Augen. »Nicht wahr?«

Der Mann hielt dem Blick nicht stand und blinzelte nervös mit den Augen. »Mrs … Mrs Candle?«, fragte er stammelnd. »Oh – wie peinlich! Da liegt ein Missverständnis vor! Ich wollte meine Tante Mrs *Fendle* besuchen! Da habe ich mich anscheinend in der Tür geirrt!«

Bevor auch nur einer der anderen Anwesenden reagieren konnte, drehte er sich um und eilte aus dem Krankenzimmer, ohne sich zu verabschieden. »Los, Zweiter!«, zischte Justus in Peters Richtung. »Hefte dich an seine Fersen!«

»Verstanden, Erster!«

Innerhalb von Sekunden war Peter aus dem Raum geflitzt und nahm die Verfolgung des Fremden auf. Zurück blieben Justus, Bob und Mrs Candle, die die zwei Detektive entgeistert ansah.

»Wer war dieser Mann?«

Justus legte die Stirn in Falten. »Diese Frage klärt schon, dass es sich in diesem Fall mit an Sicherheit grenzender Wahrscheinlichkeit um eine Person handelt, die im Zusammenhang mit der seltsamen Botschaft Ihres verstorbenen Enkelsohnes steht.«

»Aha, verstehe«, reagierte Mrs Candle trocken. Dann griff sie nach dem Wasserkrug, goss ihr Glas randvoll und leerte es in einem Zug. »Und inwiefern hat dieser Mann etwas damit zu tun?«

Justus warf seinem Freund einen tadelnden Blick zu. »Wenn Bob den Fremden vorhin nicht so impulsiv hätte wissen lassen, dass wir über seine dreiste Lüge im Bilde sind, wüssten wir über seine wahren Absichten gewiss schon mehr. Gestern hat sich nämlich dieser Mann am Empfangstresen als Ihr Neffe ausgegeben.«

»Mein Neffe?« Mrs Candle verstand die Welt nicht mehr. »Aber ich habe doch …«

»Das wissen wir ja«, fiel Justus der alten Dame ins Wort. »Und da Sie keine Verwandten mehr haben, muss hinter der Falschaussage dieses Mannes eine ganz bestimmte Absicht stecken. Er wollte Sie aufsuchen, um Ihnen entweder etwas Wichtiges mitzuteilen oder etwas Wichtiges von Ihnen zu erfahren.«

»Und ich habe es mit Bravour vermasselt.« Bob wäre vor Scham am liebsten im Erdboden versunken.

Doch der Erste Detektiv war in Gedanken schon wieder bei einem anderen Thema. »Sagen Sie, Mrs Candle, was war es denn nun eigentlich, was Sie in dem dritten Säckchen Ihres Adventskalenders vorgefunden haben und was Sie so in Angst versetzt hat?«

»Ich habe den Ring gefunden.«

Justus hob die Augenbrauen. »Was für einen Ring?«

»Ich hatte Edward zu seinem zwanzigsten Geburtstag einen Ring geschenkt. Einen Ring aus echtem Sterling-Silber. Den hatte er damals im Schaufenster eines Juweliers entdeckt und wollte ihn unbedingt haben. Und diesen Ring …« Mrs Candle krallte ihre Hände in die Bettdecke. »Diesen Ring hat er immer getragen und mir dabei stets versichert, dass er ihn – dass er ihn bis zu seinem Tod niemals ablegen würde!«

Peter war dem Fremden aus dem Krankenhaus mit gehörigem Abstand bis zu einer Bushaltestelle am Wilshire Boulevard gefolgt. Dort setzte sich der Mann auf eine Bank und blickte unentwegt auf seine Armbanduhr. Offenbar wartete er ungeduldig auf das Eintreffen des nächsten Busses.
Peter drückte sich in einen Hauseingang und ließ den Fremden nicht aus den Augen. Die Minuten verstrichen quälend langsam, doch schließlich kam der Bus. Der Fremde erhob sich von der Bank und stieg ein. Peter rannte auf den Bus zu. In der Sekunde, als sich die Türen schlossen, sprang er hinein und ging unauffällig an dem Mann vorbei, der bereits Platz genommen hatte. Der Zweite Detektiv setzte sich zwei Reihen hinter ihn und hoffte, dass ihn der Fremde nicht erkannt hatte. Doch der erhob sich, trat auf Peter zu und setzte sich auf den freien Platz neben ihm.
»Na, junger Mann, so schnell sieht man sich wieder«, sagte er leise, ohne Peter anzusehen.
Der Zweite Detektiv war so verunsichert, dass er nicht wusste, wie er reagieren sollte. Aus seinem Mund drangen nur unzusammenhängende Worte. »Ich … wie … äh … eigentlich …«
Der Fremde rückte noch näher an Peter heran und raunte ihm mit unangenehm heißem Atem ins Ohr: »Ich glaube, wir sollten uns mal dringend unterhalten …«

Auf Mrs Candles Entlassungspapieren war der **5. Dezember** verzeichnet. Die drei ??? hatten die alte Dame aus dem Krankenhaus abgeholt und in Peters altem MG zu ihrem Haus im Canyon Lake Drive gefahren. Hier hatte Mrs Candle als Erstes einen heißen Tee zubereitet. Schon einige Minuten später saßen die vier im weihnachtlich geschmückten Wohnzimmer an einem runden Mahagonitisch und griffen in die Dose mit den selbst gebackenen Keksen.
»Tja …«, setzte Justus mit vollem Mund zu einer seiner berühmt-berüchtigten Reden an. »Verblüffend, wie schnell sich manchmal Dinge klären, die einem noch kurz vorher als unlösbares Rätsel erschienen. Zumal ich niemals damit gerechnet hätte, dass wir Ihnen schon heute ein Ergebnis unserer Ermittlungen mitteilen können, das die vergangenen fünf Jahre in einem völlig neuen Licht erscheinen lässt.«
Mrs Candle war gerade im Begriff gewesen, in einen weiteren Keks zu beißen. Sie hielt mitten in der Bewegung inne und blickte Justus irritiert an. »Wie meinst du das?«
»Bevor wir Ihnen darauf eine Antwort geben, müssen wir uns vergewissern, dass Ihr Gesundheitszustand so weit wiederhergestellt ist, dass Sie eine Nachricht, die alles andere als leichte Kost ist, unbeschadet verdauen können. Eigentlich wollten wir es Ihnen erst morgen mitteilen, wenn wir endgültige Gewissheit haben. Doch dann sind wir zu dem Entschluss gekommen, dass Sie uns vielleicht noch einige Informationen liefern können, die für unser morgiges Unternehmen von Vorteil sein dürften.«
Die alte Dame setzte sich in ihrem Ohrensessel zurecht. »Mich kann jetzt nichts mehr aus der Bahn werfen, Jungs.

Außerdem haben mir die Ärzte im Krankenhaus Beruhigungsmittel verabreicht, die ihre Wirkung nicht verfehlen. An mir perlt jede weitere Hiobsbotschaft ab wie Wassertropfen von einer neuen Outdoorjacke. Also heraus damit!«

Die drei ??? schmunzelten über den Vergleich und tauschten kurze Blicke aus, wer von ihnen Mrs Candle über die neuesten Erkenntnisse informieren sollte. Justus deutete auf Peter.

»Also schön …« Der Zweite Detektiv nippte noch einmal kurz an seinem Tee, dann setzte er die Tasse ab, räusperte sich und blickte der alten Dame ernst ins Gesicht. »Der Mann, dem ich gestern aus dem Krankenhaus heimlich gefolgt bin, Sie erinnern sich, Madam, hat meine Beschattung ziemlich schnell spitzgekriegt. Und bereits in dem Bus, den er am Wilshire Boulevard bestiegen hatte, ist es dann zu einer ziemlich heftigen, aber sehr aufschlussreichen Auseinandersetzung gekommen. Der Mann hat sich plötzlich neben mich gesetzt und mich ziemlich barsch aufgefordert, ihm zu erklären, warum ich ihn verfolge.«

»Und?« Mrs Candle ahnte nicht im Geringsten, was Peter ihr so schonend wie möglich beizubringen versuchte. »Weiter!«

»Ich habe es geschafft, die Sachlage so hinzudrehen, dass der Mann zuerst *mir* einige Zusammenhänge darlegen musste, bevor er *mich* dazu nötigen konnte«, fuhr Peter fort. »Das war ganz einfach, nachdem ich ihm weisgemacht hatte, dass wir im Besitz von äußerst beweiskräftigen Kameraaufzeichnungen wären. Und dass er darauf eindeutig zu erkennen wäre, wie er in Ihrem Wohnzimmer, Mrs Candle, den Adventskalender manipuliert!«

»Kameraaufzeichnungen? Ich verstehe nicht ganz!«

»Das war natürlich ein Bluff«, erklärte Bob. »Und zwar ein ganz schön riskanter. Aber er zeigte, dass Peter mit seiner Vermutung voll ins Schwarze getroffen hatte. Denn der Mann –«

»Erzählst du jetzt weiter oder ich?« Der Zweite Detektiv machte ein entrüstetes Gesicht. »Ich hab doch schließlich in dem Bus gesessen!«

»Vollkommen klar, Peter«, griff Justus schlichtend ein. »Erzähl weiter!«

»Nachdem der Mann meine Geschichte geschluckt hatte, wendete sich das Blatt und er wurde plötzlich ganz klein mit Hut. Er wollte von mir wissen, ob wir schon die Polizei eingeschaltet und die Aufnahmen übergeben hätten. Ich habe Nein gesagt, aber gleich hinzugefügt, dass wir das auf alle Fälle bald tun müssten. Und daraufhin hat mir der Fremde einen ziemlich dreisten Deal angeboten.«

»Und der lautete?« Mrs Candle hing förmlich an Peters Lippen.

Der Zweite Detektiv nippte kurz an seinem Tee. »Wenn wir ihn gegenüber der Polizei heraushalten würden, würde er mir quasi als Gegenleistung reinen Wein einschenken.«

»Und diesem Angebot hast du zugestimmt?«

Peter nickte. »Was blieb mir schließlich anderes übrig, wenn wir nicht weiter im Dunkeln tappen wollten?«

»Weiter!«, forderte Mrs Candle Peter auf. »Was war der ›reine Wein‹?«

Der Zweite Detektiv wollte gerade zur Erklärung ansetzen, da ging Justus dazwischen. »Halt!«, rief er etwas zu schroff. Dann wandte er sich in ernstem Ton an die alte Dame. »Sind Sie sich wirklich sicher, dass Sie einer außerordentlich nervenaufreibenden Information gesundheitlich gewachsen sind?«
Mrs Candle überging diese Frage und wies mit ihrem Zeigefinger auf Peter. »Was hat dir der Mann gesagt?«
Dem Zweiten Detektiv wurde nun doch etwas mulmig zumute: Wenn Mrs Candle doch nicht das feste Nervenkostüm besaß, das sie zu tragen vorgab, wollte er nicht derjenige sein, der einen weiteren Zusammenbruch der alten Dame zu verantworten hatte. Deshalb gab er diese Last mit einem hilflosen Blick an Justus weiter.
»Also, Mrs Candle«, übernahm der Erste Detektiv die schwierige Aufgabe und versuchte, sich dabei so einfühlsam wie möglich auszudrücken. »Noch können wir natürlich nicht mit Gewissheit sagen, ob wir der Aussage des Mannes Glauben schenken können, aber er behauptet …« Er hielt kurz inne und räusperte sich. »Er behauptet, dass sich Ihr Enkelsohn Edward noch immer unter den Lebenden befindet.«
»So, so …« Die Beruhigungsmittel, die Mrs Candle vorhin erwähnt hatte, schienen tatsächlich zu wirken. Mit gefasstem Gesichtsausdruck blickte sie Justus in die Augen und stellte dem Ersten Detektiv nur eine einzige Frage. »Und … wo ist er jetzt?«
»Angeblich sitzt er – inklusive Untersuchungshaft – seit fünf Jahren im Sellamore-Gefängnis. Das befindet sich im Nordwesten von Los Angeles. Und der Mann, der Peter diese

Information zukommen ließ, ist ein Zellengenosse Ihres Enkels. Er heißt Jeremias Howard. Er hat sich während seines Freiganges aus dem Gefängnis offenbar heimlich Zutritt in Ihr Haus verschafft und im Auftrag von Edward verschiedene Gegenstände in die Säckchen Ihres Adventskalenders gesteckt.«
Mrs Candle blieb die Ruhe selbst. Dennoch war es unübersehbar, dass sich ihre Augen mit Tränen füllten. »Aber … aber warum?«
Justus zollte der alten Dame größten Respekt. Er war nie zuvor einem Menschen begegnet, der nach solch einer alles umwerfenden Mitteilung so die Fassung bewahrt hatte wie Mrs Candle. Und er hatte das Gefühl, dass ihre überraschende Gelassenheit nicht allein auf die Medikamente zurückzuführen war.
»Das alles können wir zum jetzigen Zeitpunkt noch nicht sagen, Madam«, erklärte er ihr ruhig. »Aber wir gehen davon aus, dass wir bereits morgen erfahren werden, ob die Aussage dieses Zellengenossen Jeremias Howard der Wahrheit entspricht oder nicht. Bis dahin möchten wir Sie dringend bitten, niemandem gegenüber ein Wort über diese Angelegenheit zu verlieren. Auch Tante Mathilda darf nichts davon erfahren. Einfach niemand. Natürlich wissen wir, dass wir Ihnen damit eine Menge abverlangen und auch Ihre Geduld auf eine harte Probe stellen. Aber wenn wir die Hintergründe dieser ominösen Geschichte für Sie in Erfahrung bringen sollen, dürfen wir uns keine Fehler erlauben. Deshalb ist es wirklich wichtig, dass wir an einem Strang ziehen. Wir versprechen Ihnen, dass wie Sie dann morgen sofort informieren.«

Mrs Candle erhob sich aus ihrem Sessel und rückte die Brille zurecht. »Wenn Edward tatsächlich noch leben sollte, muss ich ihn so schnell wie möglich wiedersehen! Aber noch glaube ich nicht daran – sosehr ich mir auch das Gegenteil wünschen würde. Sollte dieser Mann euch also eine Lüge aufgetischt haben, werde ich ihm für dieses geschmacklose Märchen eine so kräftige Ohrfeige verpassen, dass er sie sein Lebtag nie mehr vergessen wird!«

»Das wird sich dann sicher arrangieren lassen, Madam!« Trotz der ernsten Situation konnte sich Peter ein Grinsen nicht verkneifen.

Mrs Candle hingegen verzog keine Miene. »Was habt ihr denn morgen vor? Oder ist das ein Staatsgeheimnis?«

Bevor Justus antwortete, nahm er sich noch einen weiteren Keks aus der Dose und ließ ihn blitzschnell in seinem Mund verschwinden. »Wir brauchen noch mehr Informationen. Und die können wir nur von Jeremias Howard erhalten. Deshalb werden wir uns morgen früh vor dem Sellamore-Gefängnis postieren und ihn abfangen, wenn er seinen Freigang antritt.«

»Aber er wird doch als Häftling nicht jeden Tag frei in der Gegend herumspazieren dürfen«, fragte Mrs Candle verwundert und strich sich durch ihre grauen Haare.

»Na ja, fast«, entgegnete Peter. »Denn tagsüber geht er einer geregelten Arbeit nach. Gefangene, die keine Bedrohung für die Öffentlichkeit darstellen und bald entlassen werden sollen, bekommen manchmal diese Vergünstigung. Erstaunlich eigentlich nur, dass er diesen Einbruch riskiert hat. Denn wenn man ihn geschnappt hätte ...«

»Am liebsten würde ich euch zum Gefängnis begleiten«, unterbrach ihn die alte Dame, während sie sich wieder in ihren Sessel setzte. »Aber vermutlich wäre ich euch bei dieser Aktion nur ein Klotz am Bein. Kann ich euch denn sonst in irgendeiner Weise unterstützen?«

»Nicht direkt«, entgegnete Justus, während er nachdenklich an seiner Unterlippe zupfte. »Doch es wäre ratsam, jetzt noch den Inhalt der übrigen Säckchen Ihres Adventskalenders zu inspizieren. Vielleicht finden wir darin noch weitere Hinweise, auf die wir Mr Howard dann gleich morgen ansprechen können.«

Mrs Candle hatte nicht die geringsten Einwände und so machten sich die drei ??? gemeinsam mit der alten Dame daran, den restlichen Inhalt der Säckchen in Augenschein zu nehmen. Zu ihrer Enttäuschung fanden sie darin jedoch nichts anderes vor als die Dinge, die Mrs Candle selbst eingepackt hatte.

Justus hätte noch viel von Mrs Candle wissen wollen. Doch um ihre Klientin an diesem Tag nicht noch mehr zu belasten, beschloss er, die Befragung auf später zu verschieben. Als sich die drei Detektive schließlich von der alten Dame verabschiedeten, wollte diese aber noch etwas Wichtiges von den Jungen wissen. »Stellt ihr heute Abend eigentlich eure Stiefel vor die Haustür?«

Justus, Peter und Bob tauschten untereinander fragende Blicke aus. »Äh … wozu das denn?«, erkundigte sich Bob irritiert.

Mrs Candle lächelte. »Wie Justus ja bereits weiß, kamen meine Großeltern aus Deutschland. Am 5. Dezember war es für mich als Kind immer ganz wichtig, meinen Stiefel zu putzen und ihn abends vor die Tür zu stellen, damit der Nikolaus ihn mit Überraschungen füllen konnte. So macht man das in Deutschland.«

»Der Nikolaus?«, fragte Peter mit einem Achselzucken. »Nie gehört. Wer ist das?«

»Um die Person des heiligen Nikolaus ranken sich viele Legenden«, übernahm Justus die Erklärung. »Der 6. Dezember, der Nikolaustag, ist der Todestag des Bischofs Nikolaus von Myra, der im vierten Jahrhundert in Kleinasien wirkte und sich besonders für Kinder einsetzte. In manchen Teilen der Welt ist es daher Tradition, dass am Vorabend des 6. Dezember ein Stiefel vor die Tür gestellt wird, in der Hoffnung, dass er vom Nikolaus befüllt wird. Tja, und wie den Weihnachtsmann erkennen die Kinder auch den Nikolaus an seinem rot-weißen Gewand. Nur anhand der bischöflichen Symbole Mitra und Hirtenstab ist seine Kleidung von der des Weihnachtsmanns zu unterscheiden.«

»Aha«, sagte Peter und blickte Mrs Candle skeptisch an. »Und Sie glauben wirklich, dass sich der Nikolaus auch zu uns nach Rocky Beach verirrt, um unsere Stiefel zu füllen?«

»Der Glaube versetzt manchmal Berge«, entgegnete Mrs Candle geheimnisvoll und zwinkerte den drei ??? zu. »Einen Versuch ist es allemal wert …«

»Wahnsinn!«, staunte Peter am Morgen des **6. Dezember**, während er sich mit Justus und Bob dem Sellamore-Gefängnis näherte, um Jeremias Howard vor seinem Freigang abzufangen. »Da war mein geputzter Stiefel, den ich gestern Abend vor unsere Haustür gestellt hatte, heute Morgen doch tatsächlich mit Süßigkeiten, einer Orange und einem coolen T-Shirt – genau in meiner Größe! – gefüllt!«
»Bei mir ebenso!«, pflichtete Bob ihm begeistert bei. »Nur dass ich statt eines T-Shirts ein edles Notizbuch bekommen habe!«
Justus' Mundwinkel zeigten nach oben. »Und ich kann jetzt ein echtes Schweizer Taschenmesser mein Eigen nennen, Kollegen! Wobei noch zu klären wäre, wie es Mrs Candle bewerkstelligt hat, diese Geschenke pünktlich in unsere Stiefel zu bugsieren.«
»Mrs Candle?«, entgegnete Peter mit gekünsteltem Erstaunen. »Just, der Nikolaus höchstpersönlich hat sich zu uns bemüht! Zumindest zur Weihnachtszeit solltest du mit deinem ausgeprägten Realitätssinn mal einen Gang herunterschalten!«
Der Erste Detektiv machte ein ernstes Gesicht. »Was die Nikolaus-Überraschungen betrifft, kann ich dir vielleicht beipflichten, Zweiter. Aber sobald Jeremias aus dem Gefängnis tritt, um –« In diesem Moment zuckte Justus zusammen und deutete unauffällig zum Eingangsportal des Gefängnisses hinüber. »Wir sind keine Minute zu früh gekommen, Kollegen! Da ist er!«
Mit schnellen Schritten hatte Jeremias Howard den Haupteingang des Gebäudes verlassen und eilte zielstrebig auf die

Bushaltestelle zu, die sich unmittelbar vor dem Gefängnisgelände befand.
Peter fixierte den Mann mit seinen Blicken. Offensichtlich hatte er ihn wiedererkannt, denn er änderte die Richtung und kam auf die drei ??? zu.
»Na, das ist ja eine Überraschung«, ließ er mit versteinertem Gesichtsausdruck verlauten. »Und weiß Gott keine angenehme! Ihr seid doch bestimmt nicht zufällig hier, richtig?«
Mit verunsicherter Stimme stellte Peter Mr Howard seine beiden Freunde kurz vor und schaute dann Hilfe suchend zu Justus. Dieser hatte den Blick verstanden und ergriff das Wort.
»Mr Howard, wir werden hier wohl nicht die Zeit haben, uns ausführlich über all das zu unterhalten, was wir wissen wollen und auch wissen müssen. Daher beschränke ich mich auch nur auf die wichtigsten Fragen.«
»Fragen?« Argwöhnisch hob der Strafgefangene die Brauen. »Was wollt ihr denn *noch* wissen?«
»Unser wichtigstes Anliegen besteht darin, Mr Edward Candle zu sprechen. Meinen Sie, dass es irgendeine Möglichkeit gibt, das in die Wege zu leiten?«
Ein kurzes Zucken fuhr durch das Gesicht des Mannes, ehe er spöttisch zu lachen anfing. »Ihr seid wohl von allen guten Geistern verlassen! Ich werde wohl noch vor Weihnachten aus dem Knast entlassen werden. Da glaubt ihr doch nicht allen Ernstes daran, dass ich so hirnrissig bin, dieses Ereignis noch zu gefährden!«
»Aber Sie sind doch auch für Edw–«
»Ja, warum ich mich da hab bequatschen lassen … Nein, ich

habe schon viel zu viel riskiert, als ich für Edward den ›Botengang‹ zu seiner Großmutter übernommen habe! Sorry, Jungs, aber ich will mir keine Scherereien einhandeln. Wenn ihr unbedingt Kontakt zu ihm aufnehmen wollt, müsst ihr euch schon selbst etwas einfallen lassen, um in diese Festung zu gelangen.« Er spuckte verächtlich auf den Boden. »Was wollt ihr denn überhaupt von ihm wissen?«

»Mr Howard, bitte!«, entgegnete Justus drängend. »Wir können Ihnen das jetzt nicht alles lang und breit erklären. Nur so viel: Edwards Großmutter wurde von uns bereits über alles informiert. Sie weiß, dass nach Ihren Angaben ihr Enkel noch am Leben ist. Und wir sind in ihrem Auftrag hier, um in Erfahrung zu bringen, ob Ihre Behauptung auch tatsächlich der Wahrheit entspricht oder ob Sie Peter aus irgendeinem Grund belogen haben!«

»Würdest du bitte etwas leiser sprechen!«, zischte Mr Howard aufgeregt. »Du bringst mich mit deinem lauten Organ noch in Teufels Küche!«

»Wenn Sie mit uns kooperieren, haben Sie nicht das Geringste zu befürchten. Doch wenn Sie uns schon nicht helfen wollen, was ich angesichts Ihrer bevorstehenden Entlassung durchaus nachvollziehen kann, dann verraten Sie uns doch zumindest noch, warum Sie bei Mrs Candle im Krankenhaus aufgetaucht sind!«

»Also schön, du Quälgeist, vorher gibst du ja eh keine Ruhe: Edward hatte mir aufgetragen, seiner Großmutter noch einmal ganz deutlich ans Herz zu legen, dass sie keiner Menschenseele etwas über seine Hinweise im Adventskalender sagen darf! Aus diesem Grund bin ich am 2. Dezember bei ihr vorbeigegangen. Doch ich bin ausgerechnet zu dem Zeitpunkt bei ihr eingetroffen, als sie auf einer Trage in den Krankenwagen geschoben wurde. Deshalb blieb mir nichts anderes übrig, als sie im Krankenhaus zu besuchen. Aber wie ihr ja wisst, bin ich zweimal an dieser Mission gescheitert.«

In diesem Moment ertönte aus den Lautsprechern des Gefängnisgebäudes ein schriller Alarmton. Die Frequenz war so unangenehm, dass sich Peter sofort die Ohren zuhielt.

»Was ist denn jetzt los?« Bob blickte zum Gelände hinüber. »Ob da drin ein Feuer ausgebrochen ist?«

Plötzlich stürmten bewaffnete Wachmänner aus dem Ausgang des Gefängnisses und verteilten sich entlang der Mauer, die das gesamte Areal umgab.

»Was mag da geschehen sein?«, überlegte Bob laut. Der Anblick der gezückten Pistolen machte ihn nervös.

Jeremias Howards lächelte. »Ich wünsche ihm viel Glück …«

»Was meinen Sie damit?«, fragte Justus leise. »Wem wünschen Sie viel Glück?«

Der Sträfling trat einen Schritt näher an die Jungen heran und senkte die Stimme. »Der Mann, den ihr Edward Candle nennt, hatte für heute seinen Ausbruch geplant. Und wie ich die Situation einschätze, ist ihm gerade die Flucht geglückt!«

Die Los Angeles Post vom **7. Dezember** brachte einen Artikel, der ausführlich über die Flucht eines gewissen Charly Gordon aus dem Sellamore-Gefängnis berichtete: Er hatte wegen eines schweren Raubüberfalls auf einen Geldtransporter eine sechsjährige Haftstrafe zu verbüßen, von der er bereits fünf Jahre abgesessen hatte. Es war ihm gelungen, sich in einem Wäschelaster zu verstecken und so zu flüchten.
Die drei ??? hatten ein Exemplar der Zeitung eingesteckt, als sie an diesem Nachmittag zum Hollywood Boulevard fuhren, wo sie sich mit Mrs Candle bei einem »German Christmas Market« unter freiem Himmel verabredet hatten. Die alte Dame selbst hatte diesen Ort vorgeschlagen, weil sie sich nach ihrem Krankenhausaufenthalt endlich wieder einmal frischen Wind um die Nase wehen lassen und nebenbei auch noch die Gelegenheit nutzen wollte, seltene Gewürze für die nächste weihnachtliche Backaktion zu erwerben.
Vor einem Kaffeestand hatten sich die vier auf einer der hinteren Bänke niedergelassen. Nachdem Justus Mrs Candle in allen Einzelheiten von ihrer Begegnung vor dem Sellamore-Gefängnis berichtet hatte, holte er die Zeitung aus der Tasche. »Haben Sie schon diesen Artikel gesehen?«, fragte er sie. Ihre Augen flogen nur so über die Zeilen, bis sie schließlich die Zeitung sinken ließ und betroffen ins Leere blickte.
Der Erste Detektiv hatte vorerst nur eine einzige Frage. Er tippte auf das Foto des Entflohenen und sah Mrs Candle ernst an. »Handelt es sich bei diesem Bild um Ihren Enkel, Madam?«
Ihr stummes Nicken reichte ihm als Antwort vollkommen aus. »Offen gestanden habe ich mit dieser Antwort gerech-

net.« Justus nippte verlegen an seinem Kaffee und begann, nachdenklich an seiner Unterlippe zu kneten. Und auch Peter und Bob wussten in diesem Augenblick nicht, welche Frage sie an Mrs Candle richten konnten. Die nächsten Sekunden verstrichen, ohne dass ein Wort fiel. Umso lauter hörte man ein Saxofon-Quartett, das sich unweit des Kaffeestandes an einer ziemlich schrägen Version von »Jingle Bells« versuchte.

Schließlich war es die alte Dame selbst, die das beklemmende Schweigen brach. »Edward ist also am Leben«, gab sie gepresst von sich. »Allein diese Tatsache sollte mich mit Freude erfüllen. Aber solange ich nicht weiß, wieso er mich fünf Jahre im Glauben gelassen hat, dass er auf grausame Weise ermordet wurde, werde ich keine Ruhe finden!«

»Wie ist denn dieses Schauermärchen damals überhaupt an Sie herangetragen worden, Madam?«, fragte Justus.

Mrs Candle ballte ihre Hände zu Fäusten. »Da stand eines Tages diese unheimliche Frau vor meiner Tür«, rief sie sich ins Gedächtnis zurück. »Sie hat die ganze Zeit so getan, als wäre auch ihr Leben bedroht. Sie hat mir erzählt, dass Edward mit anderen Verbrechern eine erhebliche Menge Geld erbeutet hatte, das er aber nicht mit ihnen teilen wollte. Und deshalb hätten diese Männer kurzen Prozess mit ihm gemacht. Ruhe würden sie aber erst geben, wenn das Geld wieder auftauchte. Und dann wollte sie von mir wissen, ob ich etwas über den Verbleib des Geldes wüsste, was ich natürlich verneinte. Aber sie blieb hartnäckig und drohte mir, falls ich der Polizei gegenüber auch nur ein Sterbenswörtchen verlieren würde, hätte ich selbst mit meiner Ermordung zu rechnen. Davon habe ich mich aber nicht einschüchtern lassen und die Polizei dennoch von ihrem Besuch unterrichtet.«

»Und dann?«, fragte Peter interessiert.

»Die Polizisten konnten mir nicht wirklich weiterhelfen. Ich weiß auch gar nicht, ob sie mich nicht für – sagen wir: ein wenig schrullig hielten.« Mrs Candle lachte bitter. »Himmel und Hölle haben sie auf jeden Fall nicht in Bewegung gesetzt. Und eines war ja klar: Solange die geheimnisvolle Frau nicht ausfindig zu machen war, hatten sie keinen Anhaltspunkt.«

»Aber nun haben Sie uns ja als Detektive beauftragt, Madam«, entgegnete Bob und deutete noch einmal auf den Zeitungsartikel. »Haben Sie denn vielleicht eine Ahnung, um was für einen Überfall es sich gehandelt haben könnte?«

Mrs Candle schüttelte entschieden den Kopf. »Ich habe nicht den blassesten Schimmer. Aber ich weigere mich strikt, daran zu glauben, dass mein Enkel diesen Raubüberfall verübt hat! Und überhaupt: Wieso ist das für eure Ermittlungen denn heute noch wichtig?«

»Weil wir herausfinden müssen, weshalb Edward seinen eigenen Tod vorgetäuscht und sich eine neue Identität zugelegt hat, mit der er sogar Polizei und Staatsanwaltschaft täuschen konnte«, erklärte Justus grübelnd. »Es sei denn, dass er für diesen Namenswechsel gar nicht selbst verantwortlich ist und er vielleicht von anderer Seite dazu veranlasst wurde. Aber das sind alles nur unausgegorene Theorien, für die es bisher nicht den geringsten Anhaltspunkt gibt. Und warum hat er einen Ausbruch riskiert, obwohl er doch in einem Jahr sowieso entlassen worden wäre? Wenn er jetzt geschnappt wird, muss er für viele Jahre hinter Gitter …«

Mrs Candle war deutlich anzusehen, dass sie Justus' Worten nur schwer folgen konnte. Immer wieder blickte sie auf das Foto ihres Enkelsohnes und fasste sich dabei verstört an den Kopf. »Ich bin zwar nicht die Hellste, Jungs, aber eines weiß ich sicher: Edward wird nicht so töricht sein, geradewegs zu mir nach Hause zu stiefeln, um mir einen Festtagsbesuch abzustatten. Denn ebenso wie alle anderen halbwegs gescheiten Leute wird er sich denken können, dass das Haus seiner einzigen noch lebenden Verwandten von nun an unter besonderer Beobachtung der Polizei stehen wird.«

»Was aber voraussetzen würde, dass die Polizei inzwischen über die wahre Identität Ihres Enkelsohnes im Bilde ist«, gab Justus zu bedenken.

Mrs Candle verzog keine Miene. »Spätestens seit diesem Zeitungsartikel wird ja nicht nur mir klar geworden sein, dass es sich bei dem entflohenen Charly Gordon in Wahrheit um meinen Enkelsohn Edward Candle handelt: Obwohl Edward schon immer eher ein Einzelgänger war, werden ihn auch viele andere Personen anhand des Fotos wiedererkennen!«

Justus musste lächeln. »Alle Achtung, Madam! Miss Marple lässt grüßen! Als viertes Fragezeichen wären Sie in unserem Team ein willkommenes Mitglied!« Mrs Candle erwiderte das Kompliment mit einem Kopfnicken, bevor sie die Zeitung zusammenfaltete und die Stimme senkte. »Es würde mich nicht wundern, wenn die Polizei mich schon längst beschattet …«

Peter spürte Beklommenheit in sich aufsteigen und blickte sich misstrauisch in alle Richtungen um. Der Tisch zu ihrer Linken war unbesetzt. Daneben saßen drei Männer, die schon mittags und trotz der so gar nicht winterlichen Temperaturen dem Glühwein zugesprochen hatten und sich gegenseitig abgedroschene Witze erzählten. Konnten das vielleicht Polizisten in Zivil sein? Aber die würden im Dienst keinen Alkohol trinken. Schnell verwarf er seinen Verdacht und blickte unauffällig zur anderen Seite. Dort saß eine aufgebrachte Frau, die über das Handy lautstark einen Ehekrach auszutragen schien. So heftig, wie die Auseinandersetzung war, hätte sie schon eine sehr gute Schauspielerin sein müssen, um sich alles auszudenken.

»Würdest du dich bitte nicht so auffällig umsehen!«, ermahnte Justus flüsternd den Zweiten Detektiv und verpasste ihm dabei einen leichten Tritt unter dem Tisch. »Ich habe die Umgebung bereits gescannt und kann beruhigt Entwarnung geben! Noch hält sich kein Verdächtiger in unserer Nähe auf.« Dann wandte er sich wieder Mrs Candle zu.

»Wie Sie vorhin schon so treffend bemerkt haben, wird sich Edward in naher Zukunft vermutlich nicht mit Ihnen persönlich in Verbindung setzen, Madam. Dennoch bin ich der festen Überzeugung, dass er auf andere Weise mit Ihnen in Kontakt treten wird. Das hat er in gewisser Weise ja schon getan, indem er durch seinen Verbindungsmann Jeremias Howard zwei Nachrichten in Ihrem Adventskalender hinterlegt hat.«

»Richtig«, bestätigte Bob. »Die schriftliche Botschaft und den Ring. Mit diesen beiden Hinweisen hat er Ihnen gegenüber seine Existenz ja quasi schon vor seinem Gefängnisausbruch preisgegeben, Mrs Candle.« Wieder nickte die alte Dame stumm.

»Ich bin mir sicher, dass sich Edward in irgendeiner Form wieder bei Ihnen melden wird – und wir auf diese Weise mehr Hintergrundwissen bekommen werden.«

»Hintergrundwissen, Erster?«, fragte Peter und runzelte die Stirn. »Welcher Art? Und vor allem: wozu?«

»Ich werde das Gefühl nicht los, dass es einen Zusammenhang gibt zwischen Edwards angeblichem Ableben vor fünf Jahren, seiner Einlieferung ins Gefängnis unter falschem Namen kurze Zeit später, seinen Botschaften an Mrs Candle und dem gestrigen Ausbruch. Irgendetwas liegt da im Argen. Irgendetwas, das sich uns noch nicht erschließt. Und wenn wir an den Adventskalender denken, scheint Mrs Candles Enkelsohn ja aus uns noch unbekannten Gründen daran gelegen, dass seine Großmutter erst nach und nach mehr erfährt.«

»Aber muss er denn nicht zumindest im Ansatz damit rechnen – verzeihen Sie mir bitte diese Äußerung, Madam –, dass Sie statt mit Ihrem Enkelsohn eventuell doch eher mit der Polizei kooperieren?«, fragte Peter vorsichtig. »Ich meine, Sie und auch wir machen uns doch in gewisser Weise strafbar, wenn wir unser Wissen über einen geflohenen Sträfling der Justiz gegenüber verschweigen …«

»Langsam, Zweiter!«, unterbrach Justus den Zweiten Detektiv. »Erstens verfügen wir bisher nicht über eine einzige Information, die wir der Polizei vorenthalten könnten. Sicher, wir kennen den wahren Namen von Charly Gordon. Aber

wie uns Mrs Candle eben vor Augen geführt hat, werden gleich nach dem Erscheinen der Zeitung bei der Polizei die Telefone heiß gelaufen sein. Wenn wir jetzt auch noch anrufen, ist niemand klüger – aber es wird unangenehme Fragen hageln, die uns in unserer Arbeit behindern. Und zweitens werden wir getreu unserer Detektivehre, Peter, niemanden schützen, der ein echtes Verbrechen begangen hat, darauf gebe ich dir Brief und Siegel. Aber dieser Fall ist so merkwürdig, Ausbruch hin oder her, Verurteilung hin oder her, dass es mir schwerfällt, Edward Candle einfach als Verbrecher zu verbuchen. In meinen Augen gilt für ihn – so paradox es klingen mag – noch (oder wieder) die Unschuldsvermutung.«
Bob und Peter sahen sich erstaunt an, aber die alte Dame klatschte impulsiv mit den Händen. »Bravo, Justus! Treffender hätte ich es auch nicht ausdrücken können. Und ich kann mich nur wiederholen: Ich kenne meinen Enkelsohn. Er mag sich in der Vergangenheit einiger kleiner Delikte schuldig gemacht haben, aber er ist mit Sicherheit kein Schwerverbrecher. Dafür lege ich meine Hände ins Feuer! Auch ich würde keinen Kriminellen decken, selbst aus Liebe nicht! Aber bevor ich nicht weiß, was wirklich passiert ist, werde ich nicht blauäugig die Polizei auf ihn ansetzen!«
»Also, Kollegen?«, wandte sich Justus fragend an Bob und Peter. »Bleiben wir vorerst an der Sache dran?«
Peter stieß einen tiefen Seufzer aus. »Du wirst ja vorher doch keine Ruhe geben, Erster. Was lohnt es da schon, sich gegen dich aufzulehnen? Und, wie sieht es mit dir aus, Bob?«
»Also schön. Warten wir mal ab, wie sich der Fall entwickelt«, antwortete der dritte Detektiv.

Mrs Candle atmete erleichtert auf. »Und was werdet ihr als Nächstes unternehmen?«
»Ich habe gestern mit Jeremias Howard vereinbart, dass wir uns morgen vor dem Chinese Theatre mit ihm treffen«, erklärte Justus knapp. »Er wird einige Minuten seines Freiganges opfern müssen, um noch die eine oder andere Frage zu klären …«

Am **8. Dezember** wirbelten zur Überraschung der drei ??? vor Grauman's Chinese Theatre am Hollywood Boulevard dichte Schneeflocken durch die Luft! Allerdings fielen sie nicht vom Himmel, sondern wurden von mehreren Schneekanonen unter einem Vordach des berühmten Filmtheaters in die Luft gepustet. »Ist der Schnee echt?«, fragte Bob zweifelnd.

Unter anderen Umständen hätten Justus, Peter und Bob an dieser technischen Attraktion gewiss ihre helle Freude gehabt. Sie waren jedoch vollauf damit beschäftigt, unter den zahlreichen Touristen den Mann ausfindig zu machen, mit dem sie sich vor dem Haupteingang des Kinos verabredet hatten: Jeremias Howard. Der Erste Detektiv sah unruhig auf seine Armbanduhr. Der Zellengenosse von Mrs Candles Enkelsohn war bereits eine Viertelstunde zu spät.

»Der wird doch wohl nicht die Frechheit besitzen, uns zu versetzen«, schimpfte Peter, während er sich einige der künstlichen Schneeflocken vom Mund wischte. »Ich muss nämlich noch andere wichtige Dinge erledigen! Für meine Eltern, Kelly und Jeffrey habe ich noch kein passendes Weihnachtsgeschenk gefunden und außerdem musste ich meinem Vater versprechen, heute unseren Tannenbaum zu kaufen!«

»Also der übliche Festtagsstress«, kommentierte Bob Peters Nöte und blickte dabei immer wieder in die Gesichter der vorbeieilenden Passanten. Von Mr Howard war noch immer nichts zu sehen.

Justus bemühte sich um Gelassenheit. »Keine Sorge, Freunde. Wir haben Mr Howard schließlich erfolgreich weisgemacht, dass wir im Besitz von Videoaufzeichnungen sind, die ihn des Einbruchs überführen! Er wird sicher gleich auftauchen. Apropos ›Festtagsstress‹, Kollegen: Ich habe heute Morgen meine Tante überreden können, mir zu verraten, wie die Nikolaus-Überraschungen in unsere Stiefel gelangt sind!«

»Ach? Lass hören, Erster!«

»Ganz einfach, Bob! Mrs Candle hat Tante Mathilda angerufen und sie um eure Adressen gebeten. Mithilfe eines Kuriers hat sie die Geschenke mit einer kurzen Instruktion an eure Eltern und an meine Tante liefern lassen. Und die haben dann den langen Arm des Nikolaus gespielt!«

Bobs Augen begannen zu leuchten. »Ist ja rührend! Bei nächstbester Gelegenheit sollten wir uns für diese Überraschung bei ihr revanchieren und –« Er hielt plötzlich inne und tippte Justus kurz an die Schulter. »Seht mal, Freunde! Rudolph das Rentier stattet uns einen Besuch ab!«

Ein Mensch im Rentierkostüm kam direkt auf sie zu und blickte sich dabei immer wieder hektisch nach allen Seiten um. Dann sagte er: »Tag, Jungs! Entschuldigt bitte die Verspätung, aber auf dem Weg hierher musste ich diese Prospekte hier verteilen!«

»Mr Howard? Wie kommen Sie denn zu diesem weihnachtlichen Kostüm?« Justus hatte den Mann als Erster erkannt. »Wollen Sie jetzt etwa ebenfalls ausbrechen?«

Wieder warf Mr Howard einen unruhigen Blick zur Seite. »Natürlich nicht! Ich habe im Rahmen meines Freigänger-Programms einen Job bekommen, bei dem ich Spenden für das Maryvale-Kinderheim sammle! Nur deshalb kann ich mich überhaupt so ungehindert in der Stadt bewegen! Wenn ihr mich vorgestern nicht so massiv unter Druck gesetzt hättet, mich heute hier mit euch zu treffen, wäre ich wohl gar nicht gekommen! Die ganze Angelegenheit ist mir inzwischen viel zu heiß!«

»Ein Freigänger mit Spendenbüchse?« Justus lachte. Aber dann wurde er schlagartig wieder ernst. »In Ordnung, dann schlage ich vor, dass wir die Sache möglichst schnell hinter uns bringen«, sagte Justus und wies zu einem kleinen Café auf der anderen Straßenseite hinüber. »Gehen wir zu Mary's Corner und klären dort rasch die wichtigsten Punkte!«

Jeremias Howard rappelte mit der Spendenbüchse und machte eine abwehrende Handbewegung. »Auf keinen Fall! Fragt mich hier und jetzt, was ihr von mir wissen wollt, und dann hoffe ich, dass sich unsere Wege nie wieder kreuzen werden!«

»Also schön.« Justus überlegte, welche Fragen ihm am meisten auf den Nägeln brannten. »Haben Sie eine Ahnung, warum in der Zeitung von Charly Gordon die Rede ist, obwohl es sich bei Ihrem entflohenen Zellenkumpel eindeutig um Edward Candle handelt?«

Mr Howards Lider begannen nervös zu flattern. »Charly, äh, Edward hatte bei seiner Verhaftung nach dem Überfall auf den Geldtransporter gefälschte Papiere bei sich. Das hat er mir selbst aber auch erst vor Kurzem anvertraut. Und mit seiner neuen Identität hatte er die Gefängnisverwaltung bis gestern erfolgreich täuschen können. Was willst du noch wissen?«

»Die Wahrscheinlichkeit, dass Edward Candle von der Polizei schnell geschnappt und wieder eingesperrt wird, ist relativ hoch. Er hat bereits fünf Jahre seiner Strafe abgesessen und sollte schon Ende nächsten Jahres entlassen werden. Wie kann ein Mensch so kurzsichtig handeln, zu diesem Zeitpunkt eine deutliche Haftverlängerung zu riskieren? Denn dass man ihn schnappt, damit muss ja jeder normal denken–«

Mr Howard unterbrach Justus irritiert. »Gib Gas, ich habe nicht mehr viel Zeit! Wie lautet deine Frage?«

»Was hat Edward vor? Weshalb ist er aus dem Gefängnis geflohen?«

Sichtlich angespannt wischte sich Mr Howard die Schweißperlen von der Stirn und begann unruhig mit dem linken Fuß zu wippen. »Ich werde euch die Informationen nur dann geben, wenn ihr mir versprecht, mich auch weiterhin aus dieser ganzen Angelegenheit herauszuhalten, klar? Dass ich mich da überhaupt habe reinziehen lassen … Ich kann bereits zu Weihnachten mit meiner Entlassung wegen guter Führung rechnen und habe nicht das geringste Interesse daran, mir diese rosigen Aussichten von drei naseweisen Jungs zerstören zu lassen. Gebt ihr mir darauf euer Wort?«

Justus streckte Mr Howard die Hand entgegen. »Sie können sich voll und ganz darauf verlassen!«

»Also schön …« Der Sträfling schlug ein und zog seine Rentiermütze noch ein Stück tiefer in sein Gesicht. »Edward ist für ein Verbrechen eingesperrt worden, an dem er, wie er mir erzählte, zwar beteiligt war, das er aber nicht begangen hat.«

»Häh?« Peter stutzte. »Verstehe ich nicht! Wie soll das denn gehen?«

»Darüber hat er sich in Stillschweigen gehüllt«, antwortete Mr Howard. »Ihm war nur wichtig, dass seine Großmutter die Hinweise in diesem Weihnachtskalender finden sollte. Und diesen Gefallen habe ich ihm getan. Fragt mich aber bitte nicht, was er damit beabsichtigt hat.«
»Und weshalb ist Edward nun aus dem Gefängnis ausgebrochen?«, hakte Justus noch einmal nach.
Mr Howard sprach nun so leise, dass er kaum noch zu verstehen war. »Er will Rache! So hat er sich ausgedrückt. Am fünften Advent ist es so weit: Genau an diesem Tag soll eine Person, über die ich wirklich nicht das Geringste weiß, für die fünf Jahre, die Edward unschuldig hinter Gittern saß, fürchterlich bestraft werden!«

Am **9. Dezember** trafen sich die drei ??? in der Zentrale, um über das weitere Vorgehen zu beraten. Bob hatte interessante Neuigkeiten für seine Freunde. Er wollte gerade zu seinem Bericht ansetzen, da stimmte ein Chor im Radio »White Christmas« an.
»Just, würde es dir etwas ausmachen, einen anderen Sender einzustellen? Ich weiß es ja zu schätzen, dass du für eine behagliche Stimmung in unserem Wohnwagen sorgen möchtest, aber ›Raubüberfall‹ und ›Weiße Weihnacht‹ passen nach meinem Geschmack nicht unbedingt zusammen.«
»Wie der Herr befehlen«, antwortete Justus hoheitsvoll und quälte sich mit einem Stöhnen aus seinem Stuhl hoch. Er drehte am Sendersuchlauf, bis ein anderes Lied aus den Lautsprechern tönte: »Here Comes Santa Claus!«
Bob legte die Stirn in Falten. »Das ist nicht unbedingt besser, oder?«
»Habe verstanden!« Der Erste Detektiv drehte weiter: »›I'll Be Home for Christmas‹ – du scheinst heute kein Glück zu habe, Dritter. Einen Versuch wage ich noch!«
Nachdem jedoch auch der nächste Sender »Breath of Heaven« spielte, gab Justus schließlich auf und schaltete das Radiogerät kurz entschlossen aus.
»Danke, Just«, kommentierte Bob trocken. »Du hast einen gut bei mir!« Er entnahm seinem Rucksack einen Schnellhefter und legte ihn vor sich auf den Tisch.
»Also, Freunde, nachdem wir nun gestern von Mr Howard erfahren haben, weshalb Edward Candle aus dem Gefängnis getürmt ist, stellte sich für uns ja die Frage, an wem sich der Enkelsohn unserer Klientin denn nun rächen will. Dazu

musste ich natürlich erst einmal in Erfahrung bringen, in welchen Raubüberfall Edward eigentlich verwickelt war …«

Justus' Finger begannen unruhig auf die Tischplatte zu trommeln. »Und? Hast du es herausfinden können, Bob?«

»Bin ich etwa ein Versager?« Mit breitem Grinsen schlug der dritte Detektiv den Schnellhefter auf und zog die Fotokopie eines Zeitungsartikels hervor. »Jetzt werdet ihr gleich verstehen, weshalb ich dieses Weihnachtsgedudel im Hintergrund nicht hören wollte. Was sich hier in der Nähe, genauer gesagt in Santa Monica vor fünf Jahren am 28. Dezember, zugetragen hat, ist alles andere als feierlich!«

»Also heraus damit!« Justus lehnte sich in seinem Sessel zurück und schloss konzentriert die Augen. »Lies vor!«

»Dann hört zu:

Santa Monica. Bei einem Überfall auf einen Geldtransporter wurde gestern eine Kundin der Wells Fargo Bank in der Vine Street lebensgefährlich verletzt. Die Täter konnten mit einer Beute in Höhe von zwei Millionen Dollar fliehen. Ein Tatverdächtiger wurde noch am selben Tag festgenommen.

Zwei maskierte Personen hatten gegen 15:30 Uhr den vor der Bank haltenden Geldtransporter überfallen und die beiden Fahrer brutal niedergeschlagen. Als ein Passant die Täter an der Flucht hindern wollte, griffen sie zu den Waffen. Eine Kundin der Bank, die gerade das Gebäude verließ, wurde dabei angeschossen und schwer verletzt. Ihr Zustand wird von der Polizei als ›kritisch‹ beschrieben.

Am Tatort ließen die Täter eine Waffe zurück, auf der die Fingerabdrücke eines Verdächtigen sichergestellt wurden. Aufgrund dieser Abdrücke konnte er noch am selben Tag festgenommen

und dem Haftrichter vorgeführt werden. Die Polizei machte keine Angaben, wie es ihr gelang, den mutmaßlichen Täter Charly G. so schnell aufzuspüren. Von der Beute in Höhe von zwei Millionen Dollar fehlt allerdings noch immer jede Spur.«
Bob ließ die Zeitung mit einem Seufzen sinken und blickte Justus und Peter fragend an. »Nun, was sagt ihr dazu, Freunde?«
»Das klingt ja nun gar nicht danach, als wäre Edward Candle der Unschuldsengel, als den ihn seine Großmutter beschreibt.« Peter griff nach der Fotokopie und überflog rasch noch einmal die Zeilen. »Schließlich wurden auf der Schusswaffe, mit der die Kundin verletzt wurde, doch seine Fingerabdrücke festgestellt. Wieso sollte er da zu Unrecht ins Gefängnis gesteckt worden sein? Und dann die verschwundene Beute! Zwei Millionen Dollar!«
Justus verschränkte nachdenklich die Hände hinter dem Kopf. »Wie man die Sache auch dreht und wendet, Kollegen, wir werden in der Sache wohl erst weiterkommen, wenn wir mit Edward Candle persönlich gesprochen haben.«
»In der Theorie klingt das ja ganz gut, Erster, aber wie willst du das anstellen?«, wollte Bob wissen. »Ich meine, wie willst du an jemand herankommen, hinter dem die halbe Polizei von Los Angeles her ist? Wir haben doch nicht die geringste Ahnung, wo er sich versteckt haben könnte!«
»Bisher noch nicht«, musste Justus eingestehen. »Aber ich bin mir ziemlich sicher, dass er seiner Großmutter noch weitere Botschaften zukommen lassen wird. Der Brief und der Ring waren erst der Anfang, Kollegen, da bin ich mir ganz sicher!«

»Dann glaubst du, dass die deponierten Gegenstände in dem Adventskalender darauf hinweisen könnten, wie und wo Mrs Candle Kontakt zu ihrem Enkelsohn aufnehmen kann?«, erkundigte sich Bob, während er eine Orange vom Weihnachtsteller nahm und sie zu schälen begann.
Justus nickte. »Von Mr Howard wissen wir, dass Edward seinen Gefängnisausbruch schon länger geplant hatte. Das war keine Spontanaktion. Welchen anderen Grund sollte er also gehabt haben, seiner Großmutter diese Hinweise zukommen zu lassen?«
»Leuchtet ein«, musste Bob zugeben. »Aber der Brief und der Ring allein sind doch noch keine Bestätigung für diese Theorie.«
»Und eben deshalb werden Mrs Candle noch weitere Botschaften zugespielt werden, da bin ich mir sicher!«
Bob hatte sich in der Zwischenzeit bereits einige Orangenschnitze einverleibt. »Dann bleibt uns jetzt also nichts anderes übrig, als uns auf Mrs Candle zu konzentrieren und darauf zu warten, dass weitere Puzzleteile auftauchen, die letztendlich zu Edward führen werden.«
»So sieht es aus, Kollegen …«
Peter machte sich derweil über einen anderen Punkt Gedanken. »Habt ihr euch denn mal gefragt, was mit der Rache, die Edward am ›fünften Advent‹ verüben will, gemeint sein könnte? Das muss doch irgendwie mit Mrs Candles Adventskalender im Zusammenhang stehen, oder? Und was ist das überhaupt, der fünfte Advent?«
»Darüber habe ich mich auch noch schlaugemacht, Zweiter«, erklärte Bob. »Der Begriff ›Advent‹ stammt aus dem

Lateinischen und bedeutet ›Ankunft‹. Die Adventszeit heutiger Prägung geht auf Papst Gregor den Ersten zurück. Er bestimmte um das Jahr 600 herum, dass es vier Adventssonntage geben sollte und nicht mehr bis zu sechs wie vorher. Der erste Advent fällt dabei auf den Sonntag zwischen dem 27. November und dem 3. Dezember eines Jahres, der vierte Advent ist demnach spätestens am Heiligen Abend, also dem Tag vor Weihnachten. Die vier Wochen der Adventszeit stehen übrigens symbolisch für die viertausend Jahre, die die Menschen nach damaliger kirchlicher Rechnung auf die Ankunft des Erlösers warten mussten. Tja, und viele Leute feiern in Europa den Advent mit einem Adventskranz, gebunden aus grüner Tanne, festlich geschmückt mit vier Kerzen. Am ersten Adventssonntag wird die erste Kerze angezündet, am zweiten Advent die zweite – bis am Heiligen Abend schließlich alle vier in hellem Glanz erstrahlen. Und daher …«

In diesem Moment wurde Bobs Vortrag vom Klingeln des Telefons unterbrochen. Der Erste Detektiv griff nach dem Hörer. »Hallo, Justus Jonas von den drei …«

»Gut, dass ihr da seid«, unterbrach ihn die Stimme am anderen Ende der Leitung. »Hier spricht Lydia Candle!« Ihrem Tonfall war deutlich zu entnehmen, dass irgendetwas nicht stimmte. »Ich wollte euch nur mitteilen, dass ich vor einer Stunde mein Haus verlassen habe und jetzt bei meiner Nachbarin bin. Hier werde ich heute auch notgedrungen übernachten. In mein Haus gehe ich erst wieder bei Tageslicht!«

Justus drückte schnell auf die Lautsprechertaste, sodass seine beiden Freunde mithören konnten. »Was ist denn geschehen?«, erkundigte er sich knapp. Mrs Candle atmete stoßweise. »Als ich vorhin vom Einkaufen zurückgekommen bin, hat mich fast der Schlag getroffen! Auf meinem Adventskranz im Wohnzimmer … da … da …«

»Immer mit der Ruhe, Mrs Candle! Was ist denn mit dem Kranz?«

»Ich … ich kann es mir ja selbst nicht erklären … Aber auf dem Adventskranz steckt plötzlich eine fünfte Kerze!«

»Heute ist schon der **10. Dezember**«, bemerkte Mrs Candle, als die drei ??? mit ihr ins Wohnzimmer traten, und wies dabei nervös auf den Wandkalender. »Seit neun Tagen nun passieren die merkwürdigsten Dinge und ich habe noch immer nicht den blassesten Schimmer, warum. Edward ist tatsächlich am Leben. Er lässt seltsame Hinweise in meinem Adventskalender deponieren. Er bricht aus dem Gefängnis aus, in dem er fünf Jahre für ein Verbrechen einsaß, das er nie im Leben begangen haben kann, und dann steckt auf meinem Adventskranz urplötzlich eine fünfte Kerze!« Mit zittrigen Fingern zeigte sie zu dem runden Holztisch, wo der aus Tannenzweigen geflochtene Kranz unübersehbar auf einem Spitzendeckchen stand.
Bob trat interessiert näher heran und nahm die fünf Kerzen, von denen zwei bereits ein Stück abgebrannt waren, gründlich in Augenschein. »Können Sie uns vielleicht sagen, welche von den drei Kerzen neu dazugekommen ist, Madam? Die Kerzen sind ja so umgesteckt worden, dass es aussieht, als hätte der Kranz von Anfang an fünf Kerzen gehabt.«
»Aber sicher doch!« Zielstrebig tippte die alte Dame mit ihrem Finger darauf. »Die hier ist neu!«
»Faszinierend!«, bemerkte Peter verwundert. »Und woher nehmen Sie diese Gewissheit? Die Kerzen sehen doch alle gleich aus. Oder irre ich mich?«
Justus nickte zustimmend und zog eine der Kerzen aus dem Kranz. »Klug erfasst, Zweiter. Nicht aber die Halter, auf denen die Kerzen sitzen. Diese hier ist im Durchmesser etwas kleiner als die anderen vier!«
»Alle Achtung, Junge!«, lobte Mrs Candle. »Du trägst den

Titel des Ersten Detektivs wirklich zu Recht. Genau das ist mir gestern auch sofort ins Auge gestochen!«

Justus drehte die Kerze in seiner Hand und begutachtete sie von allen Seiten. Dann zog er eine weitere aus dem Kranz und wog beide in seinen Händen. »Dem ersten Eindruck nach scheinen sie sich vom Gewicht her nicht zu unterscheiden. Was aber nicht ausschließt, dass sich vielleicht doch etwas darin befinden könnte …«

»Dann gehst du davon aus, dass sich in dieser fünften Kerze eventuell ein weiterer Hinweis von Edward versteckt, Just?«

»Möglich wäre es.« Der Erste Detektiv hob die Kerze in die Höhe und hielt sie gegen die durchs Fenster hereinscheinende Mittagssonne. Doch schnell ließ er die Hand wieder sinken. »Massiv. Durch das rote Wachs ist nicht das Geringste zu erkennen. Wir werden wohl erst Gewissheit haben, wenn wir das Objekt geöffnet haben. Hätten Sie etwas dagegen einzuwenden, Madam?«

»Tut, was ihr für nötig haltet«, entgegnete Mrs Candle aufgeregt und strich sich dabei eine Haarsträhne aus dem Gesicht. »Alles, was zu einer raschen Aufklärung führt, soll mir recht sein!« Mit schnellen Schritten ging sie aus dem Wohnzimmer und kam kurz darauf mit einem Schälmesser in der Hand zurück. »Hier, Justus. Damit sollte es leichter gehen!«

Der Erste Detektiv prüfte zunächst ergebnislos den Kerzenhalter. Dann griff er nach einer alten Tageszeitung, die auf dem Fernseher lag, breitete sie vor sich auf dem Tisch aus und machte sich daran, das Wachs der Kerze abzuschälen. Die anderen beobachteten ihn angestrengt. Doch je mehr

Streifen auch auf der Zeitung landeten und je dünner die Kerze auch wurde, zum Vorschein kam – nichts!
Enttäuscht ließ Justus den Kartoffelschäler auf die Tischplatte sinken. »Mensch! Mein Verdacht hat sich nicht bestätigt. Und dabei war ich mir so sicher!«
»Mach dir nichts draus, Erster«, entgegnete Peter tröstend. »Auch Sherlock Holmes hat oft danebengelegen!«
Justus ignorierte diesen Hinweis und wandte sich Mrs Candle zu. »Ich muss eingestehen, dass mir die fünfte Adventskerze weiterhin Kopfzerbrechen bereitet, Madam. Und dabei frage ich mich, wie es dem Unbekannten gelingen konnte, unbemerkt in Ihr Haus einzudringen, um diesen Hinweis auf Ihrem Kranz zu hinterlassen. Oder haben Sie irgendwelche Einbruchsspuren bemerkt?«
Die alte Dame schüttelte entschieden den Kopf. »Die Haustür und die Fenster halte ich stets verschlossen. Und soweit ich es auf den ersten Blick beurteilen kann, ist in meinem Haus alles unversehrt. Aber einer genauen Prüfung habe ich es noch nicht unterzogen. Ich habe das Haus, nachdem ich gestern die fünfte Kerze entdeckt hatte, sofort verlassen und bin zu meiner Nachbarin gelaufen. Erst vorhin habe ich es gemeinsam mit euch wieder betreten.«
»Dann sollten wir alle Ein- und Zugänge noch einmal gründlich untersuchen«, schlug Bob vor und ging zu einem der Fenster.
»Ich glaube, das können wir uns sparen.« Justus knetete nachdenklich an seiner Unterlippe. »Sagen Sie, Mrs Candle, seit wann bewohnen Sie schon dieses Haus?«
Die alte Dame schloss für einen Moment konzentriert die

Augen. »Im Februar sind es genau 42 Jahre. Warum fragst du?«
»Bitte entschuldigen Sie, wenn ich vorerst noch zwei weitere Fragen an Sie richte, bevor ich Ihnen antworte«, erklärte Justus, während er seine Blicke durch das Wohnzimmer wandern ließ. »Edward ist doch nach dem Tod seiner Eltern in diesem Haus aufgewachsen und hatte dann auch sicher einen eigenen Schlüssel, oder?«
Mrs Candle wurde bleich. »Das … das ist richtig.«
»Und ich liege wohl richtig mit meiner Annahme, dass Sie das Türschloss seitdem nicht ausgewechselt haben?«
Die alte Dame sagte nichts. Sie blieb neben dem Tisch stehen und blickte Justus entgeistert an.
»Wir haben es bisher versäumt, uns – und auch Mr Howard – zu fragen, wie es ihm möglich war, unbemerkt in dieses Haus einzudringen, um die Hinweise Ihres Enkelsohnes in dem Adventskalender zu platzieren. Und dabei ist es doch so einfach! Entweder ist Edward immer noch im Besitz Ihres Haustürschlüssels, Mrs Candle – obwohl man ihm den im Gefängnis wohl abgenommen hätte –, oder er muss wissen, wo Sie einen Reserveschlüssel deponieren, falls Sie sich einmal aussperren sollten!«
»Das ist richtig …«, sagte sie zitternd. »Mein Zweitschlüssel liegt schon seit 42 Jahren an derselben Stelle: unter dem Blumenkübel draußen neben der Gartenbank! Und dieses Versteck kennt Edward natürlich von Kindesbeinen an!«
»Dann sehen wir jetzt klarer«, verkündete Justus wichtig. »Wenn wir davon ausgehen, dass Jeremias Howard wirklich keine Lust mehr auf illegale Aktivitäten während seines

Freigangs hatte – er hat uns ja auch die Geschichte mit den Kameraaufzeichnungen abgekauft –, bleibt wohl nur eine Möglichkeit: Derjenige, der die fünfte Kerze auf Ihren Adventskranz gesteckt hat und hier ungehindert ein und aus gehen kann, ist Ihr eigener Enkelsohn! Fragt sich nur, wie er es geschafft hat, sich an der Polizei vorbei ins Haus zu schleichen …«

In der Küche der Familie Jonas war Tante Mathilda am **11. Dezember** damit beschäftigt, Weihnachtsplätzchen zu backen. Die drei ??? gingen ihr dabei ein wenig zur Hand. Für Justus war dies eine günstige Gelegenheit, in Erfahrung zu bringen, ob Mrs Candle tatsächlich ihr Versprechen eingehalten hatte, anderen gegenüber nichts von den seltsamen Vorgängen in ihrem Haus zu erzählen, insbesondere ihrer besten Freundin Mathilda.

Wenige Minuten nachdem seine Tante das erste Backblech in den Ofen geschoben hatte, äußerte er daher beiläufig: »Mhmm … das duftet aber schon lecker, Tante Mathilda! Meinst du nicht, es wäre eine nette Geste, wenn wir Mrs Candle nachher auch ein paar Plätzchen vorbeibringen würden? Sie würde sich doch sicher darüber freuen!«

Mrs Jonas runzelte fragend die Stirn. »Nanu, mein Junge! Ich entdecke ja ständig neue Seiten an dir! Erst hilfst du mir mit deinen Freunden beim Plätzchenbacken und jetzt liegt dir auch noch das Wohl alleinstehender älterer Damen am Herzen! Ansonsten seid ihr doch ständig nur mit euren Detektivspielen beschäftigt! Woher kommt denn dieser plötzliche Sinneswandel?«

»Och … äh … es ist ja schließlich bald Weihnachten«, kam Peter seinem Freund schnell zu Hilfe. »Das Fest der Nächstenliebe. Und da muss man die eigenen Interessen schließlich ein Stück zurückstellen, oder?«

»Das ist ja wirklich lieb von euch, Jungs!« Mrs Jonas lächelte, griff nach einem Topflappen und zog das Backblech aus dem Ofen. »Und dazu eine hervorragende Idee! Sobald die Kekse abgekühlt sind, werde ich für Lydia eine Mischung zusammenstellen und euch eine Dose voll für sie mitgeben. Habt ihr denn heute noch Zeit, sie ihr vorbeizubringen?«

»Eigentlich sind wir schon verplant«, erklärte Justus, während ihm beim Anblick der Plätzchen das Wasser im Mund zusammenlief. »Aber da wir eh noch zum Hollywood Boulevard fahren wollen, um Weihnachtsgeschenke zu kaufen, steht einem Abstecher bei Mrs Candle nichts im Wege.«

»Einverstanden!« Mrs Jonas rollte die nächste Kugel Teig auf dem Küchentisch aus und machte sich dann daran, weitere Sterne auszustechen. »Aber bitte gib für mich und deinen Onkel nicht unnötig Geld aus, mein Junge! Du weißt doch, dass uns selbst gebastelte Geschenke viel mehr Freude bereiten als gekaufte!«

»Ist schon klar, Tante!«, entgegnete Justus mit einem Schmunzeln, während er einen günstigen Moment abpasste, um ein Plätzchen vom Backblech zu stibitzen. »Hast du denn in den letzten Tagen noch einmal mit Mrs Candle gesprochen? Ich meine, weißt du, wie es ihr nach ihrem Krankenhausaufenthalt ergangen ist?«

»Allerdings! Erst gestern Abend habe ich ein längeres Telefonat mit ihr geführt. Sie ist ja doch recht einsam und deshalb kam mir auch der Gedanke, ob wir sie nicht zum Weihnachtsfest zu uns einladen sollten. Aber das wollte ich erst mit dir und deinem Onkel besprechen. Was hältst du von dieser Idee?«

»Was für eine Frage«, entgegnete Justus und versteckte dabei das gemopste Plätzchen in seiner Hand. »Meine Zustimmung hast du schon jetzt! Und Onkel Titus wird garantiert auch nichts dagegen haben. Wenn wir –«

In diesem Moment schellte das Telefon im Flur. Mrs Jonas ließ das Nudelholz sinken und warf einen kurzen Blick auf ihre mehligen Hände. »Ach, könntest du mal eben so nett sein und ans Telefon gehen, Junge? Ich mach sonst noch alles schmutzig!«
»Klar doch!« Justus eilte in den Flur hinaus und ließ dabei schnell das Plätzchen in seinem Mund verschwinden. Noch kauend hob er den Hörer von der Gabel. »Gebrauchtwaren–«
»Oh, Justus! Gut, dass du selbst dran bist«, tönte es aus der Ohrmuschel, noch ehe er ausgesprochen hatte.
Der Erste Detektiv hatte die Stimme sofort erkannt. »Hallo, Mrs Candle! Das ist ja eine Überraschung! Wie geht es Ihnen? Ich meine … ist alles in Ordnung? Oder ist etwas –«
»Und ob etwas passiert ist!«, fiel ihm die alte Dame aufgeregt ins Wort. »Ich habe seitdem so heftige Kopfschmerzen; es fühlt sich an, als würde mir gleich der Schädel platzen!«
»Sollen ich und meine beiden Kollegen zu Ihnen kommen? Brauchen Sie Hilfe?«
»Nein, nein …« Mrs Candle stieß einen schweren Seufzer aus. »Ich werde mir gleich kühle Umschläge für die Stirn machen und mich dann erst mal ins Bett legen. Außerdem muss ich dringend zur Ruhe kommen. Aber zuvor muss ich dir noch von dem Anruf berichten!«
»Erzählen Sie!«
Mrs Candle holte tief Luft. »Vor etwa zehn Minuten hat mein Telefon geklingelt. Ein Mann war dran und stellte sich mir als Mr Schroeder vom Kaufhaus Macy's vor. Er sagte, er wollte mir nur mitteilen, dass meine Christbaumkugeln ein-

getroffen wären, und ich meine Bestellung morgen ab dreizehn Uhr in der Weihnachtsabteilung abholen könnte.«
Justus stutzte kurz. »Was ist denn daran so ungewöhnlich, Madam?«
»Was daran so ungewöhnlich ist?«, wiederholte Mrs Candle spitz. »Das kann ich dir sagen: Ich habe überhaupt keine Christbaumkugeln bestellt! Der Anrufer hat sich die größte Mühe gegeben, seine Stimme zu verstellen. Aber ich habe ihn natürlich sofort erkannt! Es war Edward!«
»Wie bitte?!« Der Erste Detektiv glaubte im ersten Moment, sich verhört zu haben. »Ich meine, sind Sie sich da wirklich sicher?«
»Willst du mich beleidigen? Ich bin mir hundertprozentig sicher, dass er es war! Und das habe ich ihm auch gleich auf den Kopf zu gesagt!«
In Justus' Hirn begann es sogleich fieberhaft zu arbeiten. »Ich weiß nicht, ob das besonders klug war, Madam.«
»Das ist mir, nachdem ich ihm das gesagt hatte, dann auch ziemlich schnell aufgegangen.«
»Und was geschah dann? Ich meine, wie hat Ihr Enkelsohn darauf reagiert? Was hat er gesagt?«
»Gar nichts«, entgegnete Mrs Candle kleinlaut. »Er hat einfach aufgelegt. Und mir war klar, dass ich einen Riesenfehler gemacht hatte.«
»Weil es möglich ist, dass Ihr Telefon seit seinem Gefängnisausbruch von der Polizei abgehört wird. Auch das Gespräch in Sachen Christbaumkugeln …« Justus stöhnte. »Edward wollte morgen mit Ihnen in Kontakt treten, aber da Sie seine Identität am Apparat preisgegeben haben, wird er wohl nicht

so töricht sein, morgen Macy's überhaupt zu betreten.«
»Und was soll ich jetzt machen?« Mrs Candle war ihre Verzweiflung deutlich anzuhören. »Wie soll es denn jetzt weitergehen? Nach diesem Fiasko wird Edward sich doch bestimmt nicht mehr so schnell bei mir melden!«
»Erst einmal legen Sie sich hin und ruhen sich ein wenig aus«, sprach Justus der alten Dame beruhigend zu. »In der Zwischenzeit werde ich mit Bob und Peter beratschlagen, was wir als Nächstes unternehmen können.«
»Gut. Das hört sich vernünftig an. Ihr meldet euch dann bei mir, ja?«
»Worauf Sie sich verlassen können, Madam. Bis später.«
Als der Erste Detektiv den Hörer aufgelegt hatte und wieder in die Küche zurückkehren wollte, klingelte das Telefon erneut und er nahm ab.
»Gebrauchtwarencen–«
»Spar dir den Rest!«, wurde Justus auch diesmal unterbrochen. »Hier spricht Inspektor Cotta vom Rocky Beach Police Department! Und ich glaube, du kannst dir schon denken, weshalb ich anrufe!«
Justus spielte den Unwissenden. »Ich habe nicht den blassesten Schimmer, Inspektor!«
»Ach nein?«, entgegnete Cotta ebenso scheinheilig. »Wir haben aber gerade dein Telefonat mit Mrs Candle abgehört, Justus. Und genau aus diesem Grund wirst du mit deinen beiden Freunden Bob und Peter morgen Nachmittag um vier Uhr in meinem Büro antreten. Ich habe euch nämlich in dieser Angelegenheit einen Haufen interessanter Fragen zu stellen!«

Justus sollte den **12. Dezember** dieses Jahres nicht so schnell vergessen. Schon allein deswegen, weil er nie zuvor so ein mulmiges Gefühl verspürt hatte, Inspektor Cotta in seinem Büro gegenüberzutreten. Zwar leisteten ihm Peter und Bob Schützenhilfe, doch er wusste nur zu gut, dass es hauptsächlich an ihm hängen bleiben würde, die Kartoffeln aus dem Feuer zu holen.

»Setzt euch«, knurrte Cotta, nachdem Peter die Tür des Büros hinter sich geschlossen hatte.

Bob blickte verunsichert zu Boden und vermied direkten Blickkontakt mit dem Polizisten, während Justus, nachdem er Platz genommen hatte, scheinbar erfreut auf den Plüsch-Schneemann deutete, der neben Cottas Monitor stand.

»Oho, selbst auf dem Polizeirevier herrscht Weihnachtsstimmung! Das sieht man doch gern«, flötete er.

Doch dem Inspektor schien nicht der Sinn nach Small Talk zu stehen. »Ich komme am besten gleich zur Sache«, brummte er. »Einem gewissen Edward Candle, der unter dem falschen Namen Charly Gordon wegen der Beteiligung an einem Raubüberfall im Sellamore-Gefängnis einsaß, ist am 6. Dezember die Flucht gelungen. Es ist gängige Praxis, dass wir in solchen Fällen als Erstes Verwandte und Freunde des Ausbrechers ins Visier nehmen. In unserem speziellen Fall handelt es sich hierbei um die einzige lebende Verwandte des Ausbrechers: Mrs Lydia Candle, die Großmutter von Edward Candle.« Der Inspektor blickte den drei ??? fest in die Augen. »Ich gehe davon aus, dass ihr mir bis hierhin gut folgen könnt.«

»Absolut, Inspektor«, antwortete Justus, sichtlich bemüht,

sich nicht verunsichern zu lassen. Ihm und seinen beiden Freunden war bewusst, dass sie sich auf dünnem Eis bewegten. Sie hatten vorher vereinbart, dem Inspektor gegenüber stets bei der Wahrheit zu bleiben, jedoch nur so viel wie nötig von ihrem Wissen preiszugeben.

»Nach vier Tagen endlich«, fuhr Cotta fort, »lag die richterliche Genehmigung vor, Mrs Candles Telefon anzuzapfen.«

»Aber Sir! Ich habe mich inzwischen schlaugemacht. Nach den entsprechenden Gesetzen in unserem Bundesstaat wäre eine Abhöraktion niemals zuläss–«

»Justus!«, unterbrach ihn Cotta zornig. »Arbeitest du jetzt auch als Anwalt? Meine Kollegen haben die Genehmigung zum Abhören beantragt und sie haben sie bekommen. Mehr interessiert mich nicht – und mehr hat auch dich nicht zu interessieren, ist das klar? Also weiter im Text: Gleich der erste eingehende Anruf bei Mrs Candle hat sich als Volltreffer erwiesen! Der Teilnehmer am anderen Ende der Leitung gab sich als ein gewisser Mr Schroeder von Macy's aus, den Mrs Candle am Telefon aber als ihren Enkelsohn Edward enttarnte. Nun war natürlich interessant, was Mrs Candle als Nächstes unternehmen würde. Und da hat mich fast der Schlag getroffen, als sie ausgerechnet die Nummer eurer Zentrale gewählt hat, Jungs! Da sie euch dort aber nicht erreichte, hat sie es beim Gebrauchtwarencenter T. Jonas versucht – und hatte sofort den Ersten Detektiv Justus Jonas an der Strippe! Tja, und wie sich in diesem Gespräch herausstellte, seid ihr drei hinter dem Rücken der Polizei einem höchst gefährlichen Verbrecher auf den Fersen, dessen Auslieferung an die Justiz ihr allem Anschein nach sogar noch verhindern wollt!«

Justus wurde es abwechselnd heiß und kalt, doch äußerlich bewahrte er die Fassung. »Das ist eine Unterstellung, Inspektor! Es ist richtig, dass uns Mrs Candle damit beauftragt hat, einige recht seltsame Vorfälle aufzuklären, die ihren Enkelsohn Edward betreffen. Aber das geschah bereits zu einem Zeitpunkt, als noch niemand von uns wusste, dass Edward im Gefängnis einsaß, geschweige denn, dass er daraus ausbrechen würde!«

»Es war sogar noch viel bizarrer!«, platzte es aus Bob hervor. »Mrs Candle war bis vor einigen Tagen noch fest in dem Glauben, dass Edward bereits vor fünf Jahren gestorben ist!«

Inspektor Cotta wurde hellhörig. »Wie darf ich denn das verstehen?«

»Nun ja ...« Bob sah erschrocken zu Justus hinüber. Jetzt hatte er wohl aus dem Nähkästchen geplaudert.

»Die Sache ist etwas komplexer, als Sie möglicherweise denken«, übernahm deshalb Justus wieder das Ruder. »Als Mrs Candle in der Zeitung von dem Ausbruch eines gewissen Charly Gordon las – neben dem Artikel aber das Foto ihres Enkelsohns entdeckte –, verstand sie die Welt nicht mehr, da sie Edward seit Jahren für tot gehalten hatte.«

Cotta ließ nicht locker. »Und wie ging es dann weiter?«

Jetzt bot sich Justus die Chance, aus Inspektor Cotta Informationen herauszukitzeln, die er dringend brauchte, um in dem Fall voranzukommen. Er musste es nur geschickt genug anstellen.

»Vorerst gar nicht«, antwortete er ausweichend. »Denn zuerst stellte sich für uns die Frage, wie Mrs Candle überhaupt davon ausgehen konnte, dass ihr Enkelsohn vor fünf Jahren ermordet worden war, obwohl er sich doch tatsächlich des Lebens freute. Wobei man diese Äußerung natürlich nicht wörtlich nehmen darf, denn der Begriff ›Lebensfreude‹ ist für einen Menschen, der im Gefängnis eine langjährige Haftstrafe absitzen muss, natürlich völlig fehl am Platz.«
Cotta wurde langsam ungeduldig. »Worauf willst du hinaus, Justus?«
»Auf die Frage, ob Ihnen vielleicht bekannt ist, dass man Lydia Candle kurz nach der Verhaftung ihres Enkelsohnes die Information zukommen ließ, dass man Edward auf grausame Weise getötet und dann spurlos beseitigt hat. *Lupara bianca*, wenn Sie wissen, was ich meine.«
»Bitte?« Cotta, der gerade einen Schluck Kaffee aus einem Pappbecher genommen hatte, verschluckte sich so heftig, dass er kräftig husten musste. »Was ist das denn für eine Räuberpistole?«
»Eben das hofften wir, von Ihnen in Erfahrung zu bringen, Inspektor«, entgegnete Justus. »Denn offen gestanden haben wir uns gescheut, bei Mrs Candle weiter nachzubohren, was dieses Thema betrifft. Die alte Dame hat ein schwaches Herz. Jede überflüssige Aufregung gilt es bei ihr tunlichst zu vermeiden.«
Cotta blickte die drei Detektive prüfend an. »Von dieser makabren Geschichte ist mir bisher nicht das Geringste bekannt gewesen, das könnt ihr mir glauben, Jungs. Aber ich werde in dieser Sache bei den Kollegen in Hollywood nachhaken.

Mal sehen, ob die etwas Brauchbares aus den Candle-Akten zutage fördern können.«

»Wieso sind Sie eigentlich auf den Fall angesetzt?«, erkundigte sich Bob interessiert. »Mrs Candles Wohnhaus gehört doch gar nicht zu Ihrem Bezirk.«

»Ganz recht«, entgegnete Cotta jetzt etwas freundlicher. »Aber ob ihr es glaubt oder nicht: Zur Weihnachtszeit hat das Verbrechen Hochkonjunktur. Da klingeln allerorts die Kassen! Da bereichern sich nicht nur die seriösen Geschäftsleute; nein, da will auch die Unterwelt etwas vom großen Kuchen abhaben! Was meint ihr, wie im Moment das Verbrechen boomt! Die Kollegen drüben in Hollywood sind völlig überlastet. In einer solchen Situation helfen wir uns schon mal gegenseitig aus – auch über Zuständigkeitsgrenzen hinweg. Das hängen wir nicht an die große Glocke; ich bin mir auch nicht sicher, wie mein Chef das finden würde.« Cotta lachte. »Aber ich weiß: Wenn bei uns mal Land unter ist, kann ich die Kollegen in Hollywood anrufen. Na ja, so bin ich jedenfalls an den Fall Edward Candle geraten und höre mit, was sich an Mrs Candles Telefon so tut, während ich hier im Büro Akten aufarbeite.«

Peter atmete erleichtert auf. »Da können wir ja von Glück reden, dass Sie uns auf die Schliche gekommen sind, Inspektor! Nicht auszudenken, wenn uns ein fremder Inspektor aus Hollywood in die Mangel genommen hätte …«

»Hört zu, Jungs«, setzte Cotta zu einer seiner berühmten Ermahnungsreden an. »Es ehrt euch wirklich sehr, dass ihr euch der alten Dame angenommen habt und ihr Beistand leisten wollt. Aber ich muss euch sagen, dass ihr Enkelsohn

Edward als höchst gefährlich einzustufen ist. Er hat damals einen bewaffneten Raubüberfall verübt und eine unbeteiligte Frau mit einer Schusswaffe lebensgefährlich verletzt. Es war wirklich großes Glück, dass sie wieder auf die Beine gekommen ist. Deshalb fordere ich euch dringend auf, diesen Fall umgehend zu den Akten zu legen und alles Weitere der Polizei zu überlassen. Denn sobald Edward aus der Deckung kommt, kann ich nicht garantieren, dass ihr unbeschadet aus der Sache herauskommt.«

»Der **13. Dezember**!«, sagte Peter düster. »Ich spüre es in meinem linken Zeh, dass das heute unser Unglückstag wird!«
Die drei ??? befanden sich auf dem Weg zur Green Street in Pasadena, wo sie sich mit Mrs Candle um siebzehn Uhr an der Schlittschuhbahn treffen wollten. Nach ihrem Gespräch mit Inspektor Cotta hatte es Justus nicht für ratsam gehalten, sich im Haus der alten Dame zu verabreden. Zwar war ihr ein Polizist in Zivil wahrscheinlich auch bis hierher gefolgt – aber ein gemeinsames Schlittschuhlaufen würde unverfänglicher wirken als ein Besuch bei Mrs Candle zu Hause, so die Hoffnung von Justus. Schließlich hatte er bei seinem Anruf eine Stunde vorher, wohl wissend um seine Mithörer, Mrs Candle gesagt, dass sie den Fall aufgeben müssten.
Nachdem Bob für sich und seine beiden Freunde Karten gelöst hatte, ließ er seinen Blick schweifen und versuchte, unter den zahlreichen Besuchern Mrs Candle ausfindig zu machen. Noch war die alte Dame nirgends zu sehen.
»Sie wird schon gleich auftauchen«, beruhigte Justus den dritten Detektiv, der ein sorgenvolles Gesicht machte.
»Das ist es ja gar nicht, was mich so nachdenklich stimmt, Erster«, entgegnete Bob und sah sich dabei immer wieder misstrauisch um. »Ich habe einfach das Gefühl, dass wir uns wirklich großen Ärger einhandeln, wenn herauskommt, dass wir trotz Cottas Verbot weiter in dem Fall ermitteln!«
Justus legte seinem Freund die Hand auf die Schulter. »Momentan ermitteln wir doch gar nicht, Bob. Wir haben uns hier lediglich mit Mrs Candle verabredet, um ihr moralischen Beistand zu leisten. Sie ist mit ihren Nerven völlig am

Ende – das kann uns doch dann niemand ernsthaft krummnehmen.«

»Aber was ist mit Edward?«, warf Peter fragend in die Runde. »Laut Cotta handelt es sich bei ihm um eine äußerst gefährliche Person, die auch vor dem Gebrauch der Schusswaffe nicht zurückschreckt! Hauptsächlich seinetwegen hat uns der Inspektor doch ermahnt, den Fall zu den Akten zu legen. Und ehrlich gesagt, ich möchte auch nicht riskieren, dass die drei ??? noch vor Weihnachten unter der Erde liegen!«

»So dramatisch wird es schon nicht werden, Zweiter«, beschwichtigte Justus seinen Freund. »Ich glaube, Edward wird es nach dem letzten Telefonat mit Mrs Candle eher vorziehen, in Deckung zu bleiben. Er wird mit Sicherheit geahnt haben, dass die Polizei ihren Anschluss überwacht, denn sonst hätte er sich ihr gegenüber ja nicht als Mr Schroeder vorgestellt. Überlegt doch mal, Kollegen: *Schroeder.* Das ist ein typisch deutscher Name. Und da Mrs Candles Großeltern aus Deutschland kamen, wollte er ihr damit wohl einen Hinweis geben, der ihr zeigen sollte, dass es sich bei ihm nicht um einen gewöhnlichen Anrufer handelt. Dummerweise hat seine Großmutter nicht schnell genug geschaltet. Durch ihre unüberlegte Äußerung muss er davon ausgehen, dass die Polizei nun weiß, wer den Kontakt zu ihr gesucht hat. Und deshalb wird er nicht so dumm sein, sich in absehbarer Zeit noch einmal in ihre Nähe zu wagen.«

»Ich könnte mir jetzt noch die Haare raufen, dass ich es vermasselt habe!«, ertönte plötzlich hinter den drei ??? eine ihnen wohlbekannte Stimme. Die Jungen zuckten zusammen und fuhren überrascht herum.

»Mrs Candle!«, rief Justus ganz perplex. »Stehen Sie schon länger hinter uns?«
Die alte Dame lächelte freundlich. »Zumindest so lange, dass ich deiner interessanten Theorie folgen konnte, weshalb sich mein Enkelsohn mir gegenüber als Mr Schroeder ausgegeben hat! Respekt, Justus! Da wäre ich wirklich nicht von selbst draufgekommen!«
»Mit der Tatsache, dass die Polizei Ihr Telefon abhört, müssen wir uns wohl abfinden, Madam. Sie, Edward und auch wir«, sagte der Erste Detektiv nun etwas leiser.
»Dann war das vorhin am Telefon wohl nur eine Finte, als du mir gesagt hast, dass ihr den Fall aufgeben werdet, oder?« Mrs Candle trat nun näher an die drei Jungen heran. »Bitte sagt mir, dass ich mit meiner Vermutung richtigliege! Ihr könnt mich doch jetzt nicht im Stich lassen! Ich weiß nämlich über alles Bescheid! Heute Morgen hatte ich Besuch von einem gewissen Inspektor Cotta, der mich über Verschiedenes aufgeklärt hat. Er weiß, dass ich euch als Detektive engagiert habe! Und nun weiß ich auch, woher! Er hat unser Telefonat abgehört, Justus! Äußerst unfein!«
Justus nickte.
»Aber ich habe dem Inspektor gegenüber nichts ausgeplaudert und ihn in dem Glauben gelassen, dass ich ein tattriges, naives Dummchen bin«, fuhr die alte Dame fort. »Von euren Ermittlungsergebnissen und Edwards Hinweisen in meinem Adventskalender habe ich kein Sterbenswörtchen fallen lassen. Ich hoffe doch, das war in eurem Sinne?«
Bob konnte sich ein Schmunzeln nicht verkneifen. »Ein tattriges, naives Dummchen sind Sie mit Sicherheit nicht, Ma-

dam. Und den einen Ausrutscher mit ihrem Enkel am Telefon … nun ja, so etwas kann ja nun wirklich dem besten Detektiv mal passieren!«

»Apropos Ausrutscher!«, entgegnete die alte Dame und hob dabei ein altes Paar Schlittschuhe in die Höhe. »Lassen wir die uns observierenden Polizisten in dem Glauben, dass ihr euch ab jetzt nur noch aus reiner Nächstenliebe mit mir trefft. Machen wir doch vorerst ein kleines Tänzchen auf dem Eis! Wie wir dann weiter vorgehen, können wir ja später immer noch besprechen!«

Peter glaubte, sich verhört zu haben. »Sie können wirklich Schlittschuh laufen, Madam?«

»Es ist bestimmt schon fünfzig Jahre her, dass ich auf dem Eis Pirouetten gedreht habe, aber mit dem Schlittschuhlaufen soll es sich ja so verhalten wie mit dem Fahrradfahren: Das verlernt man nicht! Und die Schuhe habe ich daheim zur Probe schon einmal angezogen! Sie passen noch immer wie angegossen!«

Justus schenkte Mrs Candle sein gewinnendstes Lächeln. »Also schön! Ich bin dabei! Wie sieht's mit euch aus, Kollegen?«

Bob und Peter mussten nicht lange überlegen und stimmten begeistert zu. Bereits wenige Minuten später liefen die drei ??? auf geliehenen Schlittschuhen gemeinsam mit Mrs Candle über die Bahn. Und die zierliche alte Dame zeigte, dass sie die Kunststücke aus ihrer Jugend tatsächlich nicht verlernt hatte.

Justus, Peter und Bob liefen einige Meter hinter ihr und konnten kaum glauben, was sie sahen. »Fantastisch!« Peter

war voller Bewunderung und klatschte begeistert: »Die Primaballerina auf dem Eis!«
In diesem Moment kam von der Seite plötzlich eine Schlittschuhläuferin in gefährlich hohem Tempo auf Mrs Candle zugesaust. Die alte Dame drehte noch immer ihre Königspirouette. Mrs Candle sah die drohende Gefahr, war jedoch nicht mehr in der Lage, rechtzeitig zu reagieren. Die junge Frau prallte gegen Mrs Candle und riss sie mit sich zu Boden.
Der Zweite Detektiv lief sofort zu den beiden gestürzten Frauen und kniete sich hin. Mrs Candle lag mit dem Rücken auf dem Eis und blickte die andere Frau mit weit aufgerissenen Augen an. »Mrs Candle!«, rief Peter ängstlich. »Haben Sie sich verletzt? Können Sie aufstehen?«
Justus und Bob waren herangeglitten und blickten entsetzt zu der alten Dame hinunter.
»Helft mir hoch, Jungs!«, bat sie.
Peter und Bob fassten ihr unter die Arme und richteten sie vorsichtig auf. Mühsam hielt sie sich auf den Beinen und blickte verstört um sich.
»Wo … wo ist sie?«
»Die Frau, die Sie umgestoßen hat?« Bob ließ seinen Blick kreisen. »Sie ist verschwunden! Abgehauen!«
Mrs Candle schien wie weggetreten zu sein. »Das … das kann doch nicht wahr sein … Sie war es. Ganz sicher … Ich habe sie wiedererkannt!«
»Wovon um alles in der Welt sprechen Sie, Madam? So reden Sie doch!« Justus überkam Beklemmung.
»Diese Frau … diese Frau stand vor fünf Jahren vor meiner

Haustür … Sie war es, die mir damals die Nachricht überbracht hat, dass Edward spurlos beseitigt worden wäre! Patricia Handerson! Jetzt fällt mir der Name wieder ein!«
Justus' Herz begann zu pochen wie ein Presslufthammer. »Bob, Peter! Lauft los, ihr müsst diese Frau finden! Unbedingt! Wir müssen herausbekommen, was diese Attacke sollte. Ich bleibe so lange bei Mrs Candle!«
Ohne zu antworten, flitzten die beiden davon und machten sich daran, die geheimnisvolle Fremde aufzuspüren. Doch nach einer mehr als zehnminütigen Suche stand fest: Der Unbekannten war die Flucht geglückt!

Am **14. Dezember** regnete es Bindfäden in Rocky Beach. Missmutig saßen die drei ??? in der Zentrale und zermarterten sich das Hirn, wie sie nun weiter vorgehen sollten.

»Es wird immer verworrener und zugleich immer auswegloser«, stellte Bob frustriert fest: »Da klingelt es vor fünf Jahren an Mrs Candles Haustür und vor ihr steht eine Frau, die sich als Patricia Handerson ausgibt.«

»Dieser Name war doch eh falsch«, sagte Peter gereizt. »Da gehe ich jede Wette ein!«

»Ich wette nicht dagegen, Zweiter.« Bob knackte einige Walnüsse und schob die Kerne für die Allgemeinheit in die Mitte der Tischplatte. »Und dann erzählt sie der alten Dame, dass Edwards Leben vorzeitig beendet worden wäre, weil er seine Schulden nicht zurückzahlen konnte – oder wollte. Sie übt Druck auf Mrs Candle aus, der Polizei nichts von dem erbeuteten Geld zu erzählen, das sich Edward unter den Nagel gerissen hat, mit der Drohung, dass sich die Verbrecher dann an *ihr* rächen würden. Aber dann fährt sie plötzlich die sentimentale Schiene und überreicht unserer Klientin einen Gegenstand aus dem Nachlass ihres Enkelsohnes: ein Album mit Fotos aus Edwards Kindheit, das die alte Dame ihm damals zum siebzehnten Geburtstag geschenkt hat. Mrs Candle wusste, dass er sich von diesem Album nie freiwillig getrennt hätte. Damit wollte Patricia Handerson wohl zeigen, dass Edward Candle tatsächlich tot war!«

»Mir läuft es jedes Mal eiskalt den Rücken hinab, wenn ich daran denke«, kommentierte Peter fröstelnd und schob sich einen Walnusskern in den Mund. »Obwohl wir ja nun wissen, dass die ganze Geschichte ein Schauermärchen war.«

»Aber ein Märchen, das Mrs Candle noch bis vor wenigen Tagen für wahr gehalten hat.« Justus biss vor Zorn die Zähne aufeinander. »Die alte Dame hat diese Lügengeschichte so lange geglaubt, bis fünf Jahre später plötzlich eine Nachricht von Edward im Adventskalender auftaucht, in der steht, dass er noch am Leben sei.«

»Aber wie so vieles in diesem Fall verstehe ich eines nicht«, bemerkte Peter und wischte seine feuchten Hände an den Hosenbeinen ab. »Wie kann jemand verhaftet und verurteilt werden und dann fünf Jahre im Gefängnis sitzen, ohne dass seine wahre Identität aufgeklärt wird?«

»Darüber habe ich mir auch schon den Kopf zerbrochen, Kollegen. Allerdings ohne dabei zu einem vernünftigen Ergebnis zu kommen.« Der Erste Detektiv blickte fragend in die Runde.

Bob runzelte die Stirn.»Dafür ist inzwischen zumindest klar, wann Edward seinen Rachefeldzug an Mr Unbekannt starten wird.«

»Das wissen wir ja, Dritter: am fünften Advent!«, rief sich Peter ins Gedächtnis zurück.

»So ist es. Damit kann nur der Sonntag nach Weihnachten gemeint sein! Wenn wir also ein Verbrechen verhindern wollen – und das ist ja erste Bürgerpflicht –, wird uns nichts anderes übrig bleiben, als an dem Fall dranzubleiben. Egal, ob Cotta es uns verboten hat oder nicht!«

»Richtig, Bob!«, stimmte Justus zu. »Und deshalb –«

»Juuuustus! Justus Jooooonas!«, ertönte es plötzlich vom Schrottplatz herüber.

»So ruft nur eine: deine Tante!«, sagte Peter grinsend.

Justus stand auf und rollte genervt mit den Augen. »Kann man denn nicht einen einzigen Gedanken zu Ende bringen, ohne von ihr gestört zu werden! Was will sie denn nun schon wieder?«

Bob grinste breit. »Du neigst zu maßlosen Übertreibungen, Erster! Komm, wir begleiten dich und geben dir notfalls Rückendeckung!«

Schwerfällig verließ Justus, gefolgt von Bob und Peter, den Wohnwagen durch einen der Geheimgänge und trat auf den Schrottplatz hinaus, wo Mrs Jonas im dichten Regen unter einem Schirm stand und schon ungeduldig nach ihrem Neffen Ausschau hielt.

»Ah, da bist du ja, mein Junge! Vorhin ist mir plötzlich eingefallen, dass hier heute Morgen eine Frau aufgetaucht ist, die auf der Suche nach den drei ??? war! Es schien ihr sehr dringend zu sein. Tja, und da ihr zu diesem Zeitpunkt ja noch in der Schule wart, habe ich ihr vorgeschlagen, heute Nachmittag noch einmal hier vorbeizuschauen. Dieser Termin schien ihr aber nicht sonderlich zu passen. Daher bat sie mich, euch auszurichten, dass sie morgen Nachmittag um vier noch einmal wiederkommen wird.«

Der Erste Detektiv runzelte verwundert die Stirn. »Was für eine Frau, Tante Mathilda? Hat sie denn ihren Namen nicht genannt?«

»Oh doch, mein Junge. Warte … wie hieß sie noch …? Es fällt mir gleich wieder ein … Ja, Handerson! Patricia Handerson! Sagt euch der Name etwas?«

»Ich habe heute Morgen zwischendurch mit Mrs Candle telefoniert«, klärte Justus seine beiden Freunde auf, als sie am **15. Dezember** um kurz vor vier am Eingangstor vor dem Schrottplatz auf das Eintreffen von Patricia Handerson warteten. »Aber, so hat sie mir indirekt zu verstehen gegeben, es sind keine neuen Hinweise aufgetaucht, die zur Lösung unseres Falles beitragen könnten. Bis jetzt wären da also nur der Brief, der Ring und die fünfte Kerze auf dem Adventskranz. Das reicht leider noch nicht aus, um daraus wirklich Schlüsse zu ziehen.«

»Aber irgendetwas müssen diese Hinweise doch zu bedeuten haben. Du hast doch sonst immer eine Theorie parat, Erster. Wieso nicht in diesem Fall?«

»Und ob ich die habe, Bob: Meine Theorie lautet, dass Edward die Hinweise an seine Großmutter mit Absicht in so kleinen Häppchen und längeren Zeitabständen streut, damit sich das Gesamtbild erst an einem ganz bestimmten Datum ergibt.«

Peter stutzte. »An einem ganz bestimmten Datum? Damit kann doch nur der fünfte Advent gemeint sein!«

»Darauf scheint das Spiel hinauszulaufen.« Justus warf einen prüfenden Blick auf seine Armbanduhr. Wenn Patricia Handerson pünktlich eintreffen wollte, blieben ihr noch zwei Minuten.

»Ein Spiel?«, hinterfragte Bob kritisch. »Eine etwas unpassende Beschreibung dafür, dass Edward dieses Datum vorgesehen hat, um sich, auf welche Weise auch immer, an einer uns noch unbekannten Person zu rächen.«

Peter verzog das Gesicht. »Ich mag mir das gar nicht erst

ausmalen. Die Woche zwischen Weihnachten und Silvester wollte ich eigentlich einfach nur mal ausspannen.«

»Wie hast du eigentlich das Telefonat mit Mrs Candle gehandhabt?«, wandte sich Bob an Justus, ohne auf Peters Kommentar weiter einzugehen. »Ich meine, offiziell haben wir den Fall ja niedergelegt. Ihr Telefon wird aber doch weiterhin abgehört?«

»Eine meiner leichtesten Übungen«, feixte Justus. »Die harmlose Frage meinerseits, ob ihr die Nachbarskatze wieder eine tote Maus vor die Tür gelegt hat, war ja nicht weiter verdächtig, oder? Und unsere Klientin hat dazugelernt, Kollegen! Sie hat sich wie ein Vollprofi verhalten und sich nicht verplappert! Sie weiß jetzt, wie wir uns am Telefon zu verständigen haben: kein Fall, kein Edward und keine Detektive!«

In diesem Moment zuckte Bob zusammen und deutete zur linken Seite der Fahrbahn. »Da naht ein Taxi, Freunde!«

Kurz darauf kam der Wagen vor dem Schrottplatztor zum Stehen. Eine groß gewachsene, schlanke Frau stieg aus, bezahlte den Taxifahrer durch das geöffnete Beifahrerfenster und trat dann auf die drei ??? zu.

»Hallo! Da bin ich ja froh, dass Mrs Jonas so zuverlässig war und euch mein Kommen angekündigt hat! Darf ich mich vorstellen: Patricia Handerson! Aber ihr könnt ruhig Patricia zu mir sagen!« Freundlich streckte sie den Jungen ihre Hand entgegen. Doch Justus, Bob und Peter ignorierten diese Geste und blickten sie stattdessen prüfend an.

»Nanu? Habe ich etwa Ausschlag an den Händen? Na, dann eben nicht!« Pikiert ließ sie ihren Arm sinken. »Darf man erfahren, weshalb ihr mir gegenüber so frostig seid?«

Nun platzte Peter endgültig der Kragen. »Na hören Sie mal! Vor zwei Tagen haben Sie unsere Freundin Mrs Candle auf der Schlittschuhbahn über den Haufen gefahren und hatten dann nichts Besseres zu tun, als blitzschnell das Weite zu suchen! So was nennt man wohl Unfallflucht! Und dann erwarten Sie, dass wir hier für Sie den roten Teppich ausrollen? Vergessen Sie's!«

Miss Handerson wich verstört einen Schritt zurück. »Das ist ja wohl nur die halbe Wahrheit! Ich bin nicht geflüchtet, sondern bin zur Sanitätsstation geschlittert, um mich dort behandeln zu lassen. Beim Sturz hatte ich mir nämlich gehörig das Knie verletzt!«

»Mir kommen gleich die Tränen!«, entgegnete Bob sarkastisch. »Mit dem verletzten Knie waren Sie aber ziemlich rasant von der Bildfläche verschwunden, wenn ich das mal bemerken darf!«

»Jetzt hört schon auf!«, ging Justus vehement dazwischen. »Wichtig ist doch momentan nur eines: Was führt Sie zu uns, Miss Handerson?«

Ein leichtes Zucken fuhr durch ihr Gesicht. »Müssen wir das unbedingt hier auf der Straße besprechen?«

»Wir haben nicht das Geringste zu verbergen«, entgegnete Justus stur. »Apropos verbergen, Miss Handerson, oder wie Sie auch immer heißen mögen: Wie haben Sie eigentlich unsere Adresse herausgefunden? Sind Sie uns vorgestern von der Schlittschuhbahn gefolgt?«

Verunsichert ließ sie die Hände in den Taschen ihres Trenchcoats verschwinden. »So ist es. Und ich spiele mit offenen Karten: Ich bin Edward Candles Freundin. Wie ihr sicher schon wisst, ist er vor einigen Tagen aus dem Gefängnis entflohen.«

»Wir sind lediglich über die Flucht eines gewissen Charly Gordon informiert«, entgegnete Justus und blickte der Frau dabei fest in die Augen. »Aber dieser Name sagt Ihnen offenbar auch etwas, richtig?«

Miss Handerson hielt Justus' Blick stand. »Selbstverständlich. Aber ich kenne den Namen nur aus den Zeitungsberichten, die über Edwards Gefängnisausbruch erschienen sind. Ich habe nicht den blassesten Schimmer, warum er darin unter einem anderen Namen auftaucht.«

»Ihre Geschichte kommt total glaubhaft rüber!«, spottete Peter. »Zumal Sie doch diejenige sind, die Mrs Candle damals die geschmacklose Nachricht von Edwards furchtbarem Tod überbracht hat!«

Miss Handerson fragte überrascht: »Darüber wisst ihr Bescheid?«

»Nein, wir tun nur so!«, entgegnete Bob und verschränkte die Arme. »Was führt Sie denn nun zu uns?«

»Also schön«, setzte sie zu einer Erklärung an. »Ich muss mit Mrs Candle sprechen. Unbedingt! Weil ich weiß, dass sie und ihr Haus rund um die Uhr von Polizisten überwacht werden, habe ich vorgestern auf der Eisbahn den Crash verursacht. Ich wollte ihr heimlich eine Nachricht zustecken. Doch dann seid ihr drei dazugekommen, woraufhin ich Panik bekam und in einer Kurzschlusshandlung geflohen bin!« Sie zog aus der Tasche ihres Trenchcoats einen Briefumschlag und hielt ihn Justus entgegen. »Hier, diese Nachricht müsst ihr Mrs Candle unbedingt zukommen lassen!«

Justus zögerte einen Moment, dann griff er nach dem Kuvert. »Wie können wir Sie kontaktieren, Miss?«
»Wir werden uns wiedersehen«, raunte sie mit einem geheimnisvollen Augenaufschlag. Dann wandte sie sich um und eilte mit schnellen Schritten davon.

Entsetzt schlug sich Peter an die Stirn. »O nein! Am **16. Dezember** hat Kelly Geburtstag! Das ist ja heute! Warum hat sie mich denn nicht unauffällig daran erinnert? Wir haben doch gestern Abend noch miteinander telefoniert! Verflixt! Und ich habe kein Geschenk für sie! Das muss ich unbedingt noch besorgen! Und zwar am besten sofort!«

Die drei ??? hatten sich an diesem Nachmittag zu einer Lagebesprechung im Eiscafé am Marktplatz eingefunden und tranken genüsslich Milchshakes mit der neuen Eissorte Lebkuchen-Zimt. Als Peter aber von seinem Platz aufsprang und sich Hals über Kopf von seinen beiden Freunden verabschieden wollte, wurde er von Justus mit Nachdruck zurückgehalten.

»Halt, Zweiter! Zumindest einen wichtigen Punkt habe ich euch heute noch mitzuteilen. Danach kannst du dich meinetwegen aufmachen, um für Kelly in der völlig überfüllten Stadt nach einem passenden Geschenk zu suchen!«

»Wie jetzt? Peter kriegt Ausgang? Dann ziehe ich aber auch noch mal los! Weihnachten steht vor der Tür und Jacky würde sich bestimmt auch über ein Geschenk –«

»Bob! Wer um alles in der Welt ist Jacky?«, hakte Peter interessiert nach.

Dem dritten Detektiv stieg eine leichte Röte ins Gesicht. »Oh … ich, äh … habe ich euch noch nicht von Jacky erzählt? Sie arbeitet als neue Aushilfskraft in der Stadtbibliothek, hat blonde Haare und …«

»So genau wollen wir es gar nicht wissen, du Schwerenöter«, winkte Justus mit einem Grinsen ab. »Aber bevor ihr loszieht, noch eine wichtige Sache: Ich habe mit Mrs Candle

verabredet, dass wir uns morgen zu einem gemeinsamen Essen im Golden Sushi Temple, dem japanischen Restaurant am Winona Boulevard, treffen. Dort werden wir ihr das Kuvert von Patricia Handerson überreichen.«
»Und warum nicht früher, Erster? Ich meine, du bist doch bestimmt genauso zum Platzen gespannt, was darin steht, wie wir?«
»Ein früherer Termin war meiner Meinung nach nicht ratsam, Bob. Schließlich wollen wir den Polizisten, die unsere Klientin überwachen, nicht den Eindruck vermitteln, dass wir im Candle-Fall noch immer tätig sind. Schon das Treffen auf der Schlittschuhbahn war da echt grenzwertig.«
Bob stand auf und streifte sich seine Jacke über. »Okay, dann machen Peter und ich uns mal auf den Weg und werfen uns ins Konsum-Getümmel. Und was unternimmst du in der Zwischenzeit, Erster?«
»Ich werde mich wohl notgedrungen zu Hause an meinen Schreibtisch setzen müssen und überlegen, was ich Tante Mathilda und Onkel Titus schenken kann. Denn im Gegensatz zu euren Liebsten bestehen meine Verwandten ja auf etwas Selbstgebasteltem!«
Peter atmete erleichtert auf. »Den 16. Dezember werde ich rot in meinem Kalender anstreichen! Ich glaube, das ist der erste Tag in diesem Fall, an dem nichts Aufregendes passiert!«

Der Golden Sushi Temple war an diesem **17. Dezember** bis auf den letzten Platz besetzt. Offensichtlich saß in der Weihnachtszeit vielen Menschen das Geld locker in der Tasche. In weiser Voraussicht hatte Justus in einer ruhigen Ecke einen Tisch reserviert.

Zur Überraschung der drei ??? hatte sich Mrs Candle für den Restaurantbesuch landestypisch in Schale geworfen. Sie trug einen weinroten Kimono, hatte sich das Gesicht weiß gepudert und eine schwarze Perücke aufgesetzt.

Peter blieb vor Erstaunen der Mund offen stehen.

»Da staunt ihr, was?«, flötete die alte Dame und präsentierte sich stolz den drei Jungen. »Als ich vorhin in diesem Aufzug mein Haus verlassen habe, haben die Polizisten, die mein Haus beschatten, ziemlich dumm aus der Wäsche geguckt. Vermutlich denken sie jetzt, dass ich nicht mehr alle Tassen im Schrank habe! Aber offen gestanden war das auch meine Absicht. Unterschätzt lebt es sich leichter. Und wenn sie glauben, dass ich sie nicht bemerkt habe, halten sie mich eh für meschugge!«, lachte sie. Sie senkte die Stimme. »Vermutlich habt ihr schon längst bemerkt, dass uns auch hierher eine Beamtin in Zivil gefolgt ist.«

»Eine Polizistin? Wo denn?«

Peter wollte sich umdrehen, doch Justus versetzte ihm einen unauffälligen Stoß in die Seite und zischte: »Nicht hinschauen! Sie sitzt vorn an der Bar. Zum Glück sind alle anderen Plätze besetzt. Und der Tresen ist so weit von uns entfernt, dass sie uns zwar sehen, aber nicht belauschen kann!«

»Und woher weißt du, dass sie eine Polizistin ist, Erster?«, hakte Bob im Flüsterton nach.

»Weil mir dieselbe Frau bereits vor vier Tagen auf der Eisbahn aufgefallen ist. Sie stand die ganze Zeit am Rand und hatte ständig Mrs Candle im Visier. Zu dem Zeitpunkt war ich mir noch nicht hundertprozentig sicher. Aber da sie jetzt auch hier aufgetaucht ist, gibt es wohl keinen Zweifel mehr.«

Mrs Candle rückte noch einmal ihre Perücke zurecht und nahm dann zusammen mit den Jungen Platz. Erst als der Kellner die Bestellung aufgenommen hatte und wieder davongeeilt war, zog Justus unauffällig das Kuvert aus seiner Tasche und schob es der alten Dame über den Tisch zu.

»Die Schatten der Vergangenheit scheinen keine Ruhe zu geben, Madam. Diesen Umschlag hier hat uns vorgestern die Frau überreicht, die mit Ihnen auf der Schlittschuhbahn zusammengestoßen ist: Patricia Handerson. Ihrer Aussage nach hat sie den Crash nur verursacht, um Ihnen dieses Kuvert heimlich zustecken zu können. Aber dann sind wir ihr in die Quere gekommen. Später ist sie uns dann gefolgt und hat uns gebeten, Ihnen den Umschlag auszuhändigen.«

»Die Dame behauptet übrigens, Edwards Freundin zu sein«, sagte Bob. »Sie geht davon aus, dass Sie von der Polizei überwacht werden, Madam. Deshalb hat sie uns wohl auch als Boten eingesetzt. Das Risiko, die Aufmerksamkeit der Polizei zu erregen, wenn sie direkt mit Ihnen in Kontakt tritt, ist ihr vermutlich zu groß.«

Als die Dame sich daranmachte, den Umschlag zu öffnen, begannen ihre Hände unübersehbar zu zittern. »Diese Frau hat mich über den Tod meines Enkels belogen und mir so den größten Schmerz bereitet. Wenn sie jetzt glaubt, sich bei

mir entschuldigen zu können, und sich einbildet, dass ich ihr verzeihe, dann hat sie sich gründlich getäuscht!«
Wortlos beobachteten die drei ???, wie Mrs Candle dem Kuvert eine Karte entnahm und zu lesen begann. Dann reichte sie die Karte an Justus weiter. Der Text lautete:

Sehr geehrte Mrs Candle,

ich weiß, dass Sie mich nie vergessen haben, und glaube, dass ich Ihnen nach all den Jahren eine Erklärung dafür schulde, weshalb ich damals die grausame Lüge über Edwards Tod erzählen musste.
Wenn Sie die Wahrheit erfahren möchten, kommen Sie am 19. Dezember nachmittags um vier Uhr zum Santa Monica Pier und lösen Sie dort ein Ticket für das Riesenrad. Ich zähle auf Ihr Erscheinen.

Hochachtungsvoll
Patricia Handerson

PS: In Ihrem und Edwards Interesse wäre es nicht ratsam, die Polizei hinzuzuziehen.

Nachdem Justus seinen Freunden den Text leise vorgelesen hatte, schob er die Karte in den Umschlag zurück und reichte ihn Mrs Candle. »Fühlen Sie sich dazu imstande, dieser Frau noch einmal von Angesicht zu Angesicht gegenüberzutreten, Madam?«
Die alte Dame verengte ihre Augen und ballte die Fäuste.

»Ich kann es, ehrlich gesagt, kaum erwarten …«
»Aber um sicherzugehen, dass Sie ihr vor Hass nicht gleich die Gurgel umdrehen«, fügte Bob besänftigend lächelnd hinzu, »werden wir Sie zu diesem Treffen selbstverständlich gerne begleiten.«
In diesem Moment trat der Kellner an den Tisch und servierte die Speisen. Eine Stunde später, als sich die drei ??? und Mrs Candle daranmachten, das Restaurant wieder zu verlassen, erhob sich die Frau, die Justus und die alte Dame als Polizistin ausgemacht hatten, von ihrem Barhocker und stellte sich den vieren in den Weg. »Mrs Candle?«
»Ja?«
Die Frau zog einen Ausweis aus ihrer Tasche und hielt ihn der alten Dame dicht vor die Nase. »Santa Monica Police Department. Der junge Mann hier« – sie deutete auf Justus – »hat Ihnen vorhin einen Umschlag überreicht. Ich muss Sie auffordern, mir dieses Beweisstück umgehend auszuhändigen!«
»Na hören Sie mal!«, erboste sich Mrs Candle und umklammerte dabei fest ihre Handtasche. »Dieser Brief ist reine Privatsache!«
»Leisten Sie bitte keinen Widerstand, sonst muss ich Sie mit aufs Revier nehmen. Und das werden Sie doch nicht wollen, oder?« Fordernd hielt sie der alten Dame ihre Hand entgegen. »Geben Sie mir den Brief.«
Mrs Candle zögerte kurz. Doch dann öffnete sie schweren Herzens ihre Handtasche und entnahm ihr das Kuvert. Die Polizistin griff danach und ließ es in der Innentasche ihrer Jacke verschwinden.

»Nach eingehender Prüfung erhalten Sie Ihr Eigentum selbstverständlich wieder zurück!«
Mit diesen Worten wandte sich die Polizistin um und verließ mit schnellen Schritten das Restaurant.

Peter klopfte sich in der Zentrale vor Lachen kräftig auf die Schenkel. »Ich fasse es nicht! Ich könnte mich immer noch beölen! Der Polizeibericht vom **18. Dezember** lautet bestimmt: Einer genialen und äußerst listigen Polizeibeamtin – nennen wir sie der Situation entsprechend Irene Loser – gelang gestern Abend im japanischen Golden Sushi Fresstempel in Hollywood die Beschlagnahme eines äußerst wichtigen und beweiskräftigen Dokuments! In dem Kuvert, das sie der 86-jährigen Lydia Candle unter dramatischen Umständen abnehmen konnte, befand sich ein auf einer Karte aufgeklebter Strohstern, unter dem zu lesen war: ›*Ihnen, Mrs Candle, wünsche ich ein äußerst friedvolles und harmonisches Weihnachtsfest! Mögen Sie weiterhin so jung und agil bleiben, wie Sie es uns auf der Schlittschuhbahn so vorbildlich demonstriert haben! Alles Liebe, Justus Jonas.*‹ Für die Sicherstellung dieses bedeutungsvollen Corpus Delicti wird der neunmalklugen Polizeibeamtin der heiß begehrte Verlierer-Orden in Gold verliehen!«

»Schade, dass wir ihr Gesicht nicht sehen konnten, als sie die Karte aus dem Umschlag gezogen hat! Das hätte ich zu gerne fotografiert und das Bild in unser Kuriositäten-Sammelalbum geklebt! Wenn wir denn eines hätten, wohlgemerkt.« Bob strahlte über das ganze Gesicht. »Alle Achtung, Erster! Ein zweites, völlig identisch aussehendes Kuvert vorzubereiten und darin eine harmlose Weihnachtskarte zu deponieren – echt clever! Und diesen falschen Umschlag dann Mrs Candle unterzuschieben war wirklich filmreif!«

»Und vergesst dabei nicht den wunderschönen Strohstern, den ich in mühevoller Handarbeit selbst gebastelt habe! Das

Hauptziel war es schließlich, den Weihnachtsgruß absolut authentisch aussehen zu lassen!«

»Spitze, Just! Vorbildliche Leistung!« Peter klopfte dem Ersten Detektiv anerkennend auf die Schulter. »Aber wie bist du nur auf diesen raffinierten Schachzug gekommen?«

»Nun ja«, verkündete Justus nicht ohne Stolz. »Es barg ja von Anfang an ein großes Risiko, sich mit Mrs Candle zu treffen, um ihr unbemerkt diesen Brief zukommen zu lassen. Schließlich werden sie und ihr Haus rund um die Uhr observiert.«

»Weil die Polizisten auf eine Gelegenheit warten, Edward festzunehmen. Sie glauben – zu Recht – dass er früher oder später aus der Deckung kommen wird, um Kontakt zu seiner Großmutter aufzunehmen. Das wissen wir ja bereits, Just. Weiter!«

»Nur nicht so ungeduldig, Bob! Ich fasse mich ja schon kurz! Also: Es war völlig klar, dass die Polizei jemanden auf Mrs Candle ansetzt, wenn sie, wie gestern, ein Restaurant besucht. Deswegen war auch absehbar, dass, wenn wir der alten Dame ein Kuvert übergeben, sie sich dafür interessieren und es gegebenenfalls sogar konfiszieren würden. Und da bin ich auf diesen einfachen, aber wirkungsvollen Taschenspielertrick gekommen!«

Bob meldete Bedenken an: »Okay, es ist uns in der Candle-Affäre nun zum wiederholten Mal gelungen, die Polizei an der Nase herumzuführen und zu täuschen. Aber meinst du, Just, dass wir uns damit wirklich einen Gefallen tun? Wir sollten meiner Meinung nach nicht aus den Augen verlieren, wovor uns Cotta so eindringlich gewarnt hat. Edward Candle hat einen schweren Raubüberfall verübt und ist auch nicht davor zurückgeschreckt, mit einer Schusswaffe eine unschuldige Passantin lebensgefährlich zu verletzen! Und wir haben während unserer verdeckten Ermittlungen nichts Besseres zu tun, als die Polizei auf Abstand zu halten. Wenn dieses Handeln mal nicht zum Bumerang für uns wird, wenn du verstehst, was ich meine.«

»Für morgen brauchst du dir aber nicht die geringsten Sorgen zu machen, Bob. Denn solange wir uns am Santa Monica Pier in Mrs Candles Nähe aufhalten, wird immer ein wachsamer Polizist in der Nähe sein.« Justus grinste selbstbewusst. Doch so sicher, wie er sich seinen beiden Freunden gegenüber gab, fühlte er sich in Wahrheit ganz und gar nicht …

Am **19. Dezember** trafen die drei ??? und Mrs Candle kurz vor vier Uhr nachmittags am Santa Monica Pier ein. Am Nachmittag war ein starker Wind aufgekommen, der kalte Meeresluft vom Pazifik mitbrachte und die vielen Besucher frösteln ließ. Doch trotz des kühlen Wetters war der Pier voller Menschen. Vor allem beim Riesenrad, das an der Südspitze des kleinen Vergnügungsparks stand, drängten sich die Besucher.

Aber Justus marschierte zunächst zu einer der Buden: dem Riptide Ring Toss. Mit einer Behändigkeit, die ihm Peter und Bob niemals zugetraut hätten, gelang es Justus schon im zweiten Versuch, einen Ring über eine der 187 eng aufgestellten grünen Flaschen zu werfen. Der Preis: eine riesige Stoffpuppe von Homer Simpson, die fast so groß war wie Mrs Candle. Seine Kollegen sahen den Ersten Detektiv verständnislos an: »Justus? Was willst du denn damit?«

»Wartet's ab«, lautete die knappe Antwort. Peter ging zur Kasse, um Karten für das Riesenrad zu lösen. »Kauf eine mehr«, bat ihn Justus.

»Willst du etwa Patricia Handerson einladen?«, fragte Peter noch, da ertönte hinter ihnen eine leise Stimme: »Seid ihr die persönliche Leibwache?«

Justus drehte sich um und blickte in das Gesicht der Frau, die sich ihnen vor vier Tagen als Patricia Handerson vorgestellt hatte. »So ist es«, entgegnete er kühl und stellte sich demonstrativ neben Mrs Candle. »Und Sie werden uns vermutlich gleich noch dankbar sein, dass Sie uns dabeihaben.«

»Wie meinst du das?«

»Das werden Sie schon gleich verstehen. Und jetzt sollten Sie schnell ein Ticket lösen!«
Miss Handerson schaute genauso verständnislos wie Peter und Bob, während Justus unauffällig in Richtung der Buden deutete. Aus der Menge näherte sich dem Riesenrad eine Frau, die den drei ??? und Mrs Candle noch in guter Erinnerung war. Mit schnellen Schritten kam sie herangeeilt.
»O nein! Polizei! Das darf doch nicht wahr sein! Los doch!«, drängte Justus Miss Handerson zur Eile. »Holen Sie sich eine Karte. Denn wenn Sie glauben, dass *wir* Ihnen die spendieren, sind Sie auf dem Holzweg!«
Hastig löste Miss Handerson das Ticket, während der Erste Detektiv die anderen zu den Gondeln des Riesenrads scheuchte. »Los, Kollegen, hinein mit euch! Sie auch, Mrs Candle! Warten Sie, ich helfe Ihnen!«
»Homer Simpson muss aber unten bleiben«, stellte sich der bullige Kontrolleur Justus in den Weg. »Der ist ja so groß, der bräuchte einen eigenen Platz.«
»Ihr Wort in Gottes Ohr, Sir!«, sagte Justus. »Mein Freund hat extra eine Karte für ihn gelöst.« Der Kontrolleur lachte. Die fünf nahmen in der Gondel Platz und gaben der riesigen Puppe einen Ehrenplatz auf der Bank. Gerade als der Kontrolleur die Gondel verriegelt hatte, war eine schrille Stimme zu hören. »Halt! Ich muss da auch noch mit!« Aufgeregt sprang die Frau auf die Gondel zu, doch der Kontrolleur hielt sie zurück.
»Nichts zu machen. Schauen Sie mal auf das Schild am Eingang: *Aus Sicherheitsgründen nur sechs Personen pro Gondel!* Und in dieser Gondel haben wir genau sechs zahlende Fahr-

gäste. Haben diese Leute denn etwas ausgefressen? Sollen Sie wieder aussteigen?«
»Nein … verbrochen haben sie nichts. Aber ich muss –«
Der Kontrolleur winkte entschieden ab. »Dann treten Sie bitte zurück!« Er drückte einen Knopf und die Gondel setzte sich in Bewegung.
Justus triumphierte. »Man muss eben Schilder lesen können! Verstehen Sie nun, Miss Handerson, dass wir Ihnen als Mrs Candles Leibgarde von großem Nutzen sind?«
Patricia Handerson sagte nichts und blickte zur völlig verdutzten Polizeibeamtin hinab, der Peter feixend zuwinkte. »Bis später! War nett, Sie mal wiederzusehen!« Verbittert stapfte die Polizistin davon.
»Sie weiß, dass sie uns von der nächsten Gondel aus nicht belauschen kann, und für eine Verhaftung hat sie nicht genug in der Hand«, grinste Peter.
Während sie in die Höhe schwebten, sahen sich alle wortlos an. Es machte den Anschein, als ob jeder vom anderen erwartete, dass er endlich das Schweigen breche. Nur Homer Simpson wirkte völlig unbeteiligt. Doch dann platzte es aus Mrs Candle heraus: »Dass Sie es überhaupt wagen, mir noch einmal unter die Augen zu kommen! Haben Sie überhaupt die geringste Vorstellung davon, was Sie mir damals mit Ihrer unglaublichen Lüge angetan haben?« Ihr traten die Tränen in die Augen. »Wie konnten Sie es nur mit Ihrem Gewissen vereinbaren, mir die Nachricht von Edwards Tod zu überbringen, obwohl Sie doch als seine angebliche Freundin ganz sicher wussten, dass er lebte und im Gefängnis saß!«
Miss Handerson sah beschämt zu Boden. »Eben deshalb ha-

be ich ja dieses Treffen arrangiert. Ich habe Ihnen eine Menge zu sagen.«

»Ach? Das fällt Ihnen ja reichlich früh ein!«, fuhr Bob die Frau an. »Und woher kommt dieser plötzliche Sinneswandel, wenn ich mich mal kurz einschalten darf?«

Miss Handerson blickte auf. »Edward hatte damals diesen schrecklichen Raubüberfall auf den Geldtransporter verübt. Er stand kurz vor seiner Verhaftung. Die Polizeiwagen hielten schon vor seiner Wohnung und ihm blieben nur ein paar Minuten Zeit, um alles zu regeln.«

»Um *was* zu regeln?«, hakte Peter nach.

»Er wollte die erbeuteten zwei Millionen Dollar nicht mit seinen Komplizen teilen, sondern sie sich nach der Verbüßung seiner Haftstrafe allein unter den Nagel reißen. Deshalb hat er das Geld in Sicherheit gebracht – und sah sich dann dazu gezwungen, vor seiner Inhaftierung seinen eigenen Tod zu inszenieren, damit seine Komplizen nicht weiter versuchen würden, ihm das Geld wieder abzujagen.«

»Wie, und das hat er alles in ein paar Minuten geschafft?«, fragte Bob ungläubig, hielt aber erschrocken inne, als er sah, dass Mrs Candle mit den Tränen kämpfte. Hasserfüllt blickte sie Miss Handerson an. »Das ist eine infame Lüge! Niemals wäre mein Enkelsohn in der Lage gewesen, eine unschuldige Passantin niederzuschießen! Um keinen Preis der Welt!«

»Jeder Mensch hat seine dunklen Seiten, Madam«, wandte Patricia Handerson leise ein. »Ich auch. Deshalb ließ ich mich von Edward dazu hinreißen, Sie aufzusuchen und Ihnen von seinem schrecklichen Tod zu berichten.«

Mit einem Ruck war das Riesenrad stehen geblieben, und die drei ??? sahen, wie die Passagiere in den anderen Gondeln beunruhigt zu Boden blickten. Warum ging es nicht weiter? Aber Peter trieb eine andere Frage um: »Wieso um alles in der Welt haben Sie das getan? Warum mussten Sie seiner einzigen noch lebenden Verwandten diese geschmacklose Geschichte auftischen?«

»Gerade *weil* sie Edwards einzige Verwandte war! Mir war klar, dass sie mit meiner Geschichte zur Polizei gehen und sie so quasi offiziell machen würde. Seine Komplizen wussten ja, dass ihm die Kredithaie auf den Fersen waren, da war die Geschichte von seinem grausamen und plötzlichen ›Verschwinden‹ schon glaubwürdig. Meine große Sorge war doch: Es gibt ja Mittel und Wege, um auch jemandem, der im Gefängnis sitzt, das Leben zur Hölle zu machen. Ich wollte verhindern, dass seine Komplizen ihn aus der Ferne in die Mangel nehmen lassen, um aus ihm herauszupressen, wo er die Beute versteckt hat!«

»Verstehe«, sagte Bob, obwohl sich alles in ihm wehrte, diesen eiskalten Plan nachzuvollziehen. »Und deshalb haben Sie sich auch die Geschichte mit dem spurlosen ›Verschwinden‹ ausgedacht. Es durfte schließlich keine Leiche geben. Einen Flugzeugabsturz oder eine Hausexplosion hätten Sie sicherlich nicht so ohne Weiteres aus dem Hut zaubern können, denn das hätte sich ja belegen lassen.«

Miss Handerson nickte. »Das alles war Edwards Idee gewesen. Ihm blieb, wie gesagt, nicht viel Zeit, sich eine schlüssigere Geschichte auszudenken, da die Polizisten bereits das Treppenhaus gestürmt hatten. Es war ja auch viel Glück dabei: Weil seine Komplizen direkt nach dem Überfall untergetaucht waren, haben sie die Berichte, in denen seine Verhaftung erwähnt wurde, nicht mitbekommen. Sonst hätten sie ja gewusst, dass er noch am Leben war.«

»Mein Vater sagt immer: Keinen Tag ohne Los Angeles Post!«, warf Bob hämisch ein.

»Und der Prozess«, fuhr Patricia Handerson ungerührt fort, »hat es nie bis in die Medien geschafft, weil zur selben Zeit das Gerichtsverfahren gegen diesen berühmten Basketballspieler lief, der seine Frau – na, ihr wisst schon. Das war ein Riesenrummel damals, da war selbst eine Beute von zwei Millionen Dollar irgendwie nebensächlich. Für Edward natürlich nicht: Ihm ging es hauptsächlich darum, dass ihm das Geld erhalten blieb. Nach seiner Entlassung wollte er ein reicher Mann sein. Und ich habe ihn dabei aus Liebe unterstützt und mitgespielt.«

Peter schüttelte immer wieder ungläubig den Kopf. »Da tun sich ja Abgründe auf! Mussten Sie denn nicht stundenlange Verhöre vonseiten der Polizei über sich ergehen lassen? Die haben Sie doch als Edwards Freundin bestimmt heftig in die Mangel genommen, oder?«

»Nicht eine Sekunde«, gab Miss Handerson bereitwillig Auskunft. »Von meiner Existenz wusste die Polizei doch gar nichts!«

Justus stutzte kurz. »Aber Ihre Schilderung klang eben so detailliert, als wären Sie während Edwards Verhaftung bei ihm gewesen.«

»Anwesend war ich schon. Aber nur per Telefon«, erklärte sie weiter. »So gab er mir auch Anweisungen, wie ich mich zu verhalten hätte. Insbesondere, und das war das Schwerste für mich, befahl er mir, ihn im Gefängnis unter keinen Umständen zu besuchen, damit nicht der geringste Verdacht einer Beziehung zwischen uns beiden aufkommen konnte. Darunter habe ich die letzten Jahre am meisten gelitten.«

Mrs Candle presste verbittert die Lippen zusammen. »Mein Mitgefühl hält sich in Grenzen!«

»Darüber bin ich mir im Klaren …«

»Wissen Sie denn, wo er die Beute aus dem Raubüberfall versteckt hat?«, fragte der Erste Detektiv geradeheraus.

Miss Handerson lachte schrill. »Bist du wahnsinnig? Edward hat dieses Geheimnis keiner Menschenseele anvertraut. Und ehrlich gesagt bin ich auch verdammt froh darüber, dass ich es nicht weiß!«

»Okay«, antwortete Justus und begann, seine Unterlippe zu kneten – wie immer, wenn er stark nachdachte. »Und wie es Edward angestellt hat, sich eine neue Identität zuzulegen, mit der er Polizei, Justiz und Gefängnisverwaltung täuschen konnte, darüber ist Ihnen tatsächlich nichts bekannt?«

»Nein! Das habe ich euch doch schon bei unserem letzten Treffen gesagt! Ich habe darüber erst aus der Zeitung erfahren.«

»Tja, der besagte Zeitungsartikel …«, dachte Bob laut nach. »Durch das Fahndungsfoto von Edward ist seine falsche Identität als Charly Gordon natürlich sofort aufgeflogen. Und deshalb konnte er auch nicht bei seiner Großmutter untertauchen. Denn die, Miss Handerson, wird seit Edwards Flucht aus dem Gefängnis nonstop überwacht.«

»Was mir natürlich auch so ergehen wird, wenn die Bullen

davon Wind bekommen, dass ich Edwards Freundin bin.« Miss Handerson sah die drei ??? und Mrs Candle flehend an. »Ich weiß, dass ich mich ebenso wie Edward eines schweren Vergehens schuldig gemacht habe. Und ich verspreche hiermit hoch und heilig, dass ich mich selbst bei der Polizei anzeigen werde. Aber im Interesse von Edward sollten wir damit so lange warten, bis er sich entweder selbst gestellt hat oder die Polizei ihn, was ich ihm natürlich nicht wünsche, aufgreift.« Wieder warf sie den vieren bittende Blicke zu. »Kann ich bis dahin mit eurer Diskretion rechnen?«

Peter, Bob und Mrs Candle sahen statt einer Antwort nur Justus an.

»Logisch ist das nicht, Miss Handerson«, sagte Justus. »Entweder Sie sagen tatsächlich die Wahrheit und Edward ist ein gefährlicher Verbrecher, was ich nicht ganz glauben kann, dann dürfen wir das ›Interesse von Edward‹ nicht mehr länger im Blick haben. Oder Sie lügen – und haben hier ein ganz bestimmtes Eigeninteresse.« Justus knetete seine Unterlippe. In diesem Moment setzte sich das Riesenrad wieder in Bewegung. Die Passagiere in den anderen Gondeln klatschten erleichtert.

»Ich weiß aber noch nicht, was dieses Eigeninteresse sein könnte«, fuhr Justus ungerührt fort. »Vielleicht ist es besser, nichts zu präjudizieren. Reduzieren wir also die Komplexität.«

»Häh? Was willst du uns jetzt damit sagen, Justus?«, fragte Peter.

»Wir werden vorerst nicht von uns aus aktiv werden«, erklärte der Erste Detektiv.

»Schon klar, du willst den Fall selbst lösen«, sagte Peter.
Justus sah ihn strafend an und wischte seinen Einwurf mit einer Handbewegung beiseite. Dann wandte er sich wieder Patricia Handerson zu: »Aber sobald Edward auf der Bildfläche erscheint, werden Sie in vollem Umfang für das geradestehen müssen, was Sie verbrochen haben.«
Miss Handerson hob die Hand zum Schwur. »So wahr ich hier sitze: Darauf könnt ihr euch verlassen!«
»Schön«, murmelte Justus nachdenklich. »Und wenn ich es mir recht überlege, könnten Sie uns vielleicht sogar nützlich sein.«
»Nützlich?« Miss Handerson horchte auf. »Wobei?«
»Darüber werde ich Sie später informieren«, entgegnete der Erste Detektiv geheimnisvoll.

»Jetzt haben wir schon den **20. Dezember**, Just, und der Fall wird immer verworrener und undurchsichtiger!«

»Ganz meine Meinung, Zweiter! Zumal es, glaube ich, noch nie einen Fall gegeben hat, an dem wir länger zu knobeln hatten als an diesem!«

»Nun kriegt euch mal wieder ein, ihr beiden!«, murmelte Justus, während er in der Zentrale vor dem Rechner saß und emsig tippte. »In den vergangenen Tagen sind doch noch eine Menge Informationen hinzugekommen. Und in meinem Kopf fügen sich diese langsam, aber sicher zu einem Gesamtbild.«

Der Zweite Detektiv kannte diese Art Reden nur allzu gut, und obwohl er die Antwort bereits wusste, stellte er dennoch die Frage, die Justus nun hören wollte.

»Aber darüber, was sich da in deinem Kopf ›fügt‹, magst du uns bestimmt noch nichts verraten, oder?«

Justus lächelte vielsagend. »Es ist noch zu früh, euch darüber Auskunft zu geben, Kollegen. Aber ich habe das Gefühl, dass wir den Candle-Fall schon bald als erledigt zu den Akten legen können. Zuerst bedarf es aber noch einiger Vorbereitungen.« Er zog sein Portemonnaie hervor und entnahm ihm eine Visitenkarte. Dann hob er den Hörer ihres altertümlichen Telefons ab und drehte die Wählscheibe. »Ich lasse euch mithören!«

Mit einem Klick rastete der Schalter ein und bald darauf ertönte aus dem Lautsprecher das vertraute Tuten. Dann knackte es.

»Ja bitte?«, meldete sich eine ihnen wohlbekannte Frauenstimme am anderen Ende der Leitung.

»Hallo, Miss Handerson! Hier spricht Justus Jonas!«
»Justus! Also, dass du mich schon gleich heute anrufst, überrascht mich wirklich! Obwohl ich am liebsten schon gestern gewusst hätte, wobei ich euch unterstützen kann! Du hast mich mit deiner Bemerkung nämlich ganz schön neugierig gemacht!«
»Tja, Miss Handerson, wie soll ich es am besten erklären? Sagen Sie, hätten Sie übermorgen Nachmittag vielleicht ein Stündchen Zeit, um uns bei einer … nun ja … kniffligen Aufgabe zu helfen?«
Peter und Bob tauschten irritierte Blicke aus.
»Im Prinzip schon«, antwortete Miss Handerson mit einem kurzen Zögern. »Worum handelt es sich denn?«
»Nun ja, ich will nicht lange um den heißen Brei herumreden: Mrs Candle hat in den vergangenen Tagen seltsame Hinweise erhalten, die ihr augenscheinlich allesamt heimlich von ihrem Enkelsohn zugespielt wurden.«
»Du meinst … von Edward?« Ein leiser Unterton von Aufregung machte sich in Miss Handersons Stimme bemerkbar.
»Einen anderen Enkelsohn hat Mrs Candle nicht«, rief ihr Justus ins Gedächtnis zurück. »Und meinen beiden Kollegen und mir drängt sich immer mehr der Verdacht auf, dass Edward mit diesen Hinweisen seiner Großmutter etwas ganz Bestimmtes mitteilen will. Doch leider werden wir aus diesen kryptischen Fingerzeigen überhaupt nicht schlau. Und da dachten wir, dass wir am besten eine Person hinzuziehen, die Edward persönlich gut kennt. Eine Person, die uns vielleicht sagen kann, welche Schlüsse wir aus seinen Hinweisen

ziehen können. Denn Mrs Candle steht ebenso auf dem Schlauch wie wir!«

»Wie ..? Ähh ... Hinweise? Ich meine ...« Patricia Handerson geriet ins Stammeln und hatte offensichtlich Schwierigkeiten, Justus' Ausführungen zu folgen. »Was willst du mir denn damit sagen?«

»Nun, dann muss ich etwas deutlicher werden. Mir drängt sich immer mehr der Verdacht auf, dass Edward mit seinen Hinweisen Mrs Candle verraten will, wo er die Beute aus dem Raubüberfall versteckt hat!«

Es hatte schon länger in Peter gearbeitet, doch am **21. Dezember** platzte ihm der Kragen. Justus hatte sie am Nachmittag dazu genötigt, in der Kirche, die Bobs Familie sonntags besuchte, allen sechs Teilen des Weihnachtsoratoriums zu lauschen. Mehr als drei Stunden hatte das gedauert und die harten Holzbänke hatten Peters Laune nicht verbessert. Als sie nach dem Konzert die Kirche verließen und mit den anderen Besuchern auf die California Avenue hinaustraten, fasste er sich demonstrativ an sein Steißbein und verzog das Gesicht zu einer Grimasse.

»Weißt du eigentlich, was du mir da angetan hast, Justus? Vier Stunden still sitzen! Meine Bandscheiben sind völlig ramponiert! Das Einzige, was ich an mir noch fühle, ist mein Hinterteil! Tausend Dank für dieses vorweihnachtliche Geschenk!«

Bob konnte sich ein Grinsen nicht verkneifen. »Also mir hat's rundum gefallen, Zweiter! Allerdings muss ich mich doch fragen, weshalb bei all dem Geld, das meine Eltern jeden Sonntag in dieser Kirche lassen, nicht zumindest ein paar Dollar für Sitzkissen drin sind!«

»Darüber habe ich mir in den vergangenen einhundertachtundneunzig Minuten nicht einmal den Kopf zerbrochen, Kollegen«, ließ Justus verlauten und streckte sich einmal kräftig. »Ich habe die klassische Musik viel mehr dazu genutzt, meinen Geist in einen meditativen Zustand zu versetzen und die zwanzig Tage, die wir nun an dem Candle-Fall dran sind, noch einmal vor meinem inneren Auge Revue passieren zu lassen.«

»Und? Ist denn dabei zumindest im Ansatz etwas Produktives herausgekommen?«, fragte Peter, noch immer leicht gereizt. »Denn bevor ich mich auch nur eine weitere Sekunde mit diesem Fall beschäftige, hätte ich zuvor noch ein paar wichtige Fragen an dich zu stellen, Justus! Vielleicht bist du ja nach dieser intensiven Reinigung deines meditativen Geistes endlich in der Lage, uns Rede und Antwort zu stehen!«

»Kein Problem, Zweiter. Aber dazu sollten wir uns lieber in deinen Wagen setzen. Es muss ja nicht jeder hören, was wir zu besprechen haben.«

Bob schaute sich nach allen Seiten um. »Es ist zwar keine Irene Loser in Sicht, aber sicher ist sicher!«

Peter ging zielstrebig auf seinen MG zu, den er direkt vor der Kirche geparkt hatte. Missmutig schloss er die Tür auf, setzte sich hinein und wartete, bis auch Bob und Justus darin Platz genommen hatten. Dann startete er den Motor, fuhr vom Parkplatz und steuerte den Wagen in Richtung Schrottplatz.

»Also, Justus: Mich und vermutlich auch Bob würde als Allererstes interessieren, aus welch geistiger Umnachtung heraus du ausgerechnet Patricia Handerson darum gebeten hast, uns bei der Entschlüsselung von Edwards Hinweisen behilflich zu sein! Obwohl das Wort ›Entschlüsselung‹ ja völlig hirnrissig ist, da sich aus seinen kurzen Zeilen, dem Ring und der fünften Kerze auf dem Adventskranz, wie du ja schon selbst vor ein paar Tagen treffend bemerkt hast, noch nichts Aufschlussreiches ergeben hat. Eben weil uns noch einige Hinweise fehlen!«

»Das sehe ich genauso«, pflichtete Bob seinem Freund bei. »Aber wie lange sollen wir noch auf die weiteren Hinweise warten? Wenn Edward nicht bald die nächsten Puzzleteile liefert, endet unser Fall möglicherweise in einer Katastrophe. Vorausgesetzt, dass er den angedrohten Rachefeldzug am fünften Advent tatsächlich in die Tat umsetzen sollte!«

»Also, Kollegen …« Justus lehnte sich zurück und schloss konzentriert die Augen. »Patricia Handerson sucht unmittelbar nach Edwards Flucht aus dem Gefängnis den Kontakt zu seiner Großmutter. Obwohl sie weiß, dass die alte Dame und ihr Haus rund um die Uhr von der Polizei bewacht werden, nimmt sie das Risiko auf sich, selbst ins Fadenkreuz der Justiz zu geraten. Da stellt sich doch die Frage, woher ihr plötzliches Interesse an Mrs Candle rührt?«

»Na ja«, überlegte Bob. »In der Weihnachtszeit werden schließlich viele Menschen sentimental. Dafür kann es mehrere Gründe geben: Sie hat sich ja bei unserer Auftraggeberin mehrmals für ihr übles Verhalten entschuldigt. Vielleicht war es ihr nach all den Jahren einfach nur ein wichtiges Anliegen, endlich mal ihr Gewissen zu erleichtern.«

»Entschuldige bitte, dass ich kurz unterbreche, aber hat jemand zufällig ein Taschentuch parat?« Peter nahm eine Hand vom Lenkrad und rieb sich theatralisch die Augen. »Da kommen mir ja glatt die Tränen!« Er zeigte seinem Freund einen Vogel. »Hat dir das festliche Konzert vorhin etwa die Sinne vernebelt? Patricia Handerson und sentimentale Gründe! Dass ich nicht lache! Wer einer alten Dame das Lügenmärchen auftischt, dass ihr Enkelsohn auf grausame Weise umgebracht worden ist, der hat alles Mögliche, aber kein schlechtes Gewissen!«

Bob hob abwehrend beide Hände in die Höhe. »Okay, okay!

Ich sehe es ja ein! Entschuldigt bitte, dass ich von mir auf andere geschlossen habe! Du hast ja recht! Welchen Grund sollte sie aber sonst haben, plötzlich bei der alten Dame auf der Bildfläche zu erscheinen?«

»Um das herauszufinden, habe ich sie für morgen Abend zu Mrs Candle eingeladen«, ließ Justus von der Rückbank verlauten. »Zu den drei bisher nichtssagenden Hinweisen wird sie wohl nicht viel beizutragen haben. Aber noch hat sie uns bestimmt nicht alles gesagt! Und was wäre ein besserer Köder, als ihr das Gefühl zu geben, wir würden sie ins Boot holen? Für sie bedeutet das schließlich die Aussicht, zu erfahren, wo sich zwei Millionen Dollar befinden!«

Am **22. Dezember** hatten sich die drei ??? zu nächtlicher Stunde mit Miss Handerson am Harvard Boulevard verabredet. Von hier aus war es zum Canyon Lake Drive, in dem Mrs Candle wohnte, nur ein Katzensprung.
Edwards Freundin traf pünktlich ein und entstieg dem Taxi mit einem üppigen Rosenstrauß. Peter ahnte gleich, dass sich die alte Dame darüber nicht sonderlich freuen würde.
Und Mrs Candle ließ tatsächlich einige Minuten später, als sie den vieren die Haustür öffnete, ihren Gefühlen freien Lauf und rümpfte beim Anblick des Blumenstraußes die Nase. »Das Geld hätten Sie sich getrost sparen können«, sagte sie statt einer Begrüßung und wies dabei auf das Rosenspalier, das an der Seitenwand ihres Gartenschuppens angebracht war.
An Mrs Candles offen demonstrierter Ablehnung Edwards Freundin gegenüber änderte sich auch nichts, als die fünf kurze Zeit später im Wohnzimmer am runden Tisch Platz genommen hatten und Miss Handerson irritiert zu den Fenstern deutete.
»Haben Sie die Vorhänge etwa meinetwegen zugezogen, Mrs Candle?«
»Allerdings«, erwiderte die alte Dame schroff. »Wenn es nach mir gegangen wäre, hätte ich Sie schon vorgestern bei der Polizei angezeigt, nachdem Sie auf dem Riesenrad Ihre Beichte abgelegt hatten. Nur Justus' großer Überredungskunst haben Sie es zu verdanken, dass Sie noch auf freiem Fuß sind. Aber das wird sich ändern, sobald mein Enkelsohn wieder auf der Bildfläche erscheint!«
»Das ist mir klar«, entgegnete Miss Handerson mit gesenk-

tem Kopf. »Und ich bin gewillt, für meine Taten geradezustehen. Darauf habe ich Ihnen ja mein Wort gegeben. Trotzdem möchte ich noch einmal betonen, dass ich all das nur aus Liebe zu Edward getan habe. Ich habe ihn bis zur Selbstaufgabe geliebt – und liebe ihn noch immer. Das soll keine Entschuldigung für mein Handeln sein, aber zumindest eine Erklärung …«

Mrs Candle schienen diese Worte nicht sonderlich zu beeindrucken. Ohne Patricia Handerson zu beachten, schob sie den drei ??? den Weihnachtsteller zu, auf dem Klementinen, Walnüsse und Christstollen lagen. »Hier, Jungs, bedient euch!«

»Nun, Miss Handerson«, übernahm Justus das Wort und griff dabei beherzt nach einem Stück Christstollen. »Wie ich Ihnen bereits vorgestern am Telefon erklärt habe, hat Edward in den vergangenen Wochen Mrs Candle einige merkwürdige Botschaften zugespielt, die unserer Auffassung nach darauf hinweisen sollen, wo er die Beute aus dem Raubüberfall versteckt hat! Und diese Botschaften würden wir Ihnen jetzt gern zeigen, weil wir selbst nicht schlau daraus werden.«

»Aha, verstehe«, erwiderte Patricia Handerson und nestelte dabei an ihrer Handtasche herum. Dieser entnahm sie nervös ein silbernes Zigarettenetui. »Deshalb also die geschlossenen Vorhänge. Was Edward seiner Großmutter mitteilen will, hat die Polizisten draußen natürlich nicht zu interessieren!« Sie öffnete das Etui und entnahm daraus mit zittrigen Fingern eine Zigarette.

»Sie beabsichtigen doch nicht etwa, hier drinnen zu rauchen!«, brauste Mrs Candle auf. »In meinem Haus herrscht

striktes Rauchverbot! Außerdem habe ich meine Gardinen gerade frisch gewaschen!«
Ohne Widerrede ließ Miss Handerson das Etui wieder in ihrer Handtasche verschwinden. Dabei rutschte ihr ein Blatt Papier heraus und fiel zu Boden. Justus bückte sich schnell, hob es auf und warf einen kurzen Blick darauf. »Oho, ein E-Ticket! Sie beabsichtigen, zum Jahreswechsel fortzufliegen?«
Miss Handerson lächelte und zog das Ticket galant aus Justus' Händen. »Nicht der Rede wert. Mehr als ein paar Tage Urlaub zwischen den Festtagen sind leider nicht drin. Danach muss ich gleich wieder im Büro antreten. Mein Chef kennt da keine Gnade!«
»Hauptsache, sie kommen wieder zurück und setzen sich nicht nach Europa ab!«
»Falls das ein Witz sein sollte, Peter, finde ich den ziemlich geschmacklos.« Beinahe beleidigt beförderte sie das Ticket wieder in die Handtasche und ließ den Verschluss laut zuschnappen. »Und außerdem glaube ich auch nicht, dass mir der Richter so eine hohe Strafe aufbrummen wird, dass sich eine Flucht aus den Vereinigten Staaten für mich überhaupt lohnen würde.«
»Kommen wir wieder zum Kern unseres Zusammentreffens zurück!« Justus wischte sich die letzten Krümel Christstollen von den Lippen und wandte sich dann Mrs Candle zu. »Madam, würden Sie uns jetzt bitte zeigen, was Edward Ihnen zukommen ließ?«
»Offen gestanden tue ich das sehr ungern«, äußerte die alte Dame mit einem misstrauischen Blick in Miss Handersons

Richtung und erhob sich schwerfällig aus ihrem Sessel. Dann ging sie zu ihrem Sekretär und zog aus der Schublade drei Gegenstände hervor, die sie nacheinander vor ihren Gästen auf den Tisch legte.
Justus griff nach dem Zettel, den Mrs Candle am 1. Dezember in ihrem Adventskalender vorgefunden hatte, und reichte ihn an Miss Handerson weiter.
Ihre Finger zitterten, während sie die Zeilen las, die Edward an seine Großmutter gerichtet hatte. »Gütiger Himmel! Erst jetzt wird mir in ganzer Tragweite bewusst, was Sie beim Lesen dieser Nachricht empfunden haben müssen! Selbst ich bekomme eine Gänsehaut!«
Wortlos reichte ihr der Erste Detektiv den Gegenstand aus dem Säckchen des 3. Dezember. Beim Anblick des Ringes füllten sich ihre Augen unerwartet mit Tränen und sie begann, herzerweichend zu schluchzen. »Oh nein … der Ring! Von dem hat sich Edward doch nie trennen können! Er hat mir oft erzählt, wie glücklich er war, als Sie ihm dieses wunderschöne Geschenk zu seinem zwanzigsten Geburtstag machten, Mrs Candle. Oh, er hat Sie immer so geliebt und vergöttert …«
»Sparen Sie sich Ihre Gefühlsausbrüche, Miss«, wies die alte Dame sie zurecht. »Nur Ihrer schrecklichen Lüge wegen musste ich am 3. Dezember annehmen, dass dieser Ring das einzige ›Überbleibsel‹ von Edward war, nachdem man ihn angeblich so abscheulich getötet hatte!«
»Das stimmt. Aber wahrscheinlich sollte der Ring genau das Gegenteil bewirken«, erwiderte Justus sofort, der diese makabre Vorstellung möglichst schnell wieder aus seinem Kopf

vertreiben wollte. »Er sollte Ihnen die Gewissheit geben, dass es tatsächlich Edward war, von dem diese Gegenstände stammten.«

Miss Handerson schielte auf den Weihnachtsteller und rutschte dabei unruhig auf Ihrem Stuhl hin und her. »Bitte verzeihen Sie, aber ohne Zigaretten werde ich immer ganz nervös! Dürfte ich mir vielleicht ein paar Nüsse nehmen?«

»Bevor Sie mir das Haus verräuchern, bitte«, entgegnete Mrs Candle kühl und schob ihr ungnädig den metallenen Nussknacker über den Tisch.

Justus hatte inzwischen die weiße Stoffserviette auseinandergefaltet, in der die alte Dame die abgehobelten Späne der fünften Adventskerze verwahrt hatte.

»Auch diesen Hinweis konnten wir bisher nicht im Geringsten deuten«, erklärte er Miss Handerson, die mit einem kräftigen Druck eine Walnuss knackte und die Kerne schnell in ihrem Mund verschwinden ließ. »Urplötzlich stand am Abend des 9. Dezember eine fünfte Kerze auf Mrs Candles Adventskranz, obwohl nur vier daraufgehören! Ich war daraufhin so frei, das Corpus Delicti bis auf den Docht herunterzuschälen, weil ich vermutet hatte, dass sich in der Kerze ein weiterer Hinweis befinden könnte.«

»Aber leider war das Ergebnis gleich null«, fügte Bob hinzu.

Miss Handerson blickte fragend auf die Gegenstände. »Aber wie um alles in der Welt kommt ihr darauf, dass dieser Brief, der Ring und die zerstörte Kerze auf das Versteck der Beute hinweisen? Ich sehe da nicht den geringsten Zusammenhang!« Dabei griff sie nach einer weiteren Nuss und teilte sie unter Zuhilfenahme des Nussknackers in zwei Teile.

»Mehr Gegenstände sind bisher noch nicht aufgetaucht«, meldete sich jetzt Peter zu Wort. »Wir dachten, da Sie Edward doch so gut kennen –«
»Was ist denn das?« Überrascht starrte Miss Handerson auf die zwei Walnusshälften in ihrer Hand, zwischen denen ein kleiner, zusammengefalteter Zettel zum Vorschein gekommen war. Achtlos ließ sie die Schalen auf den Tisch fallen und machte sich daran, das Papier zu entfalten.
Die drei ??? sprangen von ihren Stühlen auf und stellten sich neben Miss Handerson, um den unerwarteten Fund genauer in Augenschein nehmen zu können.
Doch Edwards Freundin deckte schnell ihre linke Hand darüber. »*Ich* werde den Brief als Erste lesen!«, rief sie scharf.
»Na hören Sie mal!«, rief Peter aufgebracht. »Was fällt Ihnen denn ein? Die Nuss gehört Ihnen doch gar nicht!«
Aber Patricia Handerson blieb stur. »Aber Edward war *mein* Freund! Er hat jedes Geheimnis mit mir geteilt! Und deshalb steht mir diese Information zu!«
Nun erhob sich auch Mrs Candle aus ihrem Sessel und ging wutentbrannt auf die junge Frau zu. »Was erdreisten Sie sich, in meinem Haus den Ton anzugeben?« Sie griff nach dem metallenen Nussknacker und hob ihn drohend in die Höhe. »Der Zettel muss aus einer der drei Walnüsse stammen, die sich am 2. Dezember in meinem Adventskalender befunden haben! Und damit gehört diese Botschaft rechtmäßig mir!« Aufgeregt schnappte sie nach Luft. »Rücken Sie endlich mein Eigentum raus oder ich vergesse mich!«
In diesem Moment schlug die große Uhr an der Wand zwölfmal. Es war Mitternacht.

»Bitte legen Sie den Nussknacker wieder zurück«, versuchte Patricia Handerson die alte Dame am **23. Dezember** um 0:01 Uhr zu beruhigen. »Ich wollte doch niemandem etwas Böses.« Sie warf einen kurzen Blick auf den Zettel und reichte ihn dann widerstandslos dem Ersten Detektiv. »Entschuldigt bitte meine Kurzschlusshandlung, aber ich bin seit Edwards Ausbruch aus dem Gefängnis das reinste Nervenbündel! Ich werde noch verrückt, wenn ich nicht bald etwas von ihm höre!«
»Ist schon okay«, versuchte Justus die Wogen zu glätten. »Wir sind alle ein wenig durch den Wind. Das wird sich wohl erst ändern, wenn wir endlich in Erfahrung gebracht haben, was uns Edward tatsächlich mit all diesen Hinweisen sagen will.«
Peter platzte fast vor Ungeduld. »Was steht denn nun auf dem Zettel, Erster? Nun lies schon vor!«
Die Schrift auf dem Zettel war winzig klein. Justus hielt die Botschaft ein Stück näher unter die Lampe, die über dem Tisch hing, und begutachtete den Zettel angestrengt. Dann las er den Text laut vor:
»Verzichte auf den Preis – denn er ist zu heiß.
Ohne diese Blüten – lässt Unglück sich verhüten.«
Nachdenklich ließ Justus den Zettel sinken.
»Also, ich stehe total auf dem Schlauch, Freunde.« Verstört fasste sich Bob an den Kopf. »Das ist offenbar ein Rätsel. Aber hat jemand von euch auch nur die leiseste Ahnung, was diese Worte bedeuten könnten?«
»Vielleicht sind in den anderen Nüssen ja noch mehr Botschaften versteckt!« Eifrig griff Miss Handerson nach dem

Nussknacker und begann, die übrigen Nüsse vom Weihnachtsteller auseinanderzubrechen.
»Hören Sie schon auf!«, versuchte Mrs Candle der jungen Frau Einhalt zu gebieten. »Das ist vollkommen sinnlos! In dem Säckchen haben sich doch nur die drei Walnüsse befunden. Und die sind bereits geknackt!«
»Wartet mal!«, rief Peter plötzlich dazwischen. »Wie lautet der Spruch noch? *Ohne diese Blüten – lässt Unglück sich verhüten.* Könnte das nicht bedeuten, dass …«
Nun wurde auch Miss Handerson vom Rätselfieber gepackt. »Blüten! Auch wenn das natürlich echte Scheine waren: Damit kann nur die Beute gemeint sein! Ich bin mir ganz sicher! Aber was soll der Rest bedeuten? Los doch! Legt mal einen Gang zu! Ich spüre, dass ihr schon ganz dicht an der Lösung seid!«
In diesem Moment durchfuhr es Justus wie ein Blitz. »Moment mal, Kollegen!« Zielstrebig ging er auf die Wand zu, an der der Zeitungsbericht über Mrs Candles Garten in einem Wechselrahmen hing, und begann nachdenklich an seiner Unterlippe zu zupfen. *»Verzichte auf den Preis, denn er ist zu heiß …«* Er wandte sich an Mrs Candle. »Der Preis, der Ihnen im November verliehen wurde, der besagte doch, dass Ihnen im Palisades Park eine hundert Quadratmeter große Rasenfläche zugesprochen wurde, die Sie von Gartenarchitekten nach Ihren Anweisungen gestalten lassen dürfen!«
Die alte Dame sah Justus ungläubig an. »Im Palisades Park? Wie kommst du denn darauf?«
Der Erste Detektiv hatte plötzlich das Gefühl, als würde sich um seinen Körper eine Eisschicht bilden. Die alte Dame

schien nicht zu begreifen, worauf er hinauswollte: Patricia würde doch niemals unter den Augen der Polizei im Garten anfangen zu graben! Fieberhaft ließ er seine Blicke durch das Wohnzimmer schweifen, bis er auf dem Kaminsims einen Miss-Marple-Krimi entdeckte: »Ein Mord wird angekündigt«. Scheinbar unbeteiligt griff er danach und hielt das Buch in Mrs Candles Richtung. Dabei fixierte er sie mit einem fast hypnotischen Blick. Sie musste sich doch an ihr Gespräch über Miss Marple und Mrs Candle als vierte Detektivin erinnern! »Ein kleines Grundstück im Palisades Park«, wiederholte er wie nebenbei. »Direkt neben der Bronze-Skulptur ›Tor des Südens‹!«

Endlich hatte Mrs Candle begriffen und spielte das Spiel mit. Ihre Augen flammten auf. »Ah, natürlich! Die Bronze-Skulptur! Hättest du sie gleich erwähnt, hätte ich auch eher geschaltet!«

Miss Handerson trat forsch einen Schritt näher. »Wovon redet ihr da? Los doch, heraus damit!«

»Dabei ist es doch so einfach!« Der Erste Detektiv setzte sich gelassen in Mrs Candles Ohrensessel und ließ seine Hände auf die Knie sinken. »Edward Candle hat die Beute des Raubüberfalles vor fünf Jahren vor der Polizei in Sicherheit gebracht. Und zwar an der von mir eben erwähnten Stelle. In unmittelbarer Nähe der Bronze-Skulptur sind die zwei Millionen Dollar vergraben. Darauf gehe ich jede Wette ein!«

Miss Handerson bewegte sich keinen Millimeter von der Stelle. »Wie kommst du darauf?«

»Weil in dem Fernsehinterview, in dem von Mrs Candles

Sieg und ihrem Preis berichtet wurde, auch ausführlich die Stelle beschrieben wurde, die nach Mrs Candles Anweisungen neu bepflanzt werden soll: im direkten Umfeld vom ›Tor des Südens‹!« Justus machte ein triumphierendes Gesicht. »Edward *muss* diese Sendung über seine Großmutter im Gefängnis zufällig gesehen haben. Denn wie sonst ist es zu erklären, dass er sofort darauf seinen Zellengenossen Jeremias Howard, der im offenen Vollzug ist, damit beauftragt, Mrs Candle die verschlüsselten Botschaften zukommen zu lassen?«

»In der er seine Großmutter unter anderem eindringlich davor warnt, den Gartenpreis anzunehmen!« Peter spürte, wie es ihm eiskalt den Rücken hinablief. »Weil er anscheinend befürchtet hat, dass die Gartenbauer rund um die Bronze-Skulptur die Erde bewegen und dabei möglicherweise auf die versteckte Beute stoßen würden!«

»Das ist völlig absurd!«, platzte es aus Miss Handerson unerwartet heraus. »Edward hätte seinen Zellengenossen niemals zu seiner Großmutter geschickt!«

Justus horchte interessiert auf. »Ach? Und warum nicht, Miss Handerson?«

»Weil er die ganze Zeit davon ausgehen musste, dass sie tot ist!«

»Wie bitte?« Die alte Dame schaute fassungslos. »Sagen Sie das noch einmal.«

»Warum?«, entgegnete Miss Handerson kalt. »Sie sind doch nicht taub!«

Der Erste Detektiv fasste sich grübelnd ans Kinn. »Das habe ich mir beinahe schon gedacht. Welchen Grund hätte Edward sonst haben können, sich die vergangenen fünf Jahre nicht mehr bei seiner Großmutter zu melden, als die Annahme, sie sei bereits verstorben? Und diese falsche Information haben Sie ihm zukommen lassen, richtig?«

»Du bist wirklich nicht dumm …«

Nie zuvor hatten die drei ??? in so kalte Augen geblickt wie in die von Patricia Handerson.

Bob hatte das Gefühl, sich im falschen Film zu befinden. »Aber warum? Was hat Sie dazu veranlasst, auch Ihrem Freund Edward so eine grausame Lüge aufzutischen?«

Seelenruhig griff Miss Handerson in ihre Handtasche, entnahm ihrem silbernen Etui eine Zigarette und steckte sie sich mit einem süffisanten Lächeln an. »Weil ich herausfinden musste, ob er die Beute in diesem Haus versteckt hatte, ganz einfach!« Sie blies den blauen Rauch in die Luft. »Wenn Edward davon ausging, dass seine Oma tot war, dann musste er doch schließlich auch befürchten, dass bei einem Verkauf des Hauses die neuen Besitzer früher oder später auf die eventuell hier versteckte Beute stoßen würden, oder?« Sie lachte kurz. »Aber auf die Todesnachricht hat Edward nicht im Geringsten reagiert. Also wusste ich, dass er das Geld nicht hier deponiert hatte!«

Mrs Candle verlor die Beherrschung. Mit hochrotem Kopf ging sie auf Miss Handerson zu und verpasste ihr eine kräftige Ohrfeige.

»Sie verlassen jetzt augenblicklich mein Haus! Und ich werde mitgehen und dafür sorgen, dass die draußen stehenden Polizisten Sie sofort in Gewahrsam nehmen!«

»So? Das würde ich mir an Ihrer Stelle noch mal reiflich

überlegen.« Miss Handerson trat an den runden Tisch und drückte ihre Zigarette auf dem Weihnachtsteller aus. Dann schlenderte sie gelassen zu Bob hinüber und zog eine Pistole aus der Jackentasche. Sie drückte dem völlig verdutzten Jungen den Lauf in den Rücken. »Wir beide werden jetzt das Haus verlassen, uns in ein Taxi setzen und damit zu einem Baumarkt fahren.«

»Bin ich bescheuert?«, entgegnete Bob trotzig. »Wie komme ich denn dazu?«

Miss Handerson zeigte keine Regung. »Dort werden wir eine Hacke und eine Schaufel kaufen und dann wirst du dich als Schatzgräber nützlich machen! Ich will endlich mein Geld zurückhaben! Und zwar nicht gleich, sondern sofort!«

Peter glaubte, sich verhört zu haben. »Was soll das heißen – *Ihr* Geld?«

»Das ist doch sonnenklar«, klärte der Erste Detektiv seinen Freund auf. »Nicht Edward hat damals den Raubüberfall begangen, sondern seine heiß geliebte Freundin Patricia Handerson. Denn welchen Grund sollte Edward sonst gehabt haben, vorzeitig aus dem Gefängnis zu fliehen? Um sich an der Person zu rächen, die sich am 5. Advent ins Ausland absetzen wird, und für die er fünf Jahre unschuldig eine Haftstrafe abgesessen hat! Nicht wahr, Miss?«

Miss Handerson wurde bleich. »Du bist wahrlich ein Blitzmerker, Fettmops! Aber dein altkluges Gerede wird mich jetzt nicht davon abhalten, mit eurem Freund als lebendem Schutzschild dieses Haus zu verlassen. Und wenn einer von euch den Bullen einen Wink geben sollte, wird euch dieses Weihnachtsfest als das traurigste Weihnachten eures Lebens

in Erinnerung bleiben!« Mit diesen Worten griff sie nach Bobs Jacke und legte sie sich so über den Arm, dass die Pistole nicht mehr zu sehen war. »Und jetzt vorwärts, Bob!«
In dieser Sekunde trat von hinten eine Gestalt an Miss Handerson heran und entriss ihr blitzschnell die Waffe. Die junge Dame schnellte herum – und erstarrte.
»Edward?! Wie kommst du denn hierher?«

Am Nachmittag des **24. Dezember** saßen die drei ??? neben Lydia Candle und Edward im Besucherraum des Sellamore-Gefängnisses. Der zuständige Richter hatte eine Ausnahmegenehmigung erteilt, sodass die alte Dame gemeinsam mit Justus, Peter und Bob ihren Enkel besuchen durfte, um mit ihm für eine Stunde das deutsche Weihnachtsfest zu feiern.
»In Deutschland ist heute Heiligabend«, bemerkte Mrs Candle feierlich. »Und deshalb ist bei uns heute auch Bescherung. Darum habe ich auch heute Morgen extra einen Kuchen für uns gebacken.« Stolz deutete sie auf den Gugelhupf, den sie feierlich auf den Tisch stellte. »Doch für mich ist es das größte Geschenk, dass wir endlich wieder vereint sind. Auch wenn es im Gefängnis ist!«
»Dass Sie wieder in Mrs Candles Haus sind, habe ich geahnt, seitdem uns Ihre Großmutter angerufen hatte, um uns über die fünfte Kerze auf dem Adventskranz in Kenntnis zu setzen«, erklärte Justus nicht ohne Stolz. »Denn da Sie wussten, dass nach Ihrem Ausbruch und den entsprechenden Medienberichten Ihre wahre Identität bekannt werden würde – und dann das Haus rund um die Uhr von der Polizei observiert werden würde –, mussten sie vom Sellamore-Gefängnis umgehend zu Mrs Candle gefahren sein und sich noch vor dem Eintreffen der Polizei mithilfe des im Garten deponierten Zweitschlüssels im Haus versteckt haben. Waren Sie im Vorratskeller? Egal. Und wie sonst hätte die Kerze von Ihnen auf den Kranz gesteckt werden können, wenn Sie sich nicht schon von Anfang an in dem Haus aufgehalten hätten? Vom 6. bis zum 23. Dezember konnten Sie das Haus ja weder unbemerkt betreten noch verlassen. Ihr fingierter Anruf als

Mr Schroeder hat mich allerdings ins Zweifeln kommen lassen. Warum hätten Sie aus ihrem eigenen Haus Ihre Großmutter anrufen sollen? Und wie? Haben Sie sich auf der Flucht noch ein Handy besorgt? Sie wollten mit dem Anruf wohl die Polizei, von der Sie wussten, dass sie das Telefon abhört, von Ihrem wahren Aufenthaltsort ablenken!«

»Gratulation zu so viel Kombinationsgabe!«, lobte Edward begeistert und griff nach einem Stück Kuchen.

»Aber was hatte es denn mit der fünften Adventskerze auf sich?«, wollte Justus wissen. »Denn darauf konnten wir uns überhaupt keinen Reim machen.«

Edward schmunzelte. »Mit dieser Kerze wollte ich meiner Großmutter beweisen, dass wirklich *ich* es war, der ihr diese Botschaften zukommen ließ, und kein Trittbrettfahrer. Schon als kleines Kind war es eine Marotte von mir gewesen, Großmama jedes Jahr wieder zu löchern, weshalb es denn nicht noch einen fünften Advent gäbe. Ich habe die Weihnachtszeit immer geliebt und mir damals so gewünscht, dass sie nie vorbeiginge.«

»Das ist wirklich rührend«, bemerkte Bob. »Aus demselben Grund hat dann vermutlich auch Jeremias Ihren Ring in dem Adventskalender hinterlegt, richtig?«

Edward nickte anerkennend. »Wieder voll ins Schwarze getroffen! Der Ring war ein Geschenk von Großmama gewesen. Sie sollte ein ganz persönliches Zeichen von mir erhalten.«

»Doch nun würde ich gerne einmal die Geschichte von Anfang an aufrollen«, schlug der Erste Detektiv vor. »Denn von Patricia Handerson, die ja gestern Nacht zum Glück verhaf-

tet worden ist, haben wir wohl ausschließlich Lügengeschichten zu hören bekommen.«
»Handerson?«, unterbrach ihn Edward. »So hat sie sich also genannt? Sie heißt Patricia *Anderson.*«
»Von wegen fotografisches Gedächtnis, Justus«, stichelte Peter. »Du hast dir doch vorgestern das E-Ticket angeguckt. Nah dran ist auch daneben!«
Der Erste Detektiv funkelte Peter böse an.
»Was war das gerade, Peter?«, fragte Edward verwundert.
»Egal. Anderson – kein besonders origineller falscher Name ...« Er lehnte sich auf seinem Stuhl zurück. »Aber zurück zur Geschichte. Patricia ist irgendwann zu mir gekommen und hat mir erzählt, dass sie mit einem Kumpel aus Schultagen einen Geldtransporter ausrauben wollte. Ich hielt das Ganze für einen überdrehten Scherz von ihr, bis sie mich eines Tages in meiner Wohnung besucht und mir die Pistole gezeigt hat, mit der sie den Überfall ausführen wollte. Ich bin ausgerastet und habe ihr die Pistole sofort abgenommen. Aber Patricia lachte nur, riss mir die Waffe wieder aus der Hand und verschwand. Am nächsten Tag stand sie dann völlig aufgeregt mit einem Koffer wieder vor meiner Tür. Unter Tränen hat sie mir gebeichtet, dass sie den Überfall zwar tatsächlich erfolgreich durchgeführt, dabei aber mit ihrer Waffe eine unschuldige Passantin lebensgefährlich verletzt hätte. Zu allem Überfluss hatte sie die Pistole auch noch während ihrer Flucht am Tatort verloren. In dem Moment schwante mir schon, dass sich auf der Waffe noch meine Fingerabdrücke befinden mussten, da ich sie doch einen Tag zuvor Patricia aus der Hand gerissen hatte. Das Geld aber,

die erbeuteten zwei Millionen Dollar, befanden sich in dem besagten Koffer.«

»Und was geschah dann?« Peter blickte Edward fragend an.

»Ich war fassungslos und mein einziger Gedanke war, dass sie das Geld auf keinen Fall behalten durfte. Es klebte ja Blut daran und noch immer stand nicht fest, ob die angeschossene Passantin überleben würde. Deshalb nahm ich in meiner Panik einfach den Koffer an mich und vergrub ihn in der Nacht in Großmamas Garten, während sich Patricia, die mit den Nerven völlig am Ende war, in ihrer Wohnung erst einmal richtig ausschlafen durfte.«

»Erst einen Menschen umschießen und dann genüsslich ausschlafen«, kommentierte Bob sarkastisch. »Sachen gibt's, die gibt's gar nicht! Und wie ging es weiter?«

»Danach ging alles ziemlich schnell. Am nächsten Morgen in aller Herrgottsfrühe fuhr die Polizei mit Blaulicht vor. Und da wusste ich, was auf mich zukam!«

»Die Polizei hatte die Waffe gefunden und Ihre Fingerabdrücke sichergestellt.«

»Genau so war es, Justus. Das reichte natürlich, um mir die Polizei auf den Hals zu hetzen – obwohl es ohne Schmauchspuren wohl nie für eine Verurteilung gereicht hätte. Aber in diesem Moment fasste ich einen Entschluss: Bevor die Polizisten meine Wohnung stürmten, habe ich Patricia angerufen und ihr mitgeteilt, dass ich statt ihr ins Gefängnis gehen und die ganze Schuld auf mich nehmen würde.«

»Wie bitte?!« Mrs Candle sah ihren Neffen ungläubig an.

»Ja, ich weiß, es war vollkommen wahnsinnig! Aber noch wahnsinniger war ich in Patricia verschossen! Ich habe es aus purer Liebe getan! Meine einzige Bedingung war, dass wir das Geld nach meiner Haftstrafe nicht behalten durften.«

»Das verstehe ich nicht ganz«, fragte sich Bob. »Wieso haben Sie das Geld denn nicht gleich wieder zurückgegeben? Das hätten Sie doch auch anonym tun können.«

»Weil ich mir irgendwie eingeredet habe, dass die Banken doch für einen solchen Fall eh versichert sind! Mir hat damals vorgeschwebt, das Geld nach meiner Haftentlassung anonym für einen guten Zweck zu spenden. Da gibt es so viele Organisationen, die mit jedem Dollar rechnen müssen.«

»Ehrlich gesagt, das klingt doch völlig verrückt«, bemerkte Peter mit einem Stirnrunzeln. »Das nimmt ihnen doch niemand ab.«

»Darauf muss ich es wohl ankommen lassen«, entgegnete Edward. »Ich hatte dem Koffer damals ein kurzes Schreiben beigelegt, in dem steht, dass das Geld aus einem Überfall auf einen Geldtransporter stammt und entweder der Polizei ausgehändigt werden soll oder einer wohltätigen Einrichtung. Ich weiß, ich war damals schrecklich naiv, aber so war das eben damals. Na ja, die Polizei wird den Brief inzwischen gelesen haben, nachdem der Koffer gestern Nacht ausgegraben worden ist.«

»Bis hierhin kaufe ich Ihnen die Geschichte ab«, sagte Justus zögernd. »Und mir war auch ziemlich schnell klar, dass Patricia mehr mit der Sache zu tun hatte, als sie uns gegenüber zugab. Denn als Mrs Candle uns mitteilte, was für ein gutes Verhältnis Sie und Ihre Großmutter immer gehabt hatten, konnte ich einfach nicht glauben, dass Sie Patricia aufgetragen hätten, Ihrer Großmutter diese schreckliche Geschichte über Ihren angeblichen Tod zu erzählen. Das passte einfach ganz und gar nicht.«

»Warum aber hat sie diese Horrorgeschichte aus dem Hut gezaubert?«, fragte Mrs Candle interessiert.

»Sie musste verhindern, dass ich Kontakt zu meiner Großmutter aufnehme. Sie wusste, Großmama, dass ich dir dann alles gebeichtet hätte – und du hättest keine Ruhe gegeben, bis ich das Geld zurückgebe und der Polizei die ganze Wahrheit erzähle. Und dieses Risiko konnte und wollte Patricia auf keinen Fall eingehen.«

»Und umgekehrt hat sie Ihnen ja erzählt, Edward, dass Ihre Großmutter gestorben war.«

»Krank, einfach nur krank!« Mrs Candles Enkel fasste sich verstört an die Stirn. »Dass sie dabei von purer Gier getrieben wurde, habe ich ja gestern Nacht hinter der Kellertür gehört.«

»Aber wie ging es dann im Gefängnis weiter?« Justus wollte auch den Rest der Geschichte hören.

»Zunächst einmal muss ich wohl die Geschichte mit der doppelten Identität aufklären«, entgegnete Edward. »Schon vor vielen Jahren hatte ich von einem Freund aus der Unterwelt einen Führerschein, eine Sozialversicherungskarte und eine Geburtsurkunde erhalten, die mich als Charly Gordon auswiesen. Diese Dokumente waren so meisterhaft gefälscht, dass selbst die Polizei sie für echt halten musste, zumal es diesen Charly Gordon ja wirklich gegeben hat.«

»Wie ist das denn zu verstehen?«, hakte Justus nach.

»Dieser Charly Gordon hatte sich bereits vor Jahren selbst mit einer neuen Identität aus den Vereinigten Staaten abgesetzt, um mit seiner Freundin, die hohe Steuerschulden hatte, unter anderem Namen in Europa ein neues Leben zu beginnen. Auch seine Freundin hatte sich eine neue Identität zugelegt. Und da dieser Charly Gordon polizeilich nie in Erscheinung getreten war, erschien es mir damals als Glücksgriff, seine Identität annehmen zu können – zumindest zeitweise. Eigentlich war es ganz einfach: Ich habe als Charly Gordon eine zweite Wohnung angemietet und dort auch meine gefälschten Papiere deponiert. Genauso habe ich es mit meinen echten Papieren gemacht: Die habe ich in meiner Hauptwohnung hinterlegt, die ich als Edward Candle bewohnte. Kannst du mir folgen, Justus?«

»Schon«, erwiderte der Erste Detektiv fasziniert. »Aber welchen Vorteil zogen Sie aus diesem Doppelspiel?«

»Ich war damals leider so dumm gewesen, mein Gehalt als Verkäufer hin und wieder durch kleine Gaunereien etwas aufzubessern. Wenn man mich je dabei erwischen sollte, so hatte ich mir das gedacht, wäre ich ohne Führerschein unterwegs, könnte mit den Polizisten zu meiner Zweitwohnung fahren und mich dort mithilfe der gefälschten Papiere als Charly Gordon ausgeben. So wollte ich sichergehen, dass meine Großmutter niemals erfahren würde, dass ihr geliebter Enkel ein Ganove war.« Bei diesen Worten blickte er Mrs Candle entschuldigend an, die ihm daraufhin liebevoll die Hand auf die Schulter legte.

»Jedenfalls: Unter dem Namen Charly Gordon war ich der Polizei schon vorher mit kleineren Delikten ins Netz gegangen. Nichts Großes, für eine Anklage hatte es nie gereicht. Aber deswegen hatte die Polizei schon meine Fingerabdrü-

cke. Das hatte ich nach dem Überfall in meiner Panik nicht bedacht, und deswegen war meine Zweitwohnung, in die ich gefahren war, nachdem ich das Geld vergraben hatte, natürlich der grundfalsche Ort, um mich vor der Polizei zu verstecken ..." Er lächelte gequält.
„Na ja, um es kurz zu machen: Im Gefängnis habe ich mich vor einigen Monaten mit einem Typen angefreundet. Sein Name ist Jeremias Howard. Ein Kleinkrimineller, der den Rest seiner Haftstrafe im offenen Vollzug ableisten und in der Öffentlichkeit einer geregelten Arbeit nachgehen durfte. Auf alle Fälle war es so, dass Jeremias bereits vor Weihnachten mit seiner Entlassung rechnen konnte. Und so hatte er sich vorgenommen, ein Reisebüro aufzusuchen, um sich dort schon mal nach ein paar günstigen Flügen zu erkundigen. Denn wenn er aus dem Gefängnis kam, wollte er erst einmal weg von hier, um sich frischen Wind um die Nase wehen zu lassen!«
»Und ich kann mir an allen zehn Fingern abzählen, wem Ihr Zellengenosse im Reisebüro begegnet ist: Ihrer Freundin Patricia!«
»Ganz genau, Justus!« Edward ballte seine Hände zu Fäusten. »Sie hat da händchenhaltend mit einem anderen Mann gesessen und die beiden haben dem Verkäufer erzählt, dass sie zusammen auf die Malediven fliegen wollten. Und was Jeremias noch mitbekommen hat: Patricia wollte anscheinend abhauen, denn die beiden haben nur einen einfachen Flug gebucht, kein Rückflugticket. Die Malediven haben kein Auslieferungsabkommen mit den USA ... Das Ticket war für den Sonntag zwischen Weihnachten und Neujahr.«

»Also für den fünften Advent!«, schaltete sich Mrs Candle ein. »Aber woher wusste dein Zellengenosse überhaupt, dass die Frau in dem Reisebüro deine Freundin Patricia war, Edward? Schließlich hatte Jeremias sie doch vorher nie zu Gesicht bekommen, oder etwa doch?«

»Gut aufgepasst!«, lobte Edward seine Großmutter. »Jeremias hat sie sofort anhand des Fotos an meiner Zellenwand identifiziert. Er war sich absolut sicher! Und ein Dutzendgesicht hat Patricia ja nun wirklich nicht. Aber nun hatte ich endlich Gewissheit! Ich hatte schon seit Längerem den Verdacht, dass sie einen neuen Freund hatte, obwohl wir uns doch geschworen hatten, zusammenzubleiben und die fünf Jahre irgendwie gemeinsam durchzustehen. Schließlich war ich doch auch für sie ins Gefängnis gegangen!

Wir haben uns auf verschlungenen Wegen über Dritte Briefe geschrieben – immer mit der Postzensur im Nacken. Wir hatten unseren ganz eigenen Code entwickelt. Das mit dem neuen Freund hat sie vehement abgestritten. Stattdessen hat sie mich immer wieder bedrängt, ihr zu verraten, wo ich denn die Beute aus dem Überfall versteckt hätte. Aber ich habe nichts gesagt – da bin ich stur geblieben.«

»Was haben Sie denn damals der Polizei erzählt?«, hakte Justus nach. »Denn die hat Sie doch sicher auch gehörig in die Mangel genommen, was die zwei Millionen Dollar betraf.«

»Ich bin bis zum heutigen Tag immer bei der Version geblieben, dass mein Komplize sich das Geld unter den Nagel gerissen hätte. Aber das hat mir vermutlich all die Jahre niemand abgekauft.«

»Und als Sie dann vor vier Wochen zufällig im Fernsehen

sahen, dass Ihre Großmutter noch am Leben war und als ersten Preis die Umgestaltung ihres eigenen Gartens gewonnen hatte, sind Sie vermutlich durchgedreht, und zwar gleich aus zwei Gründen!«

»Besser hätte ich es nicht formulieren können, Justus.« Edward war deutlich anzusehen, wie er mit seiner Beherrschung kämpfte. »Ich glaube, niemand kann sich vorstellen, was ich zu diesem Zeitpunkt empfunden habe: Die Frau, die ich für die Liebe meines Lebens hielt, hatte mir erzählt, dass meine letzte noch lebende Verwandte gestorben war! Doch viel schlimmer für mich war, dass Großmama in dem Beitrag erwähnte, ihr einziger Enkelsohn wäre bereits vor fünf Jahren gestorben! Da habe ich begriffen, dass Patricia mir und meiner Großmutter jeweils vom Tod des anderen erzählt hatte, um an die Beute aus dem Raubüberfall zu gelangen! Endlich habe ich ihr wahres Gesicht erkannt. Ich sah keinen anderen Weg, als aus dem Gefängnis auszubrechen. Nicht nur, weil ich verhindern wollte, dass Patricia sich ins Ausland absetzt –«

»Sondern vor allem, um zu verhindern, dass der Garten von Mrs Candle neu gestaltet wurde, damit niemand auf die Beute aus dem Raubüberfall stieß. Sie wollten Ihre Großmutter nicht in die Sache hineinziehen, stimmt's? Denn wer hätte ihr schon geglaubt, dass sie nicht wusste, was da in ihrem Garten vergraben war?«

»Ganz genau, Justus. Und aus diesem Grund habe ich Jeremias gebeten, die Hinweise im Adventskalender meiner Großmutter zu deponieren. Fragt mich nicht, warum ich ihr nicht einfach einen Brief zugespielt habe …« Er schaute Mrs

Candle nachdenklich an. »Großmama, weißt du noch? Als kleiner Junge habe ich meinen Adventskalender immer geliebt. Wahrscheinlich bin ich deswegen auf diese verrückte Idee gekommen. Aber du hattest ja eine hervorragende Unterstützung: die drei Detektive! Glückwunsch, Jungs! Ich bin euch wirklich zu größtem Dank verpflichtet!«

Justus strahlte wie ein Honigkuchenpferd. »Der Fall hat ja in letzter Sekunde noch ein gutes Ende genommen! Denn dass ausgerechnet Patricia auf den letzten und wirklich alles entscheidenden Hinweis in der Walnuss gestoßen ist, kann man wohl nur als glückliche Fügung bezeichnen!«

»Und damit lasst uns jetzt endlich zum festlichen Teil des Tages übergehen!« Mrs Candle erhob sich von ihrem Platz und blickte selig in die Runde. »Ich möchte euch allen sagen, dass ich heute der glücklichste Mensch auf Erden bin – und wünsche euch allen fröhliche Weihnachten!«

Die drei ???®

Stille Nacht, düstere Nacht

erzählt von Hendrik Buchna

Noch 24 Stunden

23. Dezember, zwölf Uhr mittags.

»Wow …«, entfuhr es Peter. »Ein echtes Weihnachtsparadies.« Staunend ließ er seinen Blick durch die gewaltige Halle schweifen, die vom Boden bis zur Decke mit Weihnachtsschmuck, Tannengrün und unzähligen Spielzeugen dekoriert war. Eine fröhliche, wenn auch etwas abenteuerliche Melodien-Mischung aus ›Jingle Bells‹, ›The First Noel‹ und ›Joy to the World‹ lag über dem bunten Treiben in den zahllosen Gängen.

Bob nickte zustimmend. »Genau *so* habe ich mir als kleiner Junge das Zuhause von Santa Claus am Nordpol vorgestellt. Na ja – vielleicht ohne die vielen Vertreter.«

»So ist das eben auf einer Messe«, erwiderte der ebenfalls sichtlich beeindruckte Erste Detektiv. »Und in diesem Fall handelt es sich sogar um die größte Spielwaren-Fachmesse diesseits der Rocky Mountains. Hier trifft sich allweihnachtlich die gesamte Branche, um sich über die neuesten Entwicklungen und Trends im kommenden Jahr auszutauschen. Fernab der neugierigen Öffentlichkeit, versteht sich.«

Peter wandte den Kopf zu einem riesigen Panoramafenster, hinter dem sich vor stahlblauem Himmel eine prachtvolle Berglandschaft erstreckte. Die tief verschneiten, leicht bewaldeten Anhöhen glitzerten malerisch im Sonnenlicht, was den Eindruck einer Postkartenidylle noch verstärkte. In der Ferne, gut eine halbe Meile abseits des abgeschirmten Messegeländes, zogen unzählige Urlauber wie bunte Ameisen

ihre Bahnen und glitten auf Skiern oder Snowboards die perfekt präparierten Pisten hinab.
»Ein hochmodernes Tagungszentrum mitten in einem der schönsten Wintersportgebiete des Landes – die ideale Kombination für eine weihnachtliche Spielzeugmesse«, stellte der Zweite Detektiv fest.
»Freut mich, dass es euch auf der *GameFame* gefällt«, meldete sich nun ein etwas abseits stehender Mann mit leicht ergrauten braunen Haaren und freundlichem Lächeln zu Wort, dessen eleganter Anzug an der Hüfte etwas spannte.
»Und ob es das tut, Mr Nostigon«, bestätigte Justus mit leuchtenden Augen. »Ihre Einladung war wie ein vorgezogenes Weihnachtsgeschenk!«
Die drei ??? kannten den ehemaligen Kommissar seit ihrem Abenteuer auf der Geisterinsel. Damals hatten die Jungen Peters Vater zu einem Filmdreh an der Ostküste begleitet und waren einem Geheimnis auf die Spur gekommen, unterstützt von Mr Nostigon. Vor einiger Zeit war er allerdings aus dem Polizeidienst ausgeschieden und aus familiären Gründen an die Westküste gezogen. Nahe San Francisco hatte er sich als freier Sicherheitsberater selbstständig gemacht und war über Mr Shaw an einige erste Jobs in der Filmbranche gelangt. So hatte Nostigon sich rasch einen guten Ruf aufbauen können, der ihn für größere Aufgaben empfahl. Die vorläufige Krönung seiner neuen Tätigkeit war der Job als Sicherheitskoordinator auf der *GameFame*. Wie in den Vorjahren fand die große Spielwarenmesse in Crystal Pike statt, einem kalifornischen Wintersportresort nahe dem bekannten Mammoth Mountain.

Zum Dank für Mr Shaws Unterstützung hatte Mr Nostigon nach Absprache mit der Veranstaltungsleitung Peter, Justus und Bob zu der berühmten Weihnachtsmesse eingeladen. Natürlich hatten die drei Detektive begeistert zugesagt, zumal sie – offiziell angemeldet als Mitarbeiter des Sicherheitsteams – auch Einblicke hinter die Kulissen der *GameFame* erhalten würden.

»Hier ist es wirklich unglaublich«, bestätigte Bob. »Allein die schiere Größe dieser Halle ... Da drin könnte man locker ein komplettes Kreuzfahrtschiff verstecken!«

»Solange ich nicht den An- und Abtransport übernehmen muss«, erwiderte Mr Nostigon amüsiert. »Aber du hast natürlich recht – auch ich war am Anfang vollkommen erschlagen von den Dimensionen hier. Und dabei ist das nur einer von mehreren Teilbereichen des Messegeländes.«

»Im Ernst?«, fragte Peter verblüfft. »Das hier ist noch gar nicht alles?«

»Bei Weitem nicht. Der gesamte Komplex umfasst drei Hauptareale: die *Grand Lodge* mit dem Hotelbereich im Osten, dann das derzeit ungenutzte Kongresszentrum im Norden und die *Fairground Hall* hier im Westen. Hinzu kommen fünf Innenhöfe mit Restaurants und Cafés und sogar ein eigenes Kino.« Nostigon seufzte. »Ihr könnt euch sicherlich vorstellen, was für einen Riesenaufwand es bedeutet, das alles vernünftig abzusichern.«

»Zweifellos eine Mammutaufgabe«, entgegnete Justus anerkennend. »Gehe ich recht in der Annahme, dass Sie im Vorfeld eine evaluative Rückkopplung mit den vorhandenen Security-Ressourcen forciert haben?«

»Herrje …«, flüsterte Peter und wandte sich zum dritten Detektiv um. »Wenn du's schaffst, das dreimal schnell hintereinander zu sagen, spendiere ich dir eine Wagenladung Zuckerwatte.«
Mr Nostigon schmunzelte. »Wie ich sehe, hat sich an deiner Vorliebe für hochgestochene Formulierungen nichts geändert, Justus.«
»Falls jemals der Tag eintritt, an dem sich unser Erster vom Aufstehen bis zum Schlafengehen vollkommen verständlich ausdrückt, schicken wir Ihnen sofort eine Postkarte«, versicherte Bob mit einem schiefen Grinsen.
Unwirsch winkte der Erste Detektiv ab. »Das ist doch wieder mal hoffnungslos übertrieben – ihr tut ja gerade so, als würde ich regelmäßig in altmesopotamisch mit euch reden!«
»Na, die alten Mesopotamier hatten bestimmt nix mit ›evaluativer Rückkopplung‹ am Hut«, murmelte Peter leise.
Doch bevor der Erste Detektiv auf diese spitze Bemerkung reagieren konnte, lenkte Mr Nostigon das Gespräch wieder auf das eigentliche Thema. »Um deine Frage zu beantworten, Justus: Hinsichtlich der Security waren hier keine Ressourcen vorhanden, auf die ich hätte zurückgreifen können.«
»Nicht?«, fragte Bob überrascht. »Aber die *GameFame* findet doch seit Jahren in Crystal Pike statt. Da müsste es doch eigentlich ein eingespieltes Sicherheitsteam geben.«
»Das gab es auch«, bestätigte Nostigon. »Aber im Unterschied zu den vergangenen Veranstaltungen hat die Messeleitung diesmal die gesamte Konzeption umgekrempelt. Alle Positionen wurden ausgewechselt. Auch die Stelle des Sicherheitskoordinators hatte man neu ausgeschrieben …«

Mit einer beschwingten Präsentationsgeste deutete Peter auf den Exkommissar. »… und der Gewinner waren *Sie*.«
»Nicht zuletzt dank der guten Jobs, die mir dein Vater vermittelt hat«, erwiderte Nostigon lächelnd. »Wegen des geänderten Konzepts musste ich hier allerdings ein völlig neu zusammengestelltes Team einweisen.«
Nachdenklich hob Justus die Augenbrauen. »Ziemlich ungewöhnlich, oder? Immerhin gab es hier eine erfahrene Sicherheitstruppe, die alles bis ins kleinste Detail kannte.«
»Wissen Sie, ob es einen bestimmten Grund für diese Änderung gab?«, erkundigte sich der dritte Detektiv.
Nostigon runzelte die Stirn. »Das kann ich nur vermuten. Diesmal gibt es nämlich eine ganz besondere Attraktion. Morgen um Punkt zwölf Uhr mittags wird –«
»Vorsicht, Bob!«, schrie Justus unvermittelt, doch da war es bereits zu spät. Zwei riesige Pranken mit spitzen Krallen packten den völlig überrumpelten dritten Detektiv an den Schultern und rissen ihn herum. Fassungslos starrten seine Freunde auf die unwirkliche Szenerie. Eine gewaltige, von oben bis unten mit rostbraunem Fell bedeckte Schreckgestalt hatte sich vor Bob aufgebaut und beugte sich nun zu seinem kreidebleichen Gesicht hinab. Der Kopf des Wesens hatte nichts Menschliches an sich, sondern glich einer grässlichen Affenfratze, aus deren aufgerissenem Maul lange Reißzähne herausragten.
»Duuu …«, knurrte die Kreatur mit abgrundtiefer Stimme, »… hast … gewonnen!«
Verdutzt hielten Justus und Peter, die soeben ihrem bedrohten Detektivkollegen zu Hilfe eilen wollten, inne.

Mit einem plötzlich gar nicht mehr schrecklich wirkenden Lächeln auf den fleischigen Lippen fingerte der Fellriese nun einen kleinen neonblauen Umschlag unter seinem stachelbewehrten Brustpanzer hervor und reichte ihn Bob, der immer noch kein Wort herausbringen konnte.
»Darin ist deine persönliche Glücksnummer für die große Verlosung morgen«, fuhr der Affenmensch munter fort. »Dort warten einzigartige Preise, exklusiv eingeflogen von meinem Heimatplaneten Neteria! Sei dir gewiss, kleiner Erdling …« Theatralisch riss der Koloss seine Fäuste nach oben. »… Spielspaß hat einen neuen Namen: HEROES OF THE UNIVERSE!«
In diesem Moment flackerte ein Glitzern der Erkenntnis in Peters Augen auf. »Jetzt weiß ich, woher ich den Typen kenne! Das ist doch Beastor – der Herr der Monster!«
»Du hast recht …«, murmelte Justus, dem ebenfalls ein Licht aufging. Erst jetzt bemerkte er, dass Mr Nostigon sich die ganze Zeit über abwartend im Hintergrund gehalten hatte. Mit einem vergnügten Lächeln trat er nun heran.
»So ist es. Leibhaftig und in voller Lebensgröße auf der *GameFame*, ebenso wie die anderen Mitstreiter von den HEROES. Genau davon wollte ich euch gerade berichten, als wir vom ›Monsterbändiger‹ unterbrochen wurden.«
In der Zwischenzeit hatte das Zottelwesen seinen leicht verrutschten Brustpanzer wieder sorgfältig zurechtgerückt und wandte sich zum Gehen. Zuvor beugte es sich jedoch nochmals zum dritten Detektiv hinab. »Also vergiss nicht, morgen zur großen Weihnachtspräsentation zu kommen.« Er grinste zwinkernd und entblößte dabei sein komplettes Raub-

tiergebiss. »Sonst werfe ich dich meinen Drachen zum Fraß vor!«
Nachdem Beastor davongetrottet war, drehte sich der immer noch völlig verdatterte Bob in Zeitlupentempo zu den anderen um. Den blauen Umschlag hielt er mit spitzen Fingern wie ein giftiges Insekt von sich weggestreckt. Er fühlte sich, als wäre er gerade aus einem verrückten Traum erwacht.
»Prä...sentation?«
»Genau!«, bestätigte Mr Nostigon fröhlich. Er deutete auf die Reisetaschen der Jungen. »Aber jetzt solltet ihr erst mal einchecken. Anschließend treffen wir uns wieder zum Essen und ich erzähle euch alles.«
»Ein ausgezeichneter Plan, Sir«, erwiderte Justus mit seliger Miene. »Nach diesem spektakulären Monsteralarm können wir eine kleine Stärkung gut gebrauchen ...«

Noch 23 Stunden

23. Dezember, ein Uhr mittags.
Nachdem die drei Detektive ihre im zwölften Stock der *Grand Lodge* gelegenen Zimmer bezogen hatten, begaben sie sich zum *Lumberjack's*, wo Mr Nostigon sie bereits erwartete. In dem urigen, gleichfalls weihnachtlich geschmückten Restaurant im Holzfällerstil ließen sie sich ein deftiges Mountain-Menü schmecken.
Entschuldigend deutete der Exkommissar auf das Display des neben seinem Teller liegenden Mobiltelefons. »Verzeiht bitte, dass ich auch während meiner Mittagspause auf Empfang bleiben muss. Aber erfahrungsgemäß passieren gerade in den Auszeiten die meisten Störfälle.«
»Kein Problem«, erwiderte Justus lächelnd, während er ein üppiges Omelettstück auf seiner Gabel balancierte. »›Allzeit bereit‹ ist ein Motto, mit dem auch wir durchaus vertraut sind.«
»Als Detektiv ist man eigentlich immer im Dienst«, bestätigte Peter. »Wenn's nach Just ginge, würden wir auch auf das lästige Schlafen verzichten, aber –« Verblüfft hielt er inne.
»Was hast du denn?«, fragte Bob irritiert. »Du machst ein Gesicht, als hättest du gerade den Grinch gesehen.«
»Nicht ganz, aber immerhin den stärksten Mann des Universums!« Unauffällig deutete Peter auf einen etwas entfernt sitzenden, halb nackten Hünen mit blonder Mähne, Lendenschurz und Fellstiefeln, dessen gewaltige Muskeln jeden Profi-Bodybuilder vor Neid hätten erblassen lassen.

»Tatsächlich – das ist Free-Man, der legendäre Anführer der HEROES OF THE UNIVERSE …«, erwiderte Bob mit gesenkter Stimme.
Justus schmunzelte. »Ich wusste gar nicht, dass der größte Held des Planeten Neteria eine Vorliebe für gegrillte Rippchen hat.«
»Das sind eben die exklusiven Geheimnisse, die man nur hier auf der *GameFame* erfährt«, stellte Mr Nostigon verschmitzt fest. »Womit wir wieder beim eigentlichen Thema wären.« Er schob seinen leeren Teller beiseite und lehnte sich zurück. »Wie ihr sicherlich wisst, war HEROES OF THE UNIVERSE eine außerordentlich beliebte Fantasy-Fernsehserie. Vor dreißig Jahren hat sie riesige Erfolge gefeiert und wegen einer landesweiten Nostalgiewelle steht sie nun wieder hoch im Kurs.«
Der Zweite Detektiv nickte. »Das kann man wohl sagen. Momentan laufen die Wiederholungen ja im Fernsehen rauf und runter. Diese total bekloppten Outfits und die Billigeffekte wirken heutzutage natürlich unfreiwillig komisch – aber irgendwie auch cool.«
»Ein echtes Phänomen«, stimmte Bob zu und blickte erneut zu dem muskelbepackten Krieger hinüber. Trotz des imposanten Körperbaus vermochten die zahlreichen Gesichtsfalten nicht zu verbergen, dass er sein fünfzigstes Lebensjahr schon vor geraumer Zeit überschritten hatte. »Aber ich wusste gar nicht, dass die Schauspieler von damals noch immer aktiv sind. Eigentlich dachte ich, dass die alle nach dem Serienende in der Versenkung verschwunden wären.«
»Das waren sie zum größten Teil auch«, bestätigte Nostigon.

»Aber als vor einiger Zeit die große Retrowelle einsetzte, waren die vergessenen Helden plötzlich wieder gefragt. Seither sind sie beliebte Gäste auf Film-Conventions und Fanmessen. Auch wir haben sie als Show-Highlight für Autogrammstunden eingeladen – zumindest vordergründig.«
»Nur vordergründig?«, fragte Justus aufhorchend.
Mit bedeutungsvoller Miene hob der Exkommissar seinen rechten Zeigefinger. »So ist es – und genau hier kommt der heimliche Ehrengast der *GameFame* ins Spiel …« Er zog einen kleinen Prospekt aus der Innentasche seiner Anzugjacke und legte ihn aufgeschlagen in die Tischmitte, sodass jeder der drei Detektive einen Blick auf das abgedruckte Foto werfen konnte. Zu sehen war das sympathisch wirkende Gesicht eines lächelnden, etwa fünfundzwanzigjährigen Manns mit Nickelbrille, dessen ungebändigte braune Lockenpracht den Bildrahmen sprengte.
»›Dwight Fillmore – Informatiker, Tüftler, Visionär‹«, las Peter stirnrunzelnd den angefügten Kurztext vor. »Vielleicht tut sich da ja mal wieder eine dicke Bildungslücke bei mir auf, aber das sagt mir leider überhaupt nichts.«
»Es kommt zwar selten vor, aber diese Lücke teilen wir«, gab der Erste Detektiv zu.
»Kein Grund für überzogene Selbstkritik, Jungs«, versicherte Mr Nostigon und steckte den Prospekt wieder ein. »Derzeit ist Dwight Fillmore tatsächlich nur in Fachkreisen bekannt, aber das wird sich nach dem morgigen Tag mit Sicherheit ändern.«
Gespannt hob Bob die Augenbrauen. »Das Ganze hat nicht zufällig etwas mit der mysteriösen Präsentation zu tun, zu

der ich auf so reizende Weise von dem Affenmonster eingeladen wurde?«

»Volltreffer!«, entgegnete Nostigon strahlend. »Morgen schlägt Dwights große Stunde, oder vielmehr: die große Stunde seiner Schöpfung.«

»Schöpfung?«, fragte Peter irritiert. »Sie meinen ein Spielzeug, das dieser Mr Fillmore entwickelt hat?«

Nun war es Mr Nostigon, der verschwörerisch die Stimme senkte. In seinem Blick lag ein geheimnisvolles Glitzern. »Nicht ›irgendein‹ Spielzeug, sondern eine revolutionäre neue Generation von Spielfiguren, die alle bisherigen Standards in den Schatten stellen wird.«

»Erzählen Sie!«, raunte Justus gespannt.

»Es ist so: Mr Fillmore, genauer gesagt *Dr.* Fillmore ist ein echtes Wunderkind. Schon mit einundzwanzig Jahren hat er sein Informatikstudium ›summa cum laude‹, also mit höchster Auszeichnung, abgeschlossen. Seine bahnbrechenden Forschungen auf dem Gebiet der sogenannten *Smart Toys* haben schnell die Aufmerksamkeit einiger führender Spielwarenkonzerne erregt.«

»Smart Toys?«, fragte Bob. »Also intelligentes Spielzeug?«

»Richtig. Dwights Schwerpunkt sind hochbewegliche Actionfiguren, die dank modernster Mikrochiptechnik und Optiksensoren völlig eigenständig agieren können.«

»Wahnsinn …«, entfuhr es Peter. »Diese Figuren laufen also … völlig frei herum?«

Nostigon nickte. »Sie laufen, springen, klettern – und natürlich kämpfen sie miteinander, wenn Gut auf Böse trifft. Je nach strategischer Ausrichtung können ganze Wettbewerbe ausgetragen werden. Aber natürlich besteht auch die Möglichkeit, in den Off-Modus zu schalten, wenn man ganz ›normal‹ mit den Figuren spielen will.«

»Das klingt in der Tat nach einer echten Revolution in der Spielzeugwelt«, stellte der Erste Detektiv fest. »Kein Wunder, dass Mr Fillmores Forschungen in der Branche für Aufsehen gesorgt haben. Wer als Erster mit einer so überlegenen neuen Technik an den Markt geht, kann das ganz große Geld machen.«

»So ist es«, bestätigte der ehemalige Kommissar. »Schon vor zwei Jahren ist deshalb der kalifornische Spielwarenkonzern *Fun Fellows* an Dwight herangetreten, um eine völlig neue Actionfigurenserie zu entwickeln.«

»Mit Erfolg«, mutmaßte Bob.

»Allerdings. Und der Clou des Ganzen: Dank geschickter Verhandlungen sicherte sich *Fun Fellows* die Rechte, diese Figuren in einer ganz besonderen Form herauszubringen, nämlich als perfekte Miniaturisierungen der –«

»HEROES OF THE UNIVERSE!«, ergänzte Peter.

Energisch wedelte Mr Nostigon mit den Händen. »Nicht so laut – bis morgen Mittag, Punkt zwölf Uhr, ist das noch streng geheim.« Er lächelte breit und deutete mit dem Kopf auf den blonden Hünen. »Dann nämlich wird Free-Man, der Anführer der Helden, während einer actiongeladenen Gala gegen Skulldor, den skelettgesichtigen Lord der Unterwelt, antreten.«

»Und anschließend erfolgt mit Glanz und Gloria die große Präsentation ihrer Miniversionen«, folgerte Justus. »Ein wirklich cleverer Schachzug: Man verbindet eine spektakuläre neue Spielzeugtechnik mit dem Design einer landesweit überaus populären Kultserie.«

»Hört sich nach einem perfekten Erfolgsrezept an«, erwiderte der dritte Detektiv.

»Absolut«, stimmte Nostigon zu. »Man munkelt, dass *Fun Fellows* eine geradezu astronomische Summe in die Produktion und Vermarktung der Figuren investiert hat. Entsprechend groß sind nun die Erwartungen, dass der Start der HEROES ein Riesenhit wird.«

Wie zur Bestätigung erhob sich der Free-Man-Darsteller nun von seinem Platz und reckte mit heroischer Geste ein mächtiges, silbern glänzendes Schwert in die Höhe. Sein folgender Ausruf klang dann allerdings deutlich weniger heldenhaft.

»Bei der Macht des Universums – ich will Nachtisch!«

Noch 22 Stunden

23. Dezember, zwei Uhr mittags.
Satt und zufrieden begaben sich Mr Nostigon und die drei Detektive im Anschluss an das herzhafte Mahl zurück zur *Fairground Hall.* Peter schwelgte noch immer in Gedanken an die neue Spielzeugreihe. »Einfach fantastisch … eigenständig kämpfende Actionfiguren, Helden gegen Monster! Da möchte man glatt wieder ein kleiner Junge sein.«
Grinsend kramte Bob seinen Losumschlag hervor. »Falls ich einen der HEROES gewinne, darfst du damit spielen, versprochen.«
»Zu liebenswürdig«, entgegnete Peter sarkastisch.
»Mach dir nichts draus, Zweiter«, tröstete ihn Justus. »Beim Anblick dieser Wunderkämpfer wird wohl so mancher Erwachsene das Kind in sich wiederentdecken. Das gehört zweifellos ebenfalls zum Vermarktungskonzept.«
Obwohl der Weg vom *Lumberjack's* zur Messehalle nur verhältnismäßig kurz war, benötigten sie eine ganze Weile für die Strecke, da es immer wieder etwas zu bestaunen gab. Beispielsweise einen prachtvollen Frosty-Schneemann, der mit beachtlichem Geschick sechs von innen beleuchtete Christbaumkugeln vor seinem mächtigen Bauch jonglierte. Darüber hinaus kosteten auch die zwei Sicherheitskontrollen, die sie durchlaufen mussten, einiges an Zeit.
»Wie ihr seht, kommt man hier überall nur mit gültiger Identifikations-Chipkarte weiter«, erklärte der Exkommissar. »Entweder man zeigt sie beim Wachpersonal vor oder

man hält sie, wie gerade eben bei der Automatiktür, vor ein Lesegerät, damit man Einlass erhält. Außer dem geladenen Fachpublikum, der Presse und den Mitarbeitern der *GameFame* kommt also niemand auch nur in die Nähe des Kernbereichs.«

»Keine Chance für ungebetene Besucher«, stellte Justus fest.

»Nicht die geringste. Immerhin hat die *GameFame* den Ruf als exklusivste Spielwarenmesse des Landes zu verlieren.« Mit weit ausgreifender Geste deutete Nostigon in die riesige, weihnachtlich glitzernde Halle hinein. »Das Sicherheitssystem ist absolut lückenlos. Um hierher, ins Herz der Messe, zu gelangen, müssen ankommende Besucher insgesamt vier Checkpoints durchlaufen. Ein achtundneunzigköpfiges Securityteam befindet sich in Dauerbereitschaft und die Zentrale in der zweiten Etage ist rund um die Uhr besetzt. Darüber hinaus ist der gesamte Ausstellungsbereich, einschließlich der neun Zugangswege, kameraüberwacht.«

»Mit anderen Worten: Hier ist man so sicher wie in Abrahams Schoß«, fasste Bob die Erläuterung zusammen.

Peter grinste schief. »In diesem Fall wohl eher wie im Schoß des Weihnachtsmanns.«

Auch Nostigon lächelte. »Wie ihr wisst, ist das mein erster Job dieser Größenordnung, und da will ich natürlich alles –« Bevor er den Satz beenden konnte, piepte das Mobiltelefon in seiner Jackentasche. Rasch holte er das kleine Gerät hervor und blickte angespannt auf das Display.

»Ein Störfall?«, fragte Bob.

»Das wird sich zeigen«, entgegnete Nostigon stirnrunzelnd. »Eine Reinigungskraft steht offenbar vor einem von innen

verschlossenen Raum in Sektion D. Laut Plan handelt es sich um das Büro von Desmond Calbourn – einem prominenten Journalisten, der aber eigentlich erst heute Abend eintreffen soll. Auf Klopfen hin meldet sich niemand, deshalb werde ich mir das sicherheitshalber mal anschauen.« Er deutete auf den Hauptgang, wo an einem der zahllosen Stände gerade ein korpulenter Mann in schrillem Glitzeroutfit mit einer Art Laserstift einen Tannenbaum in die Luft malte. »Wollt ihr mitkommen oder euch lieber ein bisschen umschauen?«
Justus tippte auf seine am Jackenkragen befestigte Identifikationskarte. »Als offizielle Mitglieder des Sicherheitsteams stehen wir Ihnen selbstverständlich zur Seite. Stimmt's, Kollegen?«
»Klar doch«, pflichtete der dritte Detektiv bei. »Das Weihnachtswunderland läuft uns ja nicht weg.«
»Okay, dann folgt mir. Bis zur Freitreppe und zu den Aufzügen würden wir in dem Gedränge eine halbe Ewigkeit benötigen – deshalb nehmen wir einen kürzeren Weg.« Der Sicherheitschef lenkte seine Schritte zu einer Metalltür, die er eilig mit einer schwarzen Chipkarte entriegelte. Nacheinander betraten alle das dahinterliegende Treppenhaus. Die tristen, mattgrauen Wände und kaltweiß leuchtenden Neonlampen boten einen kaum größer vorstellbaren Kontrast zum schillernden Farbenmeer der Messehalle.
Mr Nostigon wies nach oben. »Wir müssen rauf in den sechsten Stock. So lernt ihr gleich mal eine Level-blau-Passage kennen.«
Irritiert zog Bob die Stirn kraus. »Level blau?«
»Damit bezeichnen wir alle intern genutzten, aber für die

Öffentlichkeit gesperrten Areale. Im Notfall können diese Bereiche mit einer einzigen Freischaltung geöffnet werden, um eine schnelle Evakuierung zu ermöglichen.«

»Gut zu wissen …«, murmelte Peter, den es beim Gedanken an eine Massenflucht unwillkürlich fröstelte.

»Ist es … eigentlich normal, dass die … Pressevertreter eigene … Büros haben?«, fragte Justus schnaufend. Ihm wäre der Umweg zu den Fahrstühlen deutlich lieber gewesen.

»Nein, Mr Calbourn besitzt einen gewissen Sonderstatus. Er ist ein absoluter Branchenexperte und wird morgen die Festrede auf den Start der HEROES halten. Deshalb hat er von der Veranstaltungsleitung einen persönlichen Büroraum für Hintergrundgespräche und Interviews zur Verfügung gestellt bekommen.«

Wiederum meldete sich das Mobiltelefon, und der ehemalige Kommissar hielt inne, um die Nachricht zu lesen.

»Neuigkeiten?«, fragte Bob.

»Ja, das war die Zentrale. Mr Calbourn ist tatsächlich schon vor einer knappen Stunde hier eingetroffen und hat seine Chipkarte erhalten. Den Checkpoint vor dem Büroflur in Sektion D hat er um zwei Uhr passiert. Offensichtlich haben sich seine Pläne kurzfristig geändert.«

Nachdenklich runzelte Peter die Stirn. »Wenn er wirklich in dem Büro ist – wieso antwortet er dann nicht?«

»Vielleicht hält er ein Mittagsschläfchen, bevor er sich in den Messetrubel stürzt«, mutmaßte Nostigon. »Oder er telefoniert und hat das Klopfen nicht gehört. Wir werden ja gleich sehen, woran wir sind.«

Inzwischen hatten sie die sechste Etage erreicht und Mr Nostigon öffnete eine weitere Metalltür, hinter der ein heller, mit Tannengirlanden geschmückter Flur lag. In einiger Entfernung stand ein circa vierzigjähriger, schlanker Mann in blauem Overall mit einem Handwagen voller Putzutensilien. Er blinzelte nervös, als die vier Ankömmlinge an ihn herantraten. Das Namensschild an seiner Brust wies ihn als Frederic Barnes vom Serviceteam 3 aus.

»Gut, dass Sie da sind«, wandte er sich an Nostigon und deutete auf die Bürotür mit der Nummer 609. Auch sie verfügte über ein Chipkartenschloss, in dessen oberer Leiste ein kleines rotes Licht leuchtete. »Wie Sie sehen, wurde von innen die Verriegelung aktiviert. Dabei soll dieses Büro laut Raumplan erst in drei Stunden bezogen werden. Also habe ich geklopft und gefragt, ob ich eintreten darf, aber niemand meldet sich. Eine Fehlfunktion schließt die Zentrale aus.« Barnes hielt inne, so als müsse er seine Worte genau abwägen. »Außerdem habe ich … etwas gehört.«

»Gehört?«, entfuhr es Justus, dem noch im selben Moment bewusst wurde, dass ja nicht er hier die Ermittlungen leitete. Erleichtert stellte der Erste Detektiv fest, dass Mr Nostigon ihm diesen spontanen Vorstoß nicht übel zu nehmen schien. Der Mann im Overall strich sich mit einer fahrigen Bewegung über das spitze Kinn. »Da war ein Geräusch. Eine Art … leises Kichern.«

»Ein Kichern?« Auf der Stirn des ehemaligen Kommissars zeichnete sich eine steile Falte ab. »Sie haben also gehört, wie Mr Calbourn gekichert hat?«

Energisch schüttelte Barnes den Kopf. »Das war kein Mann, auf keinen Fall, dafür war die Stimme viel zu hoch.« Mit

sichtlichem Unbehagen blickte er zur Bürotür. »Ich kann es nicht richtig beschreiben, aber an diesem Kichern … stimmte etwas nicht.«
»Wie meinen Sie das?«, klinkte sich Peter ein, den das Frösteln wieder eingeholt hatte.
Unsicher rang der Servicemann die Hände. »Haltet mich nicht für verrückt, aber dieses Kichern hatte etwas … Böses an sich. Etwas Bedrohliches, das mir durch Mark und Bein ging. Als ich dann klopfte, verstummte es schlagartig.«
»Moment mal«, ergriff Mr Nostigon wieder das Wort. Seine Gesichtszüge hatten sich schlagartig verhärtet. »Sie haben das Kichern also gehört, *bevor* Sie an die Tür klopften?«
»Genau.« Zögernd deutete Barnes auf ein Handy, das er an seinem Werkzeuggürtel trug. »Als ich vor dem Büro ankam, habe ich eine SMS von meiner Frau bekommen. Natürlich weiß ich, dass wir während der Arbeit keine privaten Nachrichten annehmen sollen, aber Claire hat heute Geburtstag, verstehen Sie? Also habe ich ihr schnell zurückgeschrieben, dass ich heute Abend auf jeden Fall pünktlich zur Party kommen werde. Und währenddessen habe ich hinter der Tür plötzlich dieses unheimliche Kichern gehört.«
»Aber als Sie dann klopften, antwortete Ihnen niemand«, ergänzte Bob.
Der Servicemann nickte und wies den Flur hinunter. »Dann bin ich zum Checkpoint und habe Meldung gemacht.«
Man konnte Mr Nostigon deutlich anmerken, wie zwiegespalten er war. Natürlich wollte er keinesfalls in eine möglicherweise verfängliche Situation hineinplatzen. Schließlich war es ja nicht verboten, dass der Journalist in seinem Büro

Besuch empfing und ungestört sein wollte. Doch auch die Jungen spürten, dass hier etwas nicht stimmte. Barnes machte ganz und gar nicht den Eindruck eines Wichtigtuers, der sich mit irgendwelchen Fantastereien in den Mittelpunkt stellen wollte.

»Es war völlig richtig, dass Sie uns Bescheid gesagt haben.« Mit festen Schritten trat Nostigon zur Tür, zückte erneut seine schwarze Chipkarte und führte sie zum Lesegerät. »Die Central Card deaktiviert automatisch den Verriegelungsmechanismus«, erklärte er an die Jungen gewandt. »Angesichts der besonderen Umstände übernehme ich die Verantwortung für das Öffnen des Büros.«

»Na, jetzt bin ich ja mal gespannt …«, murmelte Peter mit belegter Stimme.

Ein heller Piepton verkündete den Entriegelungsvorgang. Energisch umfasste Nostigon mit einer Hand die Klinke, mit der anderen klopfte er nochmals. »Mr Calbourn? Hier ist der Sicherheitsdienst. Ich werde jetzt reinkommen!«

Langsam öffnete er die Tür und trat ein. Zögernd folgten ihm die drei Detektive, während Barnes verunsichert auf der Schwelle stehen blieb. Im Inneren des Büros herrschte diffuses Halbdunkel, sämtliche Jalousien waren heruntergelassen. Fast wirkte es tatsächlich so, als hätte sich hier jemand für ein Nickerchen zurückgezogen, doch das Ledersofa auf der linken Zimmerseite war leer.

»Da drüben!«, rief Bob aufgeregt. »Hinter dem Schreib tisch – da liegt jemand auf dem Boden!«

Noch 21 Stunden

23. Dezember, drei Uhr nachmittags.
»Tatsächlich – es ist Calbourn!« In höchster Sorge stürzte Mr Nostigon zu dem leblosen etwa fünfzigjährigen Mann hinüber, der neben einem umgefallenen Bürostuhl lag, und tastete mit geübten Griffen nach dessen Puls.
»Und? Lebt … er noch?«, fragte Peter stockend.
»Kaum noch Pulsschlag, keine Atmung feststellbar«, erwiderte der Expolizist gehetzt. »Ich beginne mit der Wiederbelebung. Barnes, alarmieren Sie den medizinischen Notdienst!«
»Ja, Sir!« Fassungslos griff der Servicemann nach seinem Handy und eilte nach draußen.
Sofort war Peter an Nostigons Seite, um ihm bei der Beatmung und Herz-Lungen-Massage zu helfen, die glücklicherweise rasch Wirkung zeigten. Für einen kurzen Moment erlangte Calbourn sogar wieder die Besinnung, sank jedoch nach leisem Aufstöhnen zurück in die Bewusstlosigkeit. Währenddessen wuchteten Justus und Bob einen schweren Konferenztisch beiseite, um Platz für das Rettungsteam zu schaffen, und zogen anschließend die Jalousien hoch. Kurz darauf trafen die Sanitäter ein. Dank der schnellen Ersten Hilfe befand sich der Journalist inzwischen nicht mehr in akuter Lebensgefahr, er war jedoch immer noch ohnmächtig. Nachdem die Männer ihn untersucht und anschließend auf einer Tragbahre abtransportiert hatten, wischte sich Mr Nostigon schwer atmend den Schweiß von der Stirn. Anerkennend klopfte er dem Zweiten Detektiv auf die Schulter.

»Das hast du fabelhaft gemacht, Peter. Die Rettung kam buchstäblich in allerletzter Sekunde.«
»Wir waren ein gutes Team«, stimmte Peter schnaufend zu.
Justus nickte und schaute zu dem blassen Servicemann hinüber, der sichtlich erschüttert in einer Zimmerecke stand. »Ein Glück, dass Mr Barnes so schnell reagiert und die Zentrale informiert hat. Andernfalls hätte das hier ein schlimmes Ende genommen.«
»Damit ... hätte ich ja niemals gerechnet«, murmelte Barnes und blinzelte heftig, so als könne er immer noch nicht fassen, was gerade geschehen war. Dann blickte er Nostigon an. »Kann ich ... noch irgendetwas für Sie tun oder –«
»Gehen Sie ruhig«, erwiderte der Securitychef. »Aber halten Sie sich bitte für eventuelle Rückfragen zur Verfügung.«
»Natürlich, Sir.«
Nachdem Mr Barnes das Büro verlassen hatte, ließ sich Mr Nostigon kopfschüttelnd auf der breiten Lehne des Sofas nieder. »Sorry, Jungs – so hatte ich mir das heutige Messeprogramm für euch natürlich nicht vorgestellt.«
»Machen Sie sich deshalb keine Gedanken«, erwiderte der Erste Detektiv mit einem aufmunternden Lächeln. »Erfahrungsgemäß pflegen Notfälle sich nicht nach Programmen zu richten.«
»Die Hauptsache ist, dass Mr Calbourn gerettet werden konnte«, stimmte Bob zu. »Wohin wird er jetzt eigentlich gebracht?«
»Das Hotel hat eine eigene Krankenstation, dort erfolgt die weitere Versorgung. Im Anschluss wird man dann entscheiden, ob er in eine Klinik geflogen werden muss.«

Nachdenklich schaute Peter auf die Stelle am Boden, wo der Journalist gelegen hatte. »Offensichtlich hat er einen plötzlichen Zusammenbruch erlitten, der so heftig war, dass er keine Hilfe mehr alarmieren konnte.«

»Präzise zusammengefasst«, pflichtete Justus bei und ließ seinen sondierenden Blick durch das Zimmer schweifen. Dann deutete er auf die linke Seite des Stahlrohrschreibtischs. »Das umgefallene rote Fläschchen dort neben dem Faxgerät könnte diese These bestätigen.«

Neugierig trat Bob an den Tisch heran und begutachtete den Fund. »Das ist ein Minispray. Die Verschlusskappe ist noch drauf … Der Aufdruck lautet: *Dorangin akut – 1 Sprühstoß zu 48 Milligramm enthält 0,4 Milligramm Glyceroltrinitrat.*«

»Dorangin?«, fragte Peter aufhorchend. »Das sagt mir irgendwas.«

Mr Nostigon legte erstaunt den Kopf schief. »Im Ernst?«

»Ich glaube nicht, dass ich mich irre.« Grübelnd kratzte sich der Zweite Detektiv an der Schläfe. »Ab und zu mähe ich den Rasen bei einem alten Freund meines Großvaters. Der Mann ist schwer herzkrank und auf starke Medikamente angewiesen. Manchmal kommt er mit den Tabletten ein bisschen durcheinander, aber eine Sache hat er grundsätzlich immer bei sich.«

»Nämlich ein rotes Sprühfläschchen«, folgerte Justus.

»Genau. Er hat sich extra ein kleines Lederetui dafür anfertigen lassen, damit er es immer am Gürtel tragen kann. Irgendwann habe ich ihn einfach mal darauf angesprochen, und da hat er mir erklärt, wie dieses ›Dorangin‹ funktioniert:

Bei einem Herzanfall muss er sich zweimal in den Mund sprühen, damit die Herzkranzgefäße sich wieder erweitern.«
»Die sogenannte Angina Pectoris«, schaltete sich nun wieder der Sicherheitschef ein. »Krampfartige Herzenge, ausgelöst durch fortgeschrittene Arterienverkalkung.«
Bob nickte ernst. »Dann ist die Sache also klar: Mr Calbourn hatte einen akuten Herzanfall, griff nach seinem Notfallspray, aber schaffte es nicht mehr, es zu benutzen.«
»Er ließ das Sprühfläschchen fallen und es rollte neben das Faxgerät«, ergänzte Peter. »Dann brach er neben dem Schreibtisch zusammen.«
»Das könnte auch das Geräusch erklären, das Mr Barnes vorhin gehört hat«, stellte Nostigon fest. »Wahrscheinlich war es gar kein Kichern, sondern ein ersticktes Röcheln.«
»Klingt durchaus plausibel«, erwiderte Justus. »Bleibt nur die Frage, ob es eine konkrete äußere Ursache für den Zusammenbruch gab. So ein Herzanfall kann meines Wissens sowohl durch körperliche als auch durch psychische Belastung ausgelöst werden. Und da wir sicherlich ausschließen können, dass Mr Calbourn in diesem Büro einen Marathonlauf unternommen hat, gehe ich von Variante zwei aus.«
Bob horchte auf. »Du meinst also, irgendetwas hat ihn so sehr aufgeregt, dass er eine Herzattacke bekam? Möglicherweise der Grund für seine verfrühte Anreise?«
»Falls ja, finden wir mit etwas Glück in seinem Terminplan einen Hinweis«, überlegte Peter und wies auf ein kleines Ringbuch, das auf einem Aktenschrank lag.
Erwartungsvoll blickte Justus Mr Nostigon an. »Denken Sie, es ist okay, wenn wir kurz hineinschauen?«

Der ehemalige Polizist verzog die Lippen zu einem erschöpften Lächeln. »Einmal Detektiv, immer Detektiv, stimmt's?« Seufzend wischte er sich über das Gesicht, dann nickte er. »Da es hier um die Klärung eines gravierenden Vorfalls geht, halte ich diesen Eingriff in Mr Calbourns Privatsphäre für zulässig.«

Rasch nahm Justus den Terminplaner und blätterte zum 23. Dezember. »Hm … Leider Fehlanzeige. Hier sind erst ab sechs Uhr abends mehrere Termine notiert. Keine früheren Einträge für heute. Damit erhärtet sich zumindest unsere Vermutung, dass Mr Calbourn bis vor Kurzem noch geplant hatte, erst abends in Crystal Pike einzutreffen.«

»Doch dann veranlasste ihn irgendetwas dazu, seine ursprüngliche Planung über den Haufen zu werfen und deutlich früher anzureisen«, fügte Bob an.

»Offensichtlich etwas, das ihn sehr aufgewühlt hat«, ergänzte Peter.

Nostigon erhob sich. »Tja, Näheres werden wir wohl erst erfahren, wenn Mr Calbourn wieder ansprechbar ist. Bis dahin bleibt uns –« Irritiert verharrte er und betrachtete den Ersten Detektiv, der nun in gebeugter Haltung neben dem umgestürzten Bürosessel stand und grüblerisch die Augen verengte. »Du siehst aus, als wenn du etwas entdeckt hättest.«

»Möglicherweise. Lasst mir mal ein wenig Zeit«, erwiderte Justus angespannt und blickte eine Weile lang auf dem Boden hin und her.

»Darf man fragen, was du da machst?«, erkundigte sich Peter schließlich ungeduldig.

»Vielleicht sehe ich ja Gespenster, aber die Spuren dieses Rollsessels erscheinen mir höchst sonderbar.«
Überrascht hob Bob die Augenbrauen. »Die … Spuren des Rollsessels?«
»Exakt«, erwiderte Justus und deutete vor sich auf den Boden. »Auf dem weichen Teppich sind die frischen Abdrücke der Rollen trotz aller anderen, durch uns hinzugekommenen Spuren noch gut zu erkennen. Normalerweise beschränkt sich der Radius solcher Bürosessel ja auf die unmittelbare Schreibtischumgebung, also das kurze Vor- und Zurückrollen, wenn man sich hinsetzt oder aufsteht. Hier aber …«
»… führen die Spuren einmal quer durch den Raum bis zur Wand und wieder zurück«, beendete Mr Nostigon stirnrunzelnd den Satz. »Als wenn Mr Calbourn im Sitzen mehrere Meter nach rechts und anschließend wieder zurückgerollt wäre, bevor er zusammenbrach.«
»So ist es.« Der Erste Detektiv ließ sich in die Hocke nieder. »Die Schleifspuren an den Seiten deuten darauf hin, dass er sich mühsam rückwärts mit den Fersen vorangestemmt hat.«
»Das ist wirklich eigenartig«, gab Bob zu. »Wenn Calbourn trotz der Herzattacke noch reagieren konnte, hätte er doch bestimmt versucht, per Telefon um Hilfe zu rufen.«
Peter nickte. »Und er hätte es auch schaffen müssen, das Notfallspray zu benutzen, bevor er das Bewusstsein verlor.«
»Stattdessen rollt er mit letzten Kräften zum Ende des Raums und wieder zurück …«, murmelte Nostigon verwirrt und hob gedankenversunken Mr Calbourns Jacke auf, die noch halb über der Rückenlehne des Stuhls hing. Dabei rutschte eine Brieftasche heraus und fiel zu Boden.

Justus, der sich immer noch in der Hocke befand, warf instinktiv einen kurzen Blick auf die offen liegenden Innenfächer. Entgeistert stockte er. »Das … gibt's doch nicht.«

»Was hast du?«, fragte Bob überrascht.

Fassungslos zog Justus eine brandneu aussehende, blaue Plastikkarte hervor, deren oberer Schriftzug ihm sofort ins Auge gesprungen war. »Das hier ist das Abzeichen der NAUI. Die Abkürzung steht für *National Association of Underwater Instructors*.«

»Moment mal«, klinkte sich Peter ein. Auch er hatte die Tragweite der Entdeckung sofort erfasst. »Mr Calbourn hat … einen Tauchschein?!«

»Genauer gesagt hat er offenbar erst kürzlich die Ausbildung zum selbstständigen Gerätetaucher abgeschlossen«, bestätigte Justus.

Wie vom Donner gerührt starrte Nostigon den Ersten Detektiv an. »Jemand, der ein so akutes Herzleiden hat, dass es mit Notfallspray behandelt werden muss, könnte sich unmöglich zum Profitaucher ausbilden lassen. Das Risiko eines Anfalls unter Wasser wäre unverantwortbar.«

Einige Sekunden lang herrschte betroffene Stille. Dann wandte Bob seinen Blick zurück zu dem roten Sprayfläschchen. »Aber … das würde ja bedeuten …«

»… dass Mr Calbourn möglicherweise gar keine Herzattacke hatte, sondern das Opfer eines heimtückischen Anschlags wurde«, führte Justus den Satz mit versteinertem Gesicht zu Ende.

Noch 20 Stunden

23. Dezember, vier Uhr nachmittags.

Mr Nostigon war deutlich anzusehen, wie heftig seine Gedanken in Aufruhr geraten waren.

»Du denkst also, jemand hat ein … Attentat auf Mr Calbourn verübt und es anschließend so aussehen lassen, als sei es ein Herzanfall gewesen?«

»Für eine endgültige Bestandsaufnahme ist es natürlich noch zu früh«, entgegnete Justus gewohnt sachlich, »aber Fakt ist, dass die vermeintlich eindeutigen Umstände dieses Vorfalls bei genauerer Betrachtung erhebliche Unstimmigkeiten aufweisen. Fassen wir mal zusammen: Da haben wir einen zusammengebrochenen Journalisten und ein – nebenbei bemerkt geradezu demonstrativ gut sichtbares – Notfallspray zur Behandlung krampfartiger Herzanfälle. Dann jedoch …«, der Erste Detektiv hielt den Tauchschein in die Höhe, »… stellt sich heraus, dass der Mann offenkundig kerngesund und sogar so topfit ist, dass er vor Kurzem eine Ausbildung zum Gerätetaucher absolviert hat.«

»Nicht zu vergessen die seltsamen Spuren des Bürostuhls«, ergänzte Peter.

Justus nickte. »So ist es. Hätte Mr Calbourn wirklich einen Herzanfall gehabt, wäre es völlig unerklärlich, warum er noch genug Zeit hatte, sich mehrere Meter auf seinem Stuhl durch den Raum zu bewegen, es jedoch nicht schaffte, sein Spray einzunehmen und Hilfe zu alarmieren.« Er deutete auf den Teppich. »Wenn wir hingegen von der Hypothese ausgehen, dass ihm irgendein Unbekannter, auf welchem Weg auch immer, eine giftige Substanz zugeführt hat, dann könnte man das Gewirr aus Abdrücken auch als Spuren eines Kampfes deuten.«

»Ein verzweifeltes Ringen mit dem Täter, jedoch schon zu schwach, um aus dem Stuhl aufzustehen«, fügte Bob mit belegter Stimme an. »Kurz darauf verließen ihn dann die Kräfte und er stürzte zu Boden.«

Skeptisch legte Nostigon die Stirn in Falten. »Falls es sich wirklich so abgespielt hat, wäre der Anschlag aber nicht gerade sorgfältig vorbereitet gewesen. Selbst wenn wir den Tauchschein nicht entdeckt hätten, wäre doch früher oder später herausgekommen, dass Mr Calbourn gar nicht herzkrank ist.«

»Nicht zwingend«, widersprach der Erste Detektiv. »Wir dürfen nicht außer Acht lassen, dass der Täter durch das plötzliche Erscheinen von Mr Barnes gestört wurde.«

»Deshalb musste er schnellstens verschwinden«, folgerte Peter. »Er wusste ja nicht, dass Barnes erst noch unsere Ankunft abwarten würde.«

»Völlig richtig«, erwiderte Justus. »Wäre der Servicemann nicht aufgetaucht, hätte der Täter mit Sicherheit die Präparierung des Tatorts zu Ende geführt, einschließlich Überprüfung der Brieftasche und Beseitigung aller verdächtigen Spuren. Und wer weiß – vielleicht sind hinter den Kulissen zur Vervollständigung der Täuschung noch ganz andere Dinge unternommen worden. Beispielsweise die Fälschung ärztlicher Unterlagen.«

»So verrückt es im ersten Moment auch klingt, dieser Plan

hätte möglicherweise wirklich funktionieren können«, ergriff Bob wieder das Wort. »Mir ist nämlich gerade eingefallen, warum mir der Name Calbourn so bekannt vorkommt.«

»Nämlich?«, fragte Peter gespannt.

»Desmond Calbourn hat in der Vergangenheit auch schon für die Los Angeles Post gearbeitet und einige spektakuläre Enthüllungsartikel geschrieben. Wenn ich mich richtig erinnere, erwähnte mein Vater, dass er ein ziemlich arroganter Eigenbrötler ist, der fast ausschließlich solo agiert, rund um die Uhr arbeitet, keine Familie und kaum Freunde hat. Ich bezweifle also, dass irgendjemand nähere Einzelheiten über seine Gesundheit kennt.«

»Verstehe …« Noch immer stirnrunzelnd griff Nostigon zu seinem Mobiltelefon. »Auch wenn die ganze Sache nach wie vor völlig unklar ist, werde ich sicherheitshalber die Krankenstation anrufen und mitteilen, dass es sich möglicherweise um eine Vergiftung handelt. Außerdem werde ich anordnen, dass Mr Calbourn stets unter Aufsicht bleiben soll.«

»Gute Idee, Sir«, erwiderte der Zweite Detektiv. »Falls wir wirklich ein Attentat verhindert haben, könnte der Täter ja noch mal versuchen zuzuschlagen.«

Das Telefonat war nur kurz und Mr Nostigons Miene unverändert sorgenvoll, als er auflegte.

»Der Zustand von Mr Calbourn ist zwar halbwegs stabil, aber er ist weiterhin ohne Bewusstsein. Es wird also noch dauern, bis wir erfahren, was wirklich vorgefallen ist. Auch das Ergebnis der Blutanalyse wird frühestens in ein paar Stunden vorliegen.«

Auffordernd schaute Justus ihn an. »Umso wichtiger ist es, dass wir die Zeit bis dahin sinnvoll nutzen.«

»Du hast recht …« Der Sicherheitschef straffte die Schultern und ließ einen langen Rundumblick über das gesamte Büro schweifen. »Mit unserer Rettungsaktion haben wir vermutlich alle brauchbaren Spuren auf dem Teppich zunichtegemacht und für eine offizielle Ermittlung ist die Faktenlage noch zu dürftig. Aber es reicht allemal, um diesen Raum gründlich zu durchsuchen.« Er wandte sich wieder den Jungen zu. »Schließlich ist die wichtigste Frage noch völlig offen.«

»Das ist sie in der Tat, Sir«, bestätigte Justus. In seinen Augen glomm nun ein altbekanntes Glitzern auf. »Wenn hier wirklich ein Anschlag stattgefunden hat – wie konnte der Attentäter dann aus einem von innen verschlossenen Raum mit heruntergelassenen Jalousien entkommen?«

Noch 19 Stunden

23. Dezember, fünf Uhr nachmittags.
Seit Beginn ihrer Suche nach einem verborgenen Zugang war schon geraume Zeit verstrichen, doch ein Erfolg wollte sich nicht einstellen. Mr Nostigon hatte inzwischen die Zentrale darüber unterrichtet, dass er bis auf Weiteres mit der Untersuchung des Falls Calbourn beschäftigt sei. Deshalb solle zunächst seine Stellvertreterin Catelyn McBride die weiteren operativen Aufgaben übernehmen.

»So ein Reinfall …«, stellte Peter genervt fest. »Keine Geheimtür, keine Klappe in der Wand – rein gar nichts.«

»In der Tat höchst sonderbar«, gab der Erste Detektiv zu und wandte sich an den ehemaligen Kommissar. »Wäre es denn denkbar, dass der oder die Täter den Raum verließen und es dann mit irgendeinem technischen Trick schafften, die Innenverriegelung zu reaktivieren?«

Nachdenklich strich sich Mr Nostigon über die Stirn. »Ausschließen kann ich es nicht, aber um das zu klären, werde ich einen Fachmann hinzuziehen müssen.«

»Selbst wenn so ein Trick möglich wäre, hätte doch niemand ungesehen aus dem Büro entkommen können, weil die ganze Zeit der Servicemann davorstand«, warf Bob ein.

Justus schüttelte den Kopf. »Irrtum. Vorhin erwähnte Mr Barnes, dass er nach erfolglosem Klopfen zu dem Checkpoint am Ende des Flurs gegangen war, um dort Meldung zu machen. Dieses kurze Zeitfenster hätte der Täter durchaus zur Flucht nutzen können.«

»Wie gesagt – die technischen Aspekte werde ich noch klären. Zuvor aber …«, Mr Nostigon deutete zum Konferenztisch, auf dem nun die Jacke des Journalisten, seine Brieftasche und der Terminplaner lagen, »… sollten wir überprüfen, ob in Calbourns Sachen irgendein Hinweis zu finden ist, der uns weiterhelfen kann.«
Hoch konzentriert machten sich die vier an die Arbeit, stets darauf bedacht, kein noch so kleines Detail zu übersehen.
Plötzlich stockte Peter und hielt sich Mr Calbourns Jacke, die er gerade untersuchte, näher vor die Augen. »Kollegen – das könnte ein Volltreffer sein!«
»Was denn, Zweiter?«, fragte Justus überrascht.
Mit spitzen Fingern zupfte Peter am linken Ärmel herum. »Wir haben hier zwar kein Kriminallabor, aber auch so gehe ich jede Wette ein, dass diese zwei langen, orangefarbenen Fellhaare einem gewissen Affenmenschen gehören!«
»Die Wette gewinnst du«, erwiderte Nostigon. »Das ist zwar noch kein Schuldbeweis, aber zumindest wissen wir jetzt, dass Beastor, oder vielmehr der Schauspieler Chris Roth, vor Calbourns Zusammenbruch mit ihm Kontakt hatte.«
Bob zückte sein Notizbuch. »Dann setze ich diesen Roth schon mal auf unsere Liste der möglichen Verdächtigen.«
Justus deutete auf eine Zeile im Terminplaner, den er gerade durchblätterte. »Da du ohnehin am Schreiben bist, kannst du gleich einen weiteren Namen notieren: L. Taggart.«
»Lawrence Taggart?« Perplex hielt der Exkommissar inne. »Das ist der Chef des *Fun-Fellows*-Konzerns! Warum sollte der verdächtig sein?«
»Weil in Mr Calbourns Terminplan heute für neun Uhr

abends der Name Taggart eingetragen ist«, erklärte Justus. »Bis dahin hatte ich vorhin noch nicht gelesen, weil es uns ja zunächst nur um den Vor- und Nachmittagszeitraum ging.«
Bob zuckte die Achseln. »Schön und gut, er wollte sich also mit dem Boss dieser Spielwarenfirma treffen. Das besagt doch aber noch nichts.«
»Das allein nicht«, gab Justus zu. »In Kombination mit dem anschließenden Vermerk sieht die Sache allerdings schon deutlich anders aus: *Heroes/Intrige*.«
»Mein lieber Mann …«, murmelte Peter.
Nostigon hob mahnend die Hand. »Wir sollten jetzt keine vorschnellen Schlüsse ziehen. Eine Eintragung in einem Terminplan macht noch niemanden zum Verbrecher.«
»Da haben Sie zweifellos recht«, pflichtete Justus ihm bei. »Aber zusammen mit den Haaren des Beastor-Darstellers ist diese Notiz nun schon die zweite direkte Verbindung zu *Fun Fellows* und den HEROES OF THE UNIVERSE.«
»Drei, wenn wir diese Karte der *Galaxy Con* mitzählen«, ergänzte der dritte Detektiv und deutete auf ein silbern glänzendes Ticket, das er in der Brieftasche des Journalisten entdeckt hatte. »Offensichtlich war Mr Calbourn vor zwei Wochen auf dieser Science-Fiction-und-Fantasy-Messe in Malibu. Laut Text auf der Kartenrückseite nahmen sowohl HEROES-Schauspieler als auch der Serienerfinder Mason Wachinski an dem Event teil.«
Der ehemalige Kommissar schüttelte den Kopf. »Jungs, ich glaube, da verrennt ihr euch. Wir dürfen ja nicht vergessen, zu welchem Zweck Mr Calbourn hierhergekommen ist. Schließlich sollte er morgen die Festrede auf den Start der

HEROES-Figuren halten. Da ist es doch völlig normal, dass er sich vorher eingehend mit diesem Thema beschäftigt.«

»Keine Einwände gegen die letzte Feststellung«, entgegnete Justus entschlossen. »Ganz im Gegenteil – exakt *das* ist der springende Punkt.«

»Ach ja?«, fragte Peter verdutzt. »Und wieso?«

»Bei unseren vorangegangenen Überlegungen haben wir einen elementaren Faktor bislang sträflich vernachlässigt, und zwar das mögliche Motiv des Täters.«

»Ich ahne, worauf du hinauswillst, Erster!«, klinkte sich Bob ein. »Mr Calbourn ist investigativer Journalist und bekannt für aufsehenerregende Enthüllungsgeschichten. Nun stellen wir uns doch mal vor, dass er bei seinen Recherchen zum Thema HEROES auf irgendetwas gestoßen ist, das so ganz und gar nicht zum strahlenden Serienimage passt.«

Unsicher blickte Peter seine Freunde an. »Ihr meint ein … dunkles Geheimnis?«

»Die notierten Stichworte ›Heroes‹ und ›Intrige‹ bieten für diese Mutmaßung durchaus eine Grundlage.« Justus machte eine ausholende Geste. »Falls Calbourn also tatsächlich einem Skandal auf der Spur war, könnte er geplant haben, den Medienrummel bei der morgigen Gala zu nutzen, um seine Bombe platzen zu lassen. Offenbar ist er ja ein Mann, der die großen Schlagzeilen liebt.«

Mr Nostigon presste die Lippen aufeinander. »Wenn ihr mit eurer Vermutung recht habt, läge tatsächlich ein triftiges Tatmotiv vor. Mit dem millionenschweren Start der HEROES OF THE UNIVERSE sind schließlich von diversen Seiten enorme Interessen verknüpft. Ein Eklat während der großen

Präsentation morgen würde ein regelrechtes Erdbeben nach sich ziehen, mit unabsehbaren Folgen.«

»Das lässt unsere bisherigen Verdächtigen plötzlich in einem ganz neuen Licht erscheinen«, stellte Bob fest. »Sie alle erhoffen sich durch den Siegeszug der HEROES-Figuren ja einen Riesenhaufen Geld und neuen Starruhm.« Zögernd hielt er inne. »Dann muss unsere Liste allerdings noch um mindestens einen Namen ergänzt werden.«

»Dwight Fillmore«, erwiderte der Zweite Detektiv. »Für den Schöpfer dieser revolutionären Spielfiguren steht schließlich seine gesamte berufliche Zukunft auf dem Spiel.«

Skeptisch kratzte sich der Securitychef am Ohr. »Leute, ich weiß ja, dass man Menschen nicht auf den ersten Eindruck hin beurteilen sollte. Aber ich habe Dwight gestern bei einer Vorbesprechung für die Gala kennengelernt und mir ist selten in meinem Leben ein so schüchterner und liebenswürdig-harmloser Typ begegnet wie er. Wenn mein Instinkt als Polizist also nicht völlig eingerostet ist, dann hat Dwight Fillmore definitiv nicht das Zeug zum Attentäter.«

»Das nehmen wir natürlich zur Kenntnis, Sir«, stellte Justus fest. »Dennoch sind wir es unserer detektivischen Sorgfaltspflicht schuldig, jeden potenziell Verdächtigen unter die Lupe zu nehmen.«

Nickend schaute Bob auf sein Notizbuch. »Beim aktuellen Stand wären das also der *Fun-Fellows*-Boss Lawrence Taggart, der Beastor-Darsteller Chris Roth, der Figurenentwickler Dwight Fillmore und der Serienerfinder Mason Wachinski. Für jeden von ihnen wäre das Scheitern der HEROES eine Katastrophe.«

»Und um diese Katastrophe zu verhindern, wollte der Täter Mr Calbourn stoppen, bevor er an die Öffentlichkeit tritt«, führte Peter den Gedanken mit düsterer Miene zu Ende.
Gesenkten Kopfes schritt der ehemalige Kommissar auf und ab. »Aber auf was könnte Calbourn gestoßen sein, das eine solche Gefahr darstellen würde? Hier im Büro haben wir jedenfalls keinen Hinweis gefunden …« Plötzlich verharrte er mitten in der Bewegung.
»Was haben Sie?«, fragte Justus überrascht.
Zögernd ging Nostigon zurück zu der Stelle, wo der Journalist gelegen hatte. »Mir ist da gerade etwas eingefallen, woran ich in all dem Wirbel gar nicht mehr gedacht hatte. Für einen kurzen Moment war Mr Calbourn vorhin zur Besinnung gekommen, und bevor er wieder bewusstlos wurde, hat er etwas geflüstert.«
Peters Augen weiteten sich verblüfft. »Das habe ich gar nicht mitbekommen. Was hat er denn gesagt?«
»Es ergab keinen Sinn, deshalb nahm ich an, dass er fantasiert. Aber jetzt im Nachhinein …« Nostigons Blick trübte sich und er verfiel in Schweigen.
Behutsam, so als nähere er sich einem Schlafwandler, den er nicht wecken wollte, trat der Erste Detektiv an ihn heran. »Sir, *was* hat Mr Calbourn Ihnen gesagt?«
»Es … war nur ein einziges Wort.« Der ehemalige Polizist hob den Kopf und schaute Justus direkt in die Augen. »Elfenbeinfrau.«

Noch 18 Stunden

23. Dezember, sechs Uhr abends.

Sichtlich verblüfft legte Bob den Kopf schief. »Elfenbeinfrau? Was kann Mr Calbourn denn damit gemeint haben?«

Gedankenverloren zupfte Justus an seiner Unterlippe. »In der Tat ein überaus eigentümliches Wort. Wenn wir für den Moment die Annahme verfolgen, dass Mr Calbourn *nicht* fantasiert hat, müssen wir davon ausgehen, dass er damit irgendeinen Hinweis geben wollte.«

»Falls es tatsächlich um einen Skandal bei den HEROES geht, könnte es der Name einer bestimmten Figur sein«, überlegte Peter.

»Ausgezeichnete Idee!«, lobte der Erste Detektiv und blickte in die Runde. »Und? Klingelt da irgendwas bei euch?«

Grübelnd massierte Bob seine Nasenwurzel. »Hm … an eine Elfenbeinfrau kann ich mich, zumindest bei der Fernsehserie, nicht erinnern. Aber wartet mal … gibt es da nicht so eine böse Zauberin, deren Name mit ›E‹ anfängt?«

Euphorisch schnippte Peter mit den Fingern. »Stimmt, Elva Evil!« Erwartungsvoll wandte er sich an Nostigon. »Könnte es vielleicht dieser Name gewesen sein, den Mr Calbourn geflüstert hat?«

Der Securitychef schüttelte energisch den Kopf. »Nein, das passt vom Klang und von den Silben her nicht. Ich bin mir wirklich nahezu hundertprozentig sicher, dass er ›Elfenbeinfrau‹ gesagt hat.«

Justus seufzte. »Dann verläuft, zumindest in diesem Punkt,

der Ansatz mit den Actionfiguren im Nichts. Es sei denn, dass sich diese seltsame Frau zwar nicht auf die HEROES, aber auf eine andere Spielzeugreihe bezieht.«

»Das erscheint mir nicht gerade schlüssig«, erwiderte Nostigon. »Aber ich werde auf jeden Fall mal Erkundigungen in dieser Richtung einholen.«

»Und was ist, wenn der Begriff wörtlich gemeint war?«, fragte der dritte Detektiv. »Möglicherweise ist ein Schmuckstück aus Elfenbein gemeint.«

»Oder es ist schlicht und einfach ein Codewort, mit dem wir nichts anfangen können«, ergänzte Peter.

Unwillig wischte sich Justus eine lästige Strähne aus der Stirn. »So frustrierend es auch ist – an dieser Stelle kommen wir zumindest hier vor Ort nicht weiter.«

»Das fürchte ich auch«, schloss sich Nostigon an und richtete seine Krawatte. »Deshalb sollten wir uns nun Mr Calbourns Hotelzimmer zuwenden. Vielleicht stoßen wir dort auf irgendwelche handfesten Anhaltspunkte. Anschließend nehmen wir uns die Verdächtigen und ihre Alibis vor.«

»Also behandeln Sie die ganze Sache vorerst intern, ohne Polizei?«, erkundigte sich der dritte Detektiv.

»Ja. Solange nicht zweifelsfrei geklärt ist, dass hier ein Verbrechen vorliegt, sind mir die Hände gebunden. Ohne Beweise kann ich unmöglich einen Attentatsverdacht aussprechen und damit den Ablauf der gesamten Messe gefährden.«

Stirnrunzelnd kratzte sich Peter am Kinn. »Stimmt, eine offizielle Ermittlung würde natürlich Riesenwellen schlagen. Und falls sich dann herausstellt, dass es doch nur ein Unfall war, ist der Schaden nicht wiedergutzumachen.«

»Auch ich denke, dass wir zum jetzigen Zeitpunkt noch im Stillen und unterhalb des öffentlichen Radars agieren sollten«, pflichtete Justus bei. »Sobald wir Gewissheit haben, können wir ja immer noch die Polizei hinzuziehen.«

Bob atmete tief ein. »Okay, das bedeutet also im Klartext: Die drei ??? haben einen neuen Fall!«

»Und diesmal wird es ein echter Wettlauf gegen die Zeit«, fügte Peter an. »Denn morgen Mittag um zwölf Uhr ist die große Schlussgala – danach starten alle Messeteilnehmer auf Nimmerwiedersehen in den Weihnachtsurlaub.«

»Bleiben uns also noch knapp 18 Stunden«, verkündete Justus und richtete seinen Blick auf Mr Nostigon. »Was halten Sie davon, wenn wir uns für eine Weile aufteilen? Während Sie und Peter das Hotelzimmer unter die Lupe nehmen, könnten Bob und ich schon mal an Beastor alias Chris Roth herantreten – mit der gebotenen Diskretion, versteht sich.«

»Einen Anknüpfungspunkt für ein Gespräch hätten wir schon mal«, fügte der dritte Detektiv an. »Schließlich war ich einer der ›Auserwählten‹ von Beastors Los-Aktion. Da wäre es ja absolut nichts Ungewöhnliches, wenn ich gern etwas mehr zu den HEROES und der Präsentation morgen wissen möchte.«

»Und zwei neugierige Jungs sind bei einer solchen Befragung allemal unverdächtiger als der Sicherheitschef der Messe«, ergänzte Peter, der insgeheim froh war, zunächst für das Hotelzimmer abkommandiert zu sein. Auf eine weitere Begegnung mit dem möglicherweise mordlustigen Affenmonster konnte er gut und gern verzichten.

»Klingt vernünftig.« Mr Nostigon straffte sich. »Okay, dann werde ich als Erstes bei Catelyn in der Zentrale anrufen. Sie soll veranlassen, dass Calbourns persönliche Gegenstände hier abgeholt und sicher verwahrt werden. Außerdem soll ein Wachmann dieses Büro im Auge behalten – natürlich unauffällig und mit gebührendem Abstand.«

»Eine sinnvolle Maßnahme«, erwiderte Bob. »Schließlich könnte der Attentäter – wenn es denn einen gibt – an den Tatort zurückkehren, um die unterbrochene Säuberungsaktion zu Ende zu bringen.«

»Falls das passiert, haben wir ihn«, gab der Expolizist grimmig zurück und trat in den Flur hinaus.

Als Justus ihm folgte, breitete sich plötzlich ein Lächeln auf seinem Gesicht aus. »Und selbst wenn nicht, kennen wir mit etwas Glück vielleicht in Kürze das Gesicht des Täters.«

»Tatsächlich?«, fragte der Zweite Detektiv verdutzt.

Nostigon klatschte sich an die Stirn. »Nicht zu fassen! Da schwärme ich euch vorhin lang und breit von der exzellenten Videoüberwachung vor und vergesse sie dann völlig!« Er schloss kopfschüttelnd die Bürotür und wies zur Decke. »Auch dieser Flur ist mit Sicherheitskameras bestückt. Wie wir wissen, hat Mr Calbourn den Checkpoint auf dieser Ebene um zwei Uhr passiert, und eine knappe Stunde später, um kurz vor drei, sind wir hier eingetroffen.«

»Verstehe«, gab Bob zurück. »Die Zentrale braucht also nur zu überprüfen, wer außer Mr Calbourn das Büro 609 zwischen zwei und zwei Uhr fünfundfünfzig betreten hat. Beim Betreffenden handelt es sich mit höchster Wahrscheinlichkeit um unseren Täter!«

»So ist es. Sicherheitshalber werde ich den Beginn des Zeitfensters aber etwas vorverlegen. Es ist ja nicht ausgeschlossen, dass der oder die Täter sich bereits *vor* Calbourns Ankunft Zutritt verschafft und ihm aufgelauert haben. Außerdem lasse ich mir gleich am Checkpoint die Namen sämtlicher Personen mitteilen, die diesen Bereich im fraglichen Zeitraum betreten und wieder verlassen haben.« Nostigon zückte sein Mobiltelefon. »Aber jetzt sage ich erst mal in der Zentrale Bescheid.«

Das Telefonat dauerte wesentlich länger als erwartet und der schärfer werdende Tonfall des ehemaligen Polizisten ließ darauf schließen, dass er mit den erhaltenen Informationen ganz und gar nicht zufrieden war.

»Das gibt's doch nicht …«, fauchte er genervt, während er sein Mobiltelefon wieder einsteckte.

Irritiert legte Justus die Stirn in Falten. »Probleme?«

»Allerdings.« Verärgert wies Nostigon auf eine der Kameras an der Flurdecke. »Catelyn hat mir gerade mitgeteilt, dass es in der gesamten Sektion D aus bislang noch ungeklärter Ursache einen Systemfehler gegeben hat.«

»Einen Systemfehler?«, fragte Peter verblüfft.

Nostigon zuckte die Achseln. »Genaueres konnte sie mir nicht sagen, aber bis auf Weiteres sind sämtliche Kameraaufnahmen des heutigen Nachmittags unbrauchbar. Man bemüht sich um eine Rekonstruktion der Bilddaten, aber der Erfolg ist ungewiss.«

Mit düsterer Miene blickte Justus den Flur hinunter. »In Zimmer 609 erleidet Mr Calbourn einen rätselhaften Zusammenbruch und auf ebenso rätselhafte Weise verschwinden sämtliche Bilder der Flurkameras. Ein etwas arg bizarrer Zufall für meinen Geschmack …«

Noch 17 Stunden

23. Dezember, sieben Uhr abends.
Nachdem Bob und Justus sich verabschiedet hatten, um zur Messehalle zurückzukehren, waren Mr Nostigon und Peter zum Checkpoint am Beginn des Flurs gegangen. Die Informationen, die sie vom dortigen Securitymitarbeiter erhalten hatten, waren jedoch alles andere als aufschlussreich gewesen. Laut den Erfassungsdaten hatten im angefragten Zeitraum nur Mr Calbourn, zwei Mitarbeiter von Spielzeugfirmen auf dem Weg zu ihren Büros, ein Wachmann auf Routinekontrollgang und schließlich Mr Barnes vom Serviceteam den Flur betreten. Auch das anschließende Gespräch mit dem herbeibestellten, aufrichtig erstaunt wirkenden Wachmann hatte keine weiteren Erkenntnisse erbracht. Wie es schien, war im gesamten Flurbereich von Sektion D nichts Auffälliges geschehen.

Missmutig folgte Peter dem ehemaligen Kommissar nun in Richtung der Fahrstühle. »Das hat uns leider keinen Schritt weitergebracht. Warum sind eigentlich die Büros in diesem Trakt kaum belegt? Außer Nummer 609 sind nur zwei weitere Räume vergeben und die entsprechenden Leute waren nur ganz kurz in ihren Büros.«

»Das liegt wahrscheinlich daran, dass diese Ebene von der *Fairground Hall* aus am weitesten entfernt liegt«, vermutete Mr Nostigon und drückte den Fahrstuhlknopf. »Eine Verbindung zu Calbourn oder den HEROES ist bei den betreffenden Personen jedenfalls nicht zu erkennen.«

»Wahrhaftig nicht«, erwiderte Peter und blickte auf die Notizen, die er sich zuvor gemacht hatte. »Mrs Tembrync im Büro 603 gehört zum *Gambuild*-Konzern, der sich auf umweltfreundlich hergestellte Holzbrettspiele spezialisiert hat. Und Mr Petrescu im Büro 608 ist Pressesprecher einer kleinen Nischenfirma mit Schwerpunkt auf Haustierspielzeug.«

»Weit und breit keine Parallele zu den Weltraumkämpfern von *Fun Fellows* …« Seufzend verschränkte Nostigon die Arme vor der Brust. »Hoffen wir also, dass wir beim Hotelzimmer erfolgreicher sind.«

Kurz darauf öffnete sich die Aufzugtür und die beiden betraten die Kabine. Auf dem Weg ins Erdgeschoss stiegen mehrere angeregt plaudernde Personen zu. Lediglich eine ältere Dame in der gegenüberliegenden Ecke des Fahrstuhls stand abseits der anderen. Ohne den Grund zu wissen, weckte irgendetwas an ihr Peters Aufmerksamkeit. Unauffällig musterte er sie. Die Frau war durchschnittlich groß, aber ausgesprochen hager und trug einen perfekt sitzenden, anthrazitfarbenen Anzug. Ein langer, heller Schal schien die Konturen zwischen ihrem Hals und den ohnehin schmalen Schultern regelrecht zu verwischen. Ihr schneeweißes Haar war streng zurückgekämmt und am Hinterkopf zu einem Knoten gebunden. Am eigenartigsten fand Peter jedoch ihr Gesicht. Die pergamentartige Haut war bleich wie Kalk, Stirn und Haar schienen übergangslos miteinander zu verschmelzen, so als sei diese reglos und kerzengerade dastehende Frau gar nicht aus Fleisch und Blut, sondern eine dürre Skulptur, die zum Leben erwacht war. Kalt und weiß.

Und plötzlich, wie ein gleißender Blitz, durchzuckte das rätselhafte Wort von Mr Calbourn die Gedanken des Zweiten Detektivs.

*Elfenbein*frau …

Im selben Moment erinnerte er sich auch an das verstörende Kichern, das der Servicemann hinter der verschlossenen Tür gehört hatte. Gerade wollte Peter sich an Mr Nostigon wenden, da bemerkte er entsetzt, dass die seltsame Frau nun nicht mehr vor sich auf die Fahrstuhltür blickte, sondern ihren Kopf umgewandt hatte und ihn direkt anstarrte! Ihre kleinen, stechend schwarzen Augen schienen ihn regelrecht zu durchbohren, während sich ihre dünnen Lippen zu einem widerwärtigen Grinsen verzogen.

In der Zwischenzeit hatten Justus und Bob auf der Suche nach Beastor schon eine gefühlte Ewigkeit damit zugebracht, sich Meter für Meter durch den unverändert dichten Trubel in der *Fairground Hall* zu kämpfen. Der erneute Wechsel vom fast menschenleeren Bürotrakt zur glitzernd-pulsierenden Weihnachtswelt war im wahrsten Sinne des Wortes atemberaubend.

»Unglaublich, was hier immer noch los ist«, murrte der dritte Detektiv, während er sich an einer Gruppe vorbeischlängelte, die gerade ein fast zwei Meter großes dreidimensionales Puzzle des Empire State Building bestaunte, auf dessen Spitze eine King-Kong-Figur mit roter Weihnachtsmütze thronte.

Justus entfaltete einen kleinen Prospekt, den er an einem Infostand mitgenommen hatte. »Die Pforten der Halle schließen erst um zehn Uhr. Danach beginnt das Abendprogramm in den Bars und Clubs der *Grand Lodge*.«

»Wahrscheinlich ebenfalls untermalt mit Weihnachtsgedudel in Dauerschleife«, mutmaßte Bob, dem die mittlerweile dritte Wiederholung von ›The Twelve Days of Christmas‹ gehörig auf die Nerven ging. »Ich habe ja nichts gegen feierliche Stimmung, aber das hier ist wie eine Achterbahnfahrt in einem knüppelvollen Weihnachtsschlitten – irgendwann wird einem übel …«

Justus nickte. »Vollste Zustimmung, Kollege. Umso dringlicher, dass wir endlich dieses Fellmonster finden.«

Sie gelangten nun zur Mitte der riesigen Halle, in deren Zentrum eine kreisrunde Bühne mit romantischer Kunstschneelandschaft und einem farbenfroh geschmückten Tannenbaum aufragte. Ein kunterbuntes Schild verkündete, dass es sich hier um den Nordpol handelte, und gleich daneben thronte ein beeindruckender Weihnachtsmann auf einem imposanten roten Plüschsessel. Eine Gruppe bezaubernder junger Damen in grünen Elfenkostümen tanzte mit erstaunlichem akrobatischem Geschick um ihn herum und warf kleine Zuckerstangen in die Menge, während Santa Claus den vorbeigehenden Besuchern im stets gleichen Rhythmus zuwinkte und ein dröhnendes ›Ho-Ho-Ho!‹ schmetterte.

»Also, das wäre kein Job für mich«, stellte Bob fest.

Justus grinste spöttisch. »Warum denn nicht? So ein schickes Kleidchen würde dir bestimmt ausgezeichnet stehen.«

»Sehr witzig«, knurrte der dritte Detektiv. »Aber im Ernst – wenn ich mit dickem Wintermantel, Pudelmütze und kratzigem Vollbart in einer stickig-heißen Messehalle hocken und ununterbrochen ›Ho-Ho-Ho‹ brüllen müsste, würde ich nach spätestens einer halben Stunde bekloppt werden.«

»Vielleicht darf er zur Abwechslung ja zwischendurch auch mal ›Fröhliche Weihnachten‹ rufen«, entgegnete Justus schmunzelnd. Dann hielt er inne.
»Was ist?« Irritiert blieb Bob ebenfalls stehen. »Jetzt sag nicht, dass du so eine Zuckerstange haben willst.«
Der Erste Detektiv blickte ihn tadelnd an. »Obwohl angesichts der fortgeschrittenen Stunde der Wunsch nach baldiger Nahrungsaufnahme durchaus *nicht* den Tatbestand ungebührlicher Genusssucht erfüllen würde, ist mein Begehr ein anderes. Dein Kommentar über Santa hat mich nämlich auf eine Idee gebracht.«
»Und zwar?«
»Wie du ganz richtig festgestellt hast, ist der Job des Weihnachtsmanns nicht gerade abwechslungsreich. Zwar nehme ich an, dass er hin und wieder auch durch die Halle gehen kann, aber seine Hauptaufgabe scheint tatsächlich die Präsenz auf dieser Bühne zu sein. Und von seiner erhöhten Position aus hat er natürlich einen äußerst guten Überblick auf das ganze Geschehen. Außerdem kennt er sich mit den anderen Attraktionen auf der Messe sicherlich bestens aus.«
Bob nickte. »Verstehe. Du meinst, wir sollten ihn fragen, ob er weiß, wo sich Beastor gerade herumtreibt.«
»Präzise.« Justus deutete zur rechten Bühnenseite. »Dort drüben ist ein Treppenaufgang. Statten wir Santa Claus also einen kleinen Besuch ab.«
Tatsächlich war es für die beiden Detektive kein Problem, zu dem breit lächelnden Weihnachtsmann vorgelassen zu werden, der sich über die kleine Abwechslung sichtlich freute. Umso heftiger und unerwarteter war sein Stimmungsum-

schwung, als er erfuhr, welches Anliegen die beiden Besucher hatten.
»Ihr also auch!?«, fauchte er die Jungen an und ballte wütend die Fäuste. »Sind denn wirklich alle hier von diesen Weltraum-Idioten besessen? HEROES hier, HEROES da, von morgens bis abends – ich kann es nicht mehr hören! Ist das hier nun eine Weihnachtsmesse oder ein Monsterzirkus?«
»Äh …« Verunsichert war Justus einen Schritt zurückgewichen. »Um genau zu sein, handelt es sich ja um eine Spielwarenmesse, und naturgemäß werden da –«
Doch weiter kam der Erste Detektiv nicht, denn nun schnitt ihm der zornesrote Santa mit einer harschen Geste in Richtung Treppe das Wort ab. »Verlasst mein Reich! Anhänger dieser galaktischen Mistviecher haben an meinem Nordpol nichts verloren!«
Die Aufforderung war unmissverständlich. Enttäuscht und verwirrt stiegen Justus und Bob von der Bühne. Doch als sie gerade ihren Weg durch die Halle fortsetzen wollten, tippte jemand dem dritten Detektiv auf die Schulter. Verdutzt drehte er sich um und blickte in die strahlend blauen Augen einer Elfentänzerin. Sie hatte hüftlange blonde Haare, in die zahllose Glitzerperlen eingeflochten waren, und die spitzen Kunstohren sahen täuschend echt aus.
»Bevor ihr geht, möchte ich mich bei euch für das Verhalten vom Chef entschuldigen«, sagte sie mit gesenkter Stimme. »Mir tut das wirklich leid, aber die HEROES sind einfach ein rotes Tuch für ihn.«
»Ach, echt?«, fragte Bob ironisch. »Das war uns überhaupt nicht aufgefallen.«

Gespannt trat Justus näher heran. »Weißt du zufällig auch, warum dieses Thema ihn so wütend macht?«
»Das hängt vor allem mit der Gala morgen zusammen. In den letzten Jahren war traditionell immer der Weihnachtsmann mit einer großen Show der krönende Höhepunkt der Messe. Eine Riesennummer, auch von der Gage her.«
»Aber in diesem Jahr wurde sein Auftritt gestrichen und alles dreht sich nur noch um die Weltraumfiguren«, fügte der Erste Detektiv an.
Die junge Frau nickte. »Genau. Mein Chef sagt, dass das eine Riesenschweinerei ist und man die Seele der *GameFame* damit verkauft. Den Hype um die HEROES sieht er als Anfang vom Ende seiner traditionellen Santa-Show. Außerdem befürchtet er, dass sich ein solcher ›Dammbruch‹ auch auf andere Events auswirken wird.«
»Und deshalb wünscht er allen Beteiligten die Pest an den Hals«, folgerte Bob.
»Vor allem den Werbeleuten und Journalisten, die das Ganze so hochjubeln«, erwiderte die Tänzerin. »Einer davon steht ganz oben auf seiner Hassliste – der Typ, der morgen mit Riesenspektakel die Lobeshymne auf die HEROES halten wird. Ich glaube, dem würde er am liebsten eigenhändig den Hals umdrehen.«
Mit verengten Augen schaute Justus zu dem inzwischen wieder fröhlich in die Menge winkenden Weihnachtsmann hinauf. »Überaus interessant …«

Noch 16 Stunden

23. Dezember, acht Uhr abends.
Noch immer haderte Peter mit seinem Patzer, den er sich vorhin im Fahrstuhl geleistet hatte. Für einen kurzen Moment war er nämlich durch den geradezu hypnotischen Blick der grinsenden Frau wie gelähmt gewesen, und als sich eine Sekunde später die Aufzugtür geöffnet hatte, war sie augenblicklich im dichten Gedränge der *Fairground Hall* verschwunden. Die folgende hektische Suche, an der sich – wenngleich etwas verwirrt – auch Mr Nostigon beteiligt hatte, war ohne Ergebnis geblieben. Nachdem der Sicherheitschef anschließend vom Zweiten Detektiv über das gesamte seltsame Erlebnis informiert worden war, hatte er der Zentrale Meldung gemacht. Die Security sollte diskret nach einer hageren, ungewöhnlich blassen, weißhaarigen Frau Ausschau halten. Währenddessen hatte Peter per Handy auch seinen staunenden Freunden vom leibhaftigen Auftauchen der Elfenbeinfrau erzählt.
Angesichts der nur vagen Beschreibung waren die Aussichten, sie im Messetrubel zu finden, jedoch wohl nur minimal, da sich zu diesem Zeitpunkt sicherlich einige hundert ältere weißhaarige Menschen hier aufhielten. Auf dem anschließenden Weg zum Hotelbereich der *Grand Lodge* wurden Mr Nostigon und Peter dann auch prompt mehrfach durch Funkmeldungen über vermeintliche Sichtungen der bleichen Frau aufgehalten, die sich letztlich jedoch alle als Irrtümer herausstellten.

Mit deutlichem Zeitverlust erreichten sie endlich das Hotel und Mr Calbourns Zimmer 824. Wegen des gravierenden Anschlagsverdachts hielt es der Securitychef für zwingend notwendig, schnellstmöglich weitere Hinweise ausfindig zu machen. Nach der Öffnung mittels der Central Card nahmen sie deshalb sofort die Untersuchung des Raums in Angriff.

Am Ende der Aktion und nach einem weiteren Telefonat von Nostigon zog Peter ein ernüchterndes Fazit.

»Also, ich habe in meiner Zeit als Detektiv ja schon so manche Zimmer und auch ganze Häuser unter die Lupe genommen, aber das hier ist so ziemlich das Unspektakulärste, was ich je gesehen habe.«

Der ehemalige Kommissar seufzte zustimmend. »Bis auf die wenigen Kleidungsstücke und Badartikel in Calbourns Koffer gibt es hier keinerlei persönliche Gegenstände, die uns irgendwie weiterhelfen könnten. Kein Handy, kein Laptop, gar nichts.«

»Und bei sich getragen hatte er auch nichts, wie wir nach Ihrer Rückfrage in der Krankenstation wissen«, ergänzte Peter, ging in die Knie und warf erneut einen Blick in den blauen Reisekoffer. »Als Journalist lebte Mr Calbourn aber doch garantiert nicht hinterm Mond. Und hier – die Kanten des Notebook-Fachs in seinem Koffer sind total abgewetzt. Er muss also ein solches Gerät besessen haben.«

Mr Nostigon nickte stirnrunzelnd. »Demnach hat er vermutlich sowohl Handy als auch Notebook bei sich gehabt, als er – aus noch ungeklärtem Grund – stark verfrüht in das Büro ging. Und dort hat man ihm beides abgenommen.«

»So muss es gewesen sein. Aber …« Stutzend senkte der immer noch kniende Zweite Detektiv seinen Blick etwas tiefer und beugte sich zum kleinen Nachttisch vor. »Hoppla, was ist denn das?« Vorsichtig löste er einen kleinen Gegenstand ab, der mit Klebeband unter der Tischplatte befestigt worden war.

Gespannt trat Nostigon näher heran. »Und? Was ist es?«

»Eine Visitenkarte«, erwiderte Peter verblüfft. »Auf der Rückseite hat Calbourn mit Kugelschreiber etwas notiert: *Gilligan – VII.* Klingt nach einer Art Code.«

»Vielleicht ist das endlich der entscheidende Hinweis auf Calbourns Geheimnis!«, überlegte der Exkommissar aufgeregt.

Erst jetzt wurde dem Zweiten Detektiv bewusst, dass er bislang ausschließlich auf die Rückseite mit der seltsamen Notiz geblickt hatte. Rasch drehte er die Visitenkarte um – und riss fassungslos die Augen auf. »Das gibt's doch nicht …«

»Wieso? Was steht denn da?«, fragte Nostigon perplex.

Noch immer völlig entgeistert las Peter mit heiserer Stimme den eleganten Aufdruck vor. »›Bill Andrews. Los Angeles Post‹ … Bobs Vater!«

Nachdem Justus und Bob von der freundlichen Weihnachtstänzerin noch einige weitere Informationen einschließlich der Position des Messestands von *Fun Fellows* erhalten hatten, waren sie erneut ins Gewühl eingetaucht. Auf ihrem langen Weg zu Gang K hatten dann natürlich die erstaunlichen neuen Erkenntnisse im Mittelpunkt ihres Gesprächs gestanden.

»Fassen wir also zusammen«, resümierte der dritte Detektiv schließlich. »Bisher sind wir davon ausgegangen, dass das Tatmotiv für den Anschlag ein brisantes Geheimnis sein könnte, mit dem Mr Calbourn die große Abschlussgala hochgehen lassen will. Und als Täter haben wir dementsprechend eine Person aus dem Umfeld von *Fun Fellows* vermutet, die um jeden Preis einen reibungslosen Start der HEROES gewährleisten will. Stattdessen könnte es aber auch genau umgekehrt sein.«

»Dann nämlich, wenn statt eines HEROES-Beteiligten ein zutiefst frustrierter Hasser dieser Weltraumfiguren für das Attentat verantwortlich wäre«, ergänzte Justus. »Und zwar niemand anderes als der Weihnachtsmann höchstpersönlich. In diesem Fall gäbe es überhaupt kein Geheimnis, dessen Aufdeckung verhindert werden sollte …«

»… sondern einzig und allein einen rachsüchtigen Santa Claus, der zusammen mit einer nicht minder bösen Elfenbeinfrau die große Lobeshymne auf die galaktischen Helden verhindern will«, führte Bob den Gedankengang zu Ende. »Das wäre allerdings wirklich ein Hammer. Und im Grunde auch völlig sinnlos. *Fun Fellows* wird die Gala ja trotzdem durchziehen – notfalls stellt sich Firmenboss Taggart selber ans Rednerpult und erklärt, wie super sein neues Spielzeug ist.«

Justus nickte zustimmend. »Zweifellos richtig. Aber aus eigener Erfahrung wissen wir ja, dass das Verhalten von Verbrechern nicht zwingend rational sein muss. Von der Weihnachtselfe haben wir zumindest die Information erhalten, dass Santa Claus gegen halb zwei für eine Stunde seinen

Nordpol verlassen hat, um sich die Beine zu vertreten. Vom Zeitfaktor her hätte er die Tat somit durchaus begehen können.«

»Also kommt der Weihnachtsmann ebenfalls auf unsere Verdächtigenliste, gleich unter Chris Roth, Lawrence Taggart, Dwight Fillmore, Mason Wachinski und die bleiche Lady.« Seufzend strich sich Bob durch die Haare. »Wenn die Zentrale es nur endlich schaffen würde, die Kameraaufnahmen wiederherzustellen. Dann hätte die ganze Raterei über den Täter ein Ende.«

»Möglicherweise ist genau das der Grund, warum sie es nicht schafft ...«, murmelte der Erste Detektiv. Doch bevor er diesen Gedanken weiterführen konnte, hob Bob die rechte Hand und wies nach vorn. In etwa zehn Metern Entfernung ragte eine eindrucksvolle Weltraumkulisse mit zahllosen blinkenden Kunststernen auf. Der wuchtige Schriftzug in der Mitte ließ keinen Zweifel daran, dass es sich hier um den Stand der HEROES OF THE UNIVERSE handelte. An einem silbern glänzenden Tresen, der aussah wie das Kommandopult eines Raumschiffs, stand eine exotisch kostümierte Kriegerin und gab Autogramme.

»Das ist Alexis Van Lorren alias Reela, die holde Prinzessin von Neteria«, stellte Bob fest und legte skeptisch den Kopf schief. »Und nach der unnatürlich starren Mimik zu urteilen, sind auf ihrem Planeten diverse plastische Chirurgen aktiv.«

»Auch Helden können eitel sein«, erwiderte Justus schmunzelnd. »Viel interessanter finde ich allerdings, was sich da drüben im hinteren Teil des Stands abspielt. Wenn mich

nicht alles täuscht, führen der finstere Skulldor und der glorreiche Free-Man gerade ein hitziges Wortgefecht. Und das scheint durchaus nicht zum offiziellen Programm zu gehören.« Er deutete auf einen schmalen Seitengang. »Wenn wir uns unauffällig hinter der Vulkanattrappe dort drüben postieren, können wir vielleicht belauschen, worum es geht.«
Tatsächlich gelang es den beiden Detektiven, hinter dem mächtigen Pappfelsen Stellung zu beziehen. Ihre Securityausweiskarten steckten sie sicherheitshalber ein.
Soeben hob der zornesrote Free-Man beide Hände und gestikulierte wild in der Luft herum. »Was heißt hier ›keine andere Wahl‹? Das ist doch völliger Irrsinn!«
»Dir steht so ein Urteil überhaupt nicht zu!«, fauchte der Mann mit der unheimlichen Skelettmaske. »Du und Alexis seid ja nicht betroffen!«
»Aber ich schon, und so gut wie alle anderen!«, meldete sich nun eine andere, deutlich höhere Stimme zu Wort.
Überrascht lugten Bob und Justus durch eine Kraterspalte und erblickten eine dritte Person, die aufgrund ihrer geringen Größe bislang von der Planetendekoration verdeckt gewesen war. Der kleinwüchsige Mann, den die Jungen sofort als den tollpatschigen Zauberer Quorko erkannten, trug einen roten, bis zum Boden reichenden Mantel und einen breitkrempigen Hut, der sein schwarz maskiertes Gesicht zusätzlich in tiefen Schatten hüllte. Jetzt schüttelte er sein rechtes Fäustchen in Richtung Skulldor.
»Trotzdem käme doch keiner von uns auf die Idee, über Leichen zu gehen und eine solche Aktion durchzuziehen! Hast du denn überhaupt kein Gewissen? So etwas kann –«

In diesem Moment hielt der Kobold inne und verfiel in einen schrägen Sprechsingsang. »Oh Quorko aus der Zauberwelt – wer hat hier Besuch bestellt?!«
Bei den letzten Worten wirbelte er herum und deutete mit ausgestrecktem Zeigefinger auf die erstarrten Detektive. Augenblicklich stürmte der blonde Hüne heran, griff hinter die Kraterkulisse und packte die Jungen am Arm.
»Was habt ihr hier zu lauschen?!«

Noch 15 Stunden

23. Dezember, neun Uhr abends.
Nach dem ersten Moment der Entgeisterung besann sich Peter auf eine grundlegende Detektivregel, die Justus immer wieder predigte: ›Jedes auch noch so irritierende Element eines Falls muss mit nüchterner Sachlichkeit betrachtet werden.‹ Das hatte tatsächlich geholfen, denn auf den zweiten Blick war es zumindest nicht mehr überraschend gewesen, dass Mr Calbourn eine Visitenkarte von Bobs Vater besaß. Schließlich war der Journalist mehrfach für die Los Angeles Post tätig gewesen und kannte Mr Andrews. Der Zweite Detektiv war sich deshalb mit Mr Nostigon darin einig gewesen, dass einzig ein Anruf Klarheit über einen möglichen Zusammenhang zwischen Bill Andrews und dem seltsamen Code schaffen konnte. Da Bobs Vater zu dieser Uhrzeit vermutlich nicht mehr in der Redaktion war, hatte Peter mit seinem Handy die Privatnummer der Familie Andrews gewählt. Das anschließende Gespräch war ausführlich und intensiv gewesen.

Gespannt blickte Nostigon den Jungen an. »Wenn ich es richtig verstanden habe, konnte dir Mr Andrews tatsächlich weiterhelfen, stimmt's?«

»Ja, allerdings hat er von den Ereignissen hier eindeutig keine Ahnung. Deshalb war es nicht ganz leicht, ihm den Vorfall mit Mr Calbourn halbwegs verständlich zu erklären, ohne dass er sich allzu viele Sorgen macht.« Peter hatte ein schlechtes Gewissen, weil er Bobs Vater den Verdacht verschwiegen hatte, dass möglicherweise ein Anschlag auf den Journalisten verübt worden war. Doch es wäre ja niemandem damit geholfen gewesen, im fernen Rocky Beach für Aufregung zu sorgen, obwohl die Situation noch völlig unklar war.

»Und was hat es nun mit diesem Code auf sich?«, fragte der Sicherheitschef.

Peter blickte auf den Zettel mit Notizen, die er sich gemacht hatte. »Das Ganze geht auf einen Presseball der Los Angeles Post vor drei Jahren zurück, bei dem jede Menge Prominenz und dementsprechend viele Kameras vor Ort waren. Damals arbeitete Mr Calbourn für die Redaktion von Bobs Vater. Er war wohl an irgendeiner heißen Sache dran, bei der es jederzeit zur entscheidenden Wendung kommen konnte.«

Nostigon nickte. »Ich ahne, was dann ablief. Da während der Party möglicherweise eine wichtige neue Entwicklung eintreten würde, vereinbarte Calbourn mit Mr Andrews ein Codewort. Damit wäre es möglich, sich bei Bedarf unauffällig aus irgendwelchen Small-Talk-Runden zu verabschieden.«

»Ganz genau«, bestätigte der Zweite Detektiv. »Zufällig hatte sich früher mal herausgestellt, dass sie beide als Kinder von der Serie ›Gilligans Insel‹ begeistert waren. Sobald also das Stichwort ›Gilligan‹ fiel, wusste Bobs Vater, dass Mr Calbourn sich in einem abgelegenen Büro im Nebengebäude mit ihm treffen wollte. Abseits neugieriger Augen und Ohren.«

»Eben wie auf einer sicheren Insel, um ihm dort wichtige Informationen für die anstehende Schlagzeile mitzuteilen«, ergänzte der Sicherheitschef mit vor Anspannung geweiteten Augen. »Wenn Calbourn nun also, Jahre später, auf einer

Visitenkarte von Mr Andrews erneut dieses Codewort hinterlässt, dann …«
»… dann tat er das, weil er wusste, dass nur Bobs Vater diesen Hinweis verstehen würde!«, führte Peter den Satz zu Ende. »Es gab sonst vermutlich niemanden, dem er wirklich vertraute, nicht mal dem Sicherheitsdienst. Falls es hier also wirklich um ein dunkles Geheimnis geht, ahnte Mr Calbourn offenbar, dass man ihm auf die Spur gekommen war. Deshalb wollte er Vorsorge treffen für den Fall, dass ihm etwas zustieße. Vielleicht ein Versteck, das einzig und allein Mr Andrews finden sollte!«
Mit starrer Miene blickte der ehemalige Kommissar aus dem Hotelfenster. »Wenn das tatsächlich so sein sollte, dann fällt mir hier auf dem Gelände zurzeit nur ein Ort ein, der mit einer einsamen Insel vergleichbar wäre.«
»Und welcher?«, entfuhr es dem Zweiten Detektiv.
»Nur ein einziger Gebäudekomplex ist von der Messe vollkommen abgekoppelt: das *Convention Center*. Der gesamte Bereich ist in dieser Woche stillgelegt – keine Veranstaltungen, keine Kontrollen, keine Kameraüberwachung.«
»Tatsächlich eine perfekte ›Insel‹, weit weg vom ganzen Trubel«, stellte Peter fest.
Seufzend strich sich Mr Nostigon über die Schläfe. »Bleibt nur noch die Frage, wo auf dieser gewaltigen Insel Calbourn seinen Informationsschatz hinterlassen hat …«
Plötzlich hatte der Zweite Detektiv einen Geistesblitz. »Vielleicht hat er uns diese Frage schon beantwortet!« Hastig nahm er die Visitenkarte hoch und deutete triumphierend auf den zweiten Teil des Codes. »Schließlich ist hinter ›Gil-

ligan‹ die römische Ziffer VII notiert, und im *Convention Center* sind die Räume doch sicher nummeriert. Also sollten wir so schnell wie möglich Zimmer 7 einen Besuch abstatten!«

Es waren einige rhetorische Anstrengungen nötig gewesen, ehe Justus und Bob die aufgebrachten HEROES-Darsteller endlich davon überzeugt hatten, dass sie nicht zum Lauschen gekommen waren, sondern lediglich um dem Beastor-Darsteller ein paar Fragen zur Verlosung zu stellen. Laut der mürrischen Auskunft von Free-Man hatte sich Chris Roth jedoch bereits in sein Hotelzimmer zurückgezogen und würde mit Sicherheit keinen Besuch mehr empfangen. Außerdem sei es ohnehin nicht gestattet, Einzelheiten zu der Veranstaltung am kommenden Tag mitzuteilen. So hatten sich die beiden Jungen nach einigen letzten entschuldigenden Worten verabschiedet und waren zurück in den allmählich lichter werdenden Messetrubel eingetaucht.
»Mannomann – das war ein echter Volltreffer!«, sprudelte es aus dem dritten Detektiv heraus, als sie sich weit genug entfernt hatten. »Free-Mans Anschuldigungen waren ja mehr als eindeutig: Der wahre Attentäter ist Skulldor! Also waren die Haare von Beastor auf Calbourns Jacke reiner Zufall, vermutlich von einer harmlosen Begegnung wie bei mir.«
»So sieht es tatsächlich aus«, gab Justus zu, während er einer aufrecht gehenden Version von Rudolph, dem rotnasigen Rentier, auswich. »Zumindest waren die Aussagen, deren wir teilhaftig werden konnten, in höchstem Maße verdächtig. Wenn wir die neuen Erkenntnisse mit unseren bisherigen

Theorien in Einklang bringen, ergibt sich folgendes Bild: Mr Calbourn ist einem dunklen Geheimnis über die HEROES auf die Spur gekommen, das von außerordentlicher Brisanz ist, jedoch aus noch unbekannten Gründen weder Free-Man noch Reela betrifft.«

»Vielleicht weil die beiden sich aus der Sache, um die es geht, herausgehalten haben«, vermutete Bob. »So gut wie alle anderen Darsteller stecken laut Quorko aber mit drin, einschließlich er selber. Würde das herauskommen, gäbe es einen Riesenskandal.«

»Und somit ein unkalkulierbares Risiko für den millionenschweren Start der HEROES-Figuren«, fügte der Erste Detektiv hinzu. »Nur einer jedoch war offenkundig bereit, zur Abwendung von Calbourns nahender Enthüllung über ›Leichen‹ zu gehen.«

Bob nickte grimmig. »Skulldor, der dunkle Lord von Neteria. Und unterstützt wurde er offenbar von dieser bleichen Gespensterfrau. Na, das passt ja …« Zögernd blickte er seinen Freund an. »Und nun? Sollten wir nicht Mr Nostigon informieren? Der Täter ist doch so gut wie überführt!«

»Über die neuen Entwicklungen werden wir ihn und Peter natürlich in Kenntnis setzen«, erwiderte Justus und zückte sein Handy. »Allerdings sollten wir uns nicht dem Irrglauben hingeben, dieser Fall sei schon gelöst. Die gehörten Äußerungen sind ja alles andere als hieb- und stichfeste Beweise. Zumal noch nicht geklärt ist, ob Skulldor wirklich der alleinige Täter oder nur ausführendes Instrument war.«

»Du meinst, er handelte im Auftrag?«, fragte Bob irritiert.

»Angesichts der wirtschaftlichen Größenordnungen, um die

es hier geht, dürfen wir keines der beteiligten Segmente unbeleuchtet lassen. Nicht umsonst stehen auch Namen aus der ›oberen Etage‹ auf unserer Verdächtigenliste: Lawrence Taggart und Mason Wachinski.«
»Der Firmenboss von *Fun Fellows* und der Erfinder der HEROES«, ergänzte der dritte Detektiv, während er krampfhaft versuchte, eine bestürzend schlechte, dafür jedoch umso lautere Hip-Hop-Version von ›O Come All Ye Faithful‹ zu ignorieren. »Und du meinst, einer der beiden könnte Skulldor zu der Tat angestiftet haben?«
»Zumindest steht für beide ausreichend viel auf dem Spiel, um einen solchen Ausgangsverdacht zu rechtfertigen. Und erfahrungsgemäß pflegen sich solche Herrschaften nicht selber die Hände schmutzig zu machen …«
»… sondern lassen das von Untergebenen erledigen«, führte Bob den Satz zu Ende. »Okay, verstehe. Und wie sollen wir jetzt weiter vorgehen?«
Wiederum zückte der Erste Detektiv den Messeprospekt. »Ab zehn Uhr findet in der Starlight Bar eine von *Fun Fellows* ausgerichtete Weihnachtsparty statt. Ich könnte mir gut vorstellen, dass auch Taggart, Wachinski und der Figurenentwickler Fillmore daran teilnehmen werden.«
Während Justus nun zum Handy griff, um Peter über den schwerwiegenden Verdacht gegen Skulldor zu informieren, zog Bob mit entschlossenem Lächeln seine Identifikationskarte aus der Hosentasche.
»Und mit etwas Glück werden zwei gewisse Mitarbeiter der Security auf dieser Party die eine oder andere heiße Info aufschnappen …«

Noch 14 Stunden

23. Dezember, zehn Uhr abends.
Nach Justus' spektakulärer Nachricht über Skulldor waren Mr Nostigon und Peter nun umso begieriger gewesen, endlich Calbourns Geheimnis zu erfahren. Für den Weg zum *Convention Center*, einschließlich der Durchquerung eines kleinen, tief verschneiten Parks, hatten sie allerdings viel mehr Zeit benötigt als geplant. Wegen der entgegenkommenden Menschenströme aus der allmählich schließenden Messehalle war an ein rasches Vorankommen nicht zu denken gewesen. In dem stillgelegten Gebäudekomplex angelangt, hatte der Exkommissar mit routiniertem Blick schon bald eine klare Feststellung getroffen: Mit etwas Geschick wäre es Mr Calbourn tatsächlich möglich gewesen, bis hierher vorzudringen. Da die Beleuchtung in diesem Bereich weitestgehend abgeschaltet war, hatte Nostigon auf seine kleine Taschenlampe zurückgreifen müssen, die er am Gürtel mit sich führte. Der bald darauf entdeckte Raum 7 war jedoch eine herbe Enttäuschung gewesen. In der Gerätekammer hatte sich auch nach intensivster Untersuchung der dort aufbewahrten Hausmeisterutensilien nicht der kleinste Hinweis auf irgendwelche versteckten Informationen finden lassen.
»Das gibt's doch nicht«, knurrte Peter genervt, während er den soeben überprüften Schlauch eines Großraum-Staubsaugers wieder an das Gerät anschloss. »Die Nummer war doch völlig eindeutig! Warum finden wir dann nichts?«
Plötzlich stockte Mr Nostigon. »Vielleicht weil wir am fal-

schen Ort suchen …« Hastig drehte er sich zum Zweiten Detektiv um. »Gib mir bitte mal die Visitenkarte!«
Nach kurzem Blick auf die Karte huschte ein Hoffnungsschimmer über das Gesicht des Exkommissars. »Möglicherweise stochere ich ja nur wild im Nebel herum und vielleicht war die ganze Idee mit dem *Convention Center* Quatsch, aber wenn man jede der drei römischen Ziffern für sich liest, ergibt das Fünf, Eins und Eins. Also könnte das auch –«
»… Raum 511 bedeuten!«, rief Peter euphorisch. »Nichts wie rauf in den fünften Stock!«
Da die Fahrstühle außer Betrieb waren, blieb ihnen erneut nur das Treppenhaus. Für den überaus sportlichen Zweiten Detektiv war diese körperliche Herausforderung nicht mehr als eine leichte Trainingseinheit, während der Sicherheitschef ab dem dritten Stock doch spürbar ins Schnaufen geriet. Mit belustigtem Lächeln musste Peter an Justus denken. Dessen siebter Sinn hatte ihn offenbar dazu bewogen, lieber mit Bob auf Tour zu gehen, da Mr Nostigon an diesem Tag steile Treppen geradezu magisch anzuziehen schien.
Oben in der fünften Etage dauerte es eine Weile, bis sie Raum 511 in einem kleinen Seitenflur entdeckten. Wie es schien, stand das gesamte Stockwerk kurz vor einer grundlegenden Renovierung, denn die meist offen stehenden Büros waren weitgehend leer geräumt und die Böden mit großen Planen abgedeckt. Peters detektivischer Instinkt frohlockte. Hier oben wäre es für Mr Calbourn ein Leichtes gewesen, unter all dem Plastik ein passendes Versteck zu finden. Tatsächlich war auch Zimmer 511 ein Planenmeer, unter dem sich die Konturen mehrerer Schrankkolonnen abzeichneten.

Sofort begannen Mr Nostigon und der Zweite Detektiv mit der systematischen Durchsuchung der Schubladen. Nach einer schier endlos scheinenden Prozedur des Auf- und wieder Zuziehens wurde Peter schließlich fündig. In der untersten Schublade des letzten Schranks der dritten Reihe lag ein schmaler, weißer Briefumschlag.
»Das ist es!«, rief er aufgeregt, doch gerade als der Sicherheitschef hinzugeeilt war, klingelte dessen Mobiltelefon. Im Display erkannte er, dass es die Zentrale war. Kurzerhand betätigte er die Freisprechfunktion, damit Peter mithören konnte.
»Ja, hier Nostigon.«
Am anderen Ende meldete sich eine nasale Männerstimme.
»Sir, es ist uns gelungen, einen Teil der fraglichen Kameraaufnahmen zu rekonstruieren.«
»Großartig!«, erwiderte der Exkommissar lächelnd. »Und was ist dabei herausgekommen?«
»Nun ja, sagen wir so … Ich kann Ihre Anfrage von vorhin beim besten Willen nicht nachvollziehen.«
Nostigon verengte irritiert die Augen. »Wie meinen Sie das?«
In der Stimme des Mannes schwang nun eine unterschwellige Schärfe mit. »Sie hatten sich doch danach erkundigt, ob irgendjemand außer Mr Calbourn das Büro 609 zwischen zwölf Uhr und zwei Uhr fünfundfünfzig betreten hat.«
»Ja, genau«, entgegnete der Sicherheitschef. »Nach der betreffenden Person müsste umgehend eine diskrete Fahndung in die Wege geleitet werden.«
Der nun folgende Satz traf Nostigon und Peter wie ein Hammerschlag.

»Sir, der Einzige, der kurz nach Mr Calbourns Eintreffen um zwei Uhr fünf in dieses Büro gegangen ist und es gleich danach sehr eilig wieder verlassen hat … waren *Sie*.«

Dank ihrer Securityausweise hatten Justus und Bob problemlos und ohne Alterskontrolle Zugang zur *Fun-Fellows*-Party erhalten. Die Starlight Bar war zu diesem Zeitpunkt bereits gut gefüllt und strotzte vor glitzerndem Weihnachtsschmuck. Als der schlaksige DJ mit dem ausladenden Plastikrentiergeweih auf dem Kopf jetzt den Evergreen ›Let It Snow!‹ auflegte, begann unter dem überraschten Gelächter der Gäste weißes Konfetti von der Decke zu rieseln. Ein wenig abseits waren auf einem langen Buffettisch kunstvoll diverse Köstlichkeiten arrangiert, an denen sich die beiden hungrigen Detektive dankbar gütlich taten.
Anschließend begannen sie mit der geplanten Lauschaktion, was sich angesichts der Namensschilder, die die Gäste trugen, als erfreulich leicht herausstellte. Während Justus sich in der Nähe des *Fun-Fellows*-Chefs Taggart platzierte, übernahm Bob den ebenfalls anwesenden Mason Wachinski. Das Ergebnis, das sie nach Ablauf einer Dreiviertelstunde miteinander austauschten, fiel jedoch sehr ernüchternd aus.
»Da sagt man doch immer, dass Alkohol die Zunge löst«, murrte der Erste Detektiv mit Blick auf ein stattliches Eierpunschglas, das der kahlköpfige Firmenchef soeben auf das Wohl seiner Gäste erhob. »Aber alles, was der große Boss von sich gibt, ist belangloses Small-Talk-Blabla. Und was unseren Spielzeugtüftler Mr Fillmore betrifft …«, er deutete auf einen hageren Mann mit wirrem Haarschopf, der ver-

legen lächelnd direkt neben Taggart stand und seine verkrampften Hände um einen Notizblock klammerte, »... da scheint sich Mr Nostigons Instinkt als absolut treffsicher zu erweisen. Der Typ ist wegen der morgigen Gala so aufgeregt wie ein kleiner Schuljunge vor einer Mathearbeit. Er soll nun anstelle von Mr Calbourn die Ansprache halten und hat sich vom Boss ein paar Sätze dafür diktieren lassen. Diese Situation hat den armen Tropf völlig unvorbereitet getroffen, so viel ist sicher.«

»Also sind wir in puncto Drahtzieher noch keinen Schritt weitergekommen«, stellte Bob fest. »Bei Wachinski ist es nämlich keinen Deut besser ...« Genervt schaute er zu einem untersetzten Mittsechziger mit schulterlangen, tiefschwarz gefärbten Haaren und ungepflegtem Dreitagebart hinüber, der sich zusammen mit drei dauerkichernden jungen Frauen auf eine Ledercouch gelümmelt hatte. »Dieser Typ hat offensichtlich nichts außer Groupies im Kopf.«

Justus grinste sarkastisch. »Der Kerl könnte glatt ihr Großvater sein. Ob diese Damen wohl ebenso begeistert von ihm wären, wenn er kein Fernsehpromi, sondern Fliesenleger –« Weiter kam er nicht, denn während aus den Lautsprechern soeben ›Santa Baby‹ erklang, schlang plötzlich eine brünette junge Frau ihre Arme um den entgeisterten Ersten Detektiv und gab ihm einen leidenschaftlichen Kuss.

Noch 13 Stunden

23. Dezember, elf Uhr abends.

Für einen kurzen Moment waren Mr Nostigon und Peter schlicht sprachlos. Dann hatte sich der Securitychef wieder gefangen.

»Bei Ihrem Bildmaterial muss irgendein Fehler vorliegen. Ich bin erst um kurz vor drei Uhr bei dem Büro eingetroffen und keine Sekunde früher. Rufen Sie Mr Barnes an – er kann das bestätigen.«

»Mr Barnes vom Reinigungsteam?«, erwiderte der Mann aus der Zentrale überrascht und bediente hörbar eine Computertastatur. »Da scheint ein Missverständnis vorzuliegen. Frederic Barnes hat sich bereits vor zwei Tagen freigeben lassen und befindet sich im Weihnachtsurlaub.«

»Das … kann doch nicht wahr sein«, hauchte Peter entgeistert.

Stockend schüttelte Mr Nostigon den Kopf. Er konnte einfach nicht fassen, was er da hörte. »Im … Urlaub?! Aber Barnes war noch heute Nachmittag bei der Arbeit! *Er* war es doch, der sich wegen Raum 609 an die Zentrale gewandt und später den Notruf abgegeben hat!«

»Das ist unzutreffend«, widersprach der Mann kühl. »Laut System waren Sie es, der als Erster zu dem Vorfall in diesem Büro Meldung gemacht hat.« Wiederum war das Klappern der Tastatur zu hören. »Auch die Daten des Flur-Checkpoints in Sektion D bestätigen diesen zeitlichen Ablauf: Um zwei Uhr drei passierten Sie die Kontrolle zum ersten Mal, blieben jedoch nur für wenige Minuten. Eine knappe Stunde später kehrten Sie dann zurück und meldeten anschließend den Zusammenbruch von Mr Calbourn.«

»Das ist nicht wahr – befragen Sie die Mitarbeiter am Checkpoint doch persönlich!«, entfuhr es dem sonst so besonnenen Exkommissar. »Das System spielt offenbar verrückt! Wo ist Catelyn überhaupt? Ich will sofort mit meiner Stellvertreterin sprechen!«

»Mrs McBride ist momentan im Einsatz und unser System funktioniert einwandfrei, Sir«, kam die emotionslose Antwort. »Ich werde Ihnen gerne die betreffenden Aufnahmen an Ihr Handy senden. Zur Klärung einiger Fragen möchte ich Sie im Namen der Messeleitung allerdings dringend auffordern, in die Zentrale zurückzukommen.«

Nostigons Augenlider begannen zu flattern. »Ich … verstehe nicht.«

»Nun, uns würde vor allem interessieren, weshalb Sie beim ersten Verlassen von Mr Calbourns Büro eine *Spritze* mit sich führten.«

Nun war es Peter, der nicht mehr an sich halten konnte. »Was?!?«

Die Stimme war jetzt schneidend wie eine Rasierklinge. »Mr Nostigon, angesichts der befremdlichen Umstände dieses Vorfalls und des immer noch höchst kritischen Gesundheitszustands von Mr Calbourn sehen wir uns gezwungen, Sie als tatverdächtig einzustufen.«

Wie in Trance ließ der Sicherheitschef sein Mobiltelefon sinken. Mit glasigem Blick schaute er Peter an, der immer noch den Briefumschlag umklammert hielt. Ohne wirklich darüber nachzudenken, öffnete ihn der Zweite Detektiv und zog einen schwarzen Datenstick heraus, an dem ein Post-it-Aufkleber befestigt war. Peters Pulsschlag schien für einen kurzen Moment auszusetzen, als er das darauf notierte Wort las:

LAUF!

Als auch Nostigon diese unmissverständliche Aufforderung wahrgenommen hatte, wirbelte er instinktiv zum Fenster herum und erstarrte. Rasch trat der Zweite Detektiv hinzu. Im matten Lichtschein der Parklaternen waren vier hochgewachsene, bullige Männer in dunklen Anzügen zu erkennen, die mit hohem Tempo auf das *Convention Center* zuliefen. Der Führende hob soeben ruckartig den Kopf und starrte nach oben.

Durch den Körper des Sicherheitschefs schien ein regelrechter Stromstoß zu zucken. »Los – wir müssen hier weg!«

Justus machte ein Gesicht, als hätte man ihn gerade dazu aufgefordert, seinen Verstand an der Garderobe abzugeben. Steif wie ein Bügelbrett stand er da und versuchte, einen halbwegs funktionstüchtigen Satz der Empörung zustande zu bringen, doch heraus kam lediglich: »W…warum?«

Die ausgesprochen attraktive Mittzwanzigerin wies zwinkernd nach oben. »Richtiger Ort zur richtigen Zeit, Süßer.«

Völlig verdattert richtete der Erste Detektiv den Blick zur Decke – von der ein prächtiger Mistelzweig herabhing. Auch Bob, dem die ganze Aktion ebenso unwirklich erschienen war wie Justus, ging nun ein Licht auf. Schließlich war es ein verbreiteter Weihnachtsbrauch, sich zu küssen, wenn man unter einem Mistelzweig aufeinandertraf.

Mit einem breiten Lächeln legte die junge Frau den Kopf schief. »Jetzt, wo wir schon miteinander geknutscht haben, sollten wir uns einander auch vorstellen, stimmt's? Ich bin Jessalyn Wyngard, Abteilung Werbung.«

Allmählich kehrte die Konzentrationsfähigkeit des Ersten Detektivs zurück. »Ähm ... Justus Jonas, Abteilung Security. Und das ist mein Kollege Bob Andrews.« Er deutete auf seinen inzwischen breit grinsenden Freund und fügte leise zischend an: »Der es dummerweise versäumt hat, mich auf das vermaledeite Grünzeug über meiner Rübe hinzuweisen.«

»Oho!« Überrascht hob die Brünette ihre Augenbrauen. »So jung und schon bei der Sicherheitstruppe?«

»Wir sind älter, als wir aussehen«, erwiderte Bob fröhlich, wechselte jedoch rasch das Thema, um ihre Tarnung nicht zu gefährden. »Werbung hört sich ja spannend an. Haben Sie auch mit der großen Überraschung morgen zu tun?«

»Na, das will ich doch meinen.« Mit einem schelmischen Funkeln in den Augen griff Jessalyn in ihre elegante Handtasche, holte zwei Metallanstecker mit HEROES-Logo hervor und gab sie den Jungen. »Offiziell werden die erst auf der Gala ausgegeben, aber bei euch mache ich mal eine Ausnahme.«

Justus und Bob unterhielten sich noch ein wenig mit der sympathischen Werbemanagerin, bis diese sich entschuldigte, um einen eintreffenden ›wichtigen Marketingpartner‹ zu begrüßen. Anschließend bezogen die beiden Detektive wieder ihre Lauschpositionen.

Eine weitere ereignislose Dreiviertelstunde später erklang plötzlich ein lautes Poltern und ein sichtlich betrunkener

Santa Claus stürmte an der verdutzten Eingangskontrolle vorbei. In der Mitte der Bar kletterte er auf einen Tisch und rief aus vollem Hals: »Nieder mit den Weltraummonstern! Hoch lebe das wahre Weihnachten!!«

Noch 12 Stunden

24. Dezember, zwölf Uhr nachts.
Auf der Flucht vor den unbekannten Jägern war so ziemlich alles schiefgegangen, was schiefgehen konnte. Zunächst hatten sich Peter und Mr Nostigon so schnell und gleichzeitig unauffällig wie möglich in den dritten Stock geschlichen, um dort, versteckt in einem nahe dem Treppenhaus gelegenen Raum, lautlos abzuwarten, bis die Männer in die höheren Etagen gestürmt wären. Doch gerade als die vier Anzugtypen das dritte Stockwerk passiert hatten, war auf dem Mobiltelefon des Securitychefs eine neue Meldung aus der Zentrale eingegangen – verbunden mit einem schrillen Piepton. Sofort hatten sich die Verfolger auf ihre Fährte gesetzt und ein wilder Wettlauf durch die unzähligen Büroflure des *Convention Center* hatte seinen Anfang genommen. Da der Zweite Detektiv im Unterschied zu Mr Nostigon keine Taschenlampe dabeihatte, war er vollkommen auf die Lichtquelle des Exkommissars angewiesen gewesen.

Als sie es gerade geschafft hatten, einen etwas größeren Abstand zu ihren Verfolgern zu gewinnen, war Peter plötzlich kurz vor einer Abzweigung über einen Haufen Abdeckplanen gestolpert. Die wenigen Sekunden seines taumelnden Herumwirbelns hatten ausgereicht, Nostigons Taschenlampe aus den Augen zu verlieren.

Mit angehaltenem Atem und wild pochendem Herzen hielt Peter horchend inne. Doch die sich rasch entfernenden Schritte verklangen zu schnell, als dass er noch ihre Richtung feststellen konnte. Um den Zweiten Detektiv war es nun stockfinster, denn im Gegensatz zu den leidlich vom Mondschein erhellten Außenfluren mit Fensterfront drang in diese Innengänge nicht der geringste Lichtschein.

Beklommen lauschte er in die undurchdringliche Finsternis, doch da war nur Totenstille.

So erschreckend diese Erkenntnis auch war, es bestand kein Zweifel mehr: Peter war vom Sicherheitschef getrennt worden, ohne dass dieser es bemerkt hatte. Und nun befand sich der Zweite Detektiv um Mitternacht allein irgendwo im tintenschwarzen Flurlabyrinth eines leer stehenden Bürogebäudes, gejagt von mehreren unbekannten Verfolgern! Das Wichtigste war, jetzt nicht in Panik zu geraten, sondern einen kühlen Kopf zu bewahren. Zweimal atmete Peter tief ein und aus, da flammten plötzlich sämtliche Deckenlampen auf. Geblendet von der grellen Woge aus Licht, musste er für einen kurzen Moment die Augen schließen.

Als er sie blinzelnd wieder öffnete, entfuhr ein schockierter Ächzlaut seiner Kehle. Stolpernd wich er vor dem unfassbaren Anblick zurück. In der ersten Schrecksekunde hoffte er noch, dass seine überreizten Sinne ihm nach dem abrupten Wechsel von völliger Finsternis zu gleißender Helligkeit einen üblen Streich spielten, doch das taten sie nicht. Am anderen Ende des Flurs, etwa zwanzig Meter von ihm entfernt, stand kerzengerade und eiskalt grinsend die Elfenbeinfrau! In einer bizarren, an die Freiheitsstatue erinnernden Haltung reckte sie am ausgestreckten rechten Arm einen unförmigen Gegenstand hoch über den Kopf und starrte Peter an.

Auf einmal begann das Licht im Gang zu flackern. In regel-

mäßigen Abständen erlosch es, um sofort wieder aufzuleuchten. Entsetzt registrierte der Zweite Detektiv, wie die bleiche Frau sich nun verstörend schnell und mit seltsam tänzelnden Schritten auf ihn zubewegte. Durch die ständigen Lichtblitze wirkte es jedoch nicht wie eine fließende Bewegung, sondern unnatürlich abgehackt, als ob die Elfenbeinfrau in den Dunkelphasen auf ihn zuschoss und in der Helligkeit reglos verharrte wie eine Salzsäule. Eine gellende Stimme in Peters Inneren brüllte ihm zu, dass er sich augenblicklich umdrehen und fliehen solle, doch seine Füße schienen am Linoleumboden festgewachsen zu sein. Wie hypnotisiert starrte er die dürre Gestalt an und erkannte nun entgeistert, dass es sich bei dem seltsamen Gegenstand um ein schleifengeschmücktes Weihnachtsglöckchen handelte.
Plötzlich, wie eine höhnische Anspielung auf die schneeweiße Gesichtsfarbe der Alten, glaubte Peter in der Ferne Bing Crosbys Weihnachtshit ›I'm Dreaming of a White Christmas‹ zu hören. In einer widerlichen Geste des Spotts verzog die Frau ihre dünnen Lippen nun zu einem lockenden Kussmund und ließ rhythmische Schmatztöne erklingen. Viel stärker entsetzte den Zweiten Detektiv jedoch die bislang hinter ihrem Rücken verborgene linke Hand, die sie jetzt beschwingt in Hüfthöhe hin- und herpendeln ließ. Zwischen ihren knochigen Fingern blitzte eine lange Injektionsnadel auf! Das schien endlich einen Schalter in Peters Kopf umzulegen. Panisch wirbelte er herum und rannte im zuckenden Lichtgewitter den Gang hinunter. Hinter seinem Rücken erklang ein grässliches, schrilles Kichern.

Sofort waren Justus und Bob zu dem immer noch wüst schimpfenden Santa Claus geeilt. Mit ruhigen, aber eindringlichen Worten hatten sie ihm zu erklären versucht, dass es unmöglich im Sinne des Fests der Liebe sein könne, eine friedliche Weihnachtsparty zu ruinieren. Und tatsächlich hatte der Weißbärtige nach einer Weile schließlich eingelenkt und war schwankend wieder vom Tisch heruntergestiegen. Nachdem ihn die Jungen nach draußen begleitet hatten, überzeugten sie ihn noch mit viel gutem Zureden davon, dass es das Beste wäre, sich erst mal ordentlich auszuschlafen.
Erleichtert kehrten sie anschließend in die Starlight Bar zurück. Anerkennendes Händeklatschen der Gäste sowie eine erstaunlich originalferne Version des Songs ›Feliz Navidad‹ empfingen sie – und eine lächelnde Werbemanagerin.
»Das habt ihr wirklich fabelhaft gemacht, Jungs! Eine beeindruckende Demonstration von Reaktionsschnelligkeit und diplomatischem Geschick – alle Achtung! Euer Boss, der Provinzsheriff, kann wirklich stolz auf euch sein.«
»Herzlichen Dank«, erwiderte der Erste Detektiv erschöpft. »Das war in der Tat ein hartes Stück Arbeit.«
Trotzdem dachte Justus nicht an Pause, im Gegenteil. Er trat einen Schritt beiseite und holte sein Handy hervor. Ihn irritierte, dass Peter sich so lange nicht gemeldet hatte. Deshalb wollte er ihm eine SMS schicken und fragen, wie weit die Nachforschungen vorangeschritten waren.
Neben ihm blickte Bob mit einem schiefen Grinsen zur Tür. »Tja, jetzt bleibt nur noch die Frage, ob es ein schlechtes Omen ist, wenn man Santa Claus bei einer Weihnachtsfeier rausschmeißt …«

Noch 11 Stunden

24. Dezember, ein Uhr nachts.
Peter hatte jedes Zeitgefühl verloren. Zwar war es ihm dank seiner Schnelligkeit gelungen, der schrecklichen Elfenbeinfrau im Flackerlicht zu entkommen, doch nur wenige Augenblicke später hatte wieder tiefschwarze Finsternis den Innentrakt des *Convention Center* erfasst.
Zu entnervender Langsamkeit gezwungen, versuchte Peter, sich so leise wie möglich zu einem der mondbeschienenen Außenflure vorzutasten. Erst jetzt fiel ihm siedend heiß ein, dass er in der ganzen Aufregung sein Handy völlig vergessen hatte. Er musste unbedingt seine Freunde über die unfassbaren Geschehnisse informieren! Hastig holte er das Mobiltelefon hervor und erkannte, dass Justus ihm inzwischen eine SMS mit der Frage nach dem Stand der Dinge geschickt hatte. Doch bevor Peter die Nummer des Ersten Detektivs wählen konnte, umfasste plötzlich eine Hand mit eisenhartem Griff seine Schulter.
»Nicht schreien – ich bin's«, zischte der Sicherheitschef und zog Peter durch eine Tür in einen etwas helleren Gang mit Fensterfront.
»Sir! Woher haben Sie gewusst, dass ich es bin?«, fragte Peter mit grenzenloser Erleichterung.
»Wenn ich deine Schritte nicht von denen eines 200-Pfund-Gorillas unterscheiden könnte, müsste ich mir ernsthafte Sorgen um meine Wahrnehmung machen.«
Der Zweite Detektiv wischte sich über die schweißnasse

Stirn. »Die Anzugtypen sind nicht allein. Die bleiche Frau ist wieder aufgetaucht und wollte mir eine Spritze verpassen! Was geht denn hier bloß vor?!«

»Noch habe ich keine Ahnung, aber spätestens jetzt ist endgültig klar, dass auf Mr Calbourn tatsächlich ein Anschlag verübt wurde. Und irgendjemand setzt alles daran, *mir* die Sache anzuhängen! Offenbar hat man mich im Visier, seit ich die Untersuchung eingeleitet habe.« Mr Nostigon wandte den Kopf und horchte in alle Richtungen, doch in diesem Trakt war es vollkommen still. »Okay, hör zu: Wenn wir es bis in den Kellerbereich schaffen, können wir über einen Versorgungstunnel zur *Grand Lodge* zurückkehren. Hoffen wir, dass die Kerle den nicht kennen. Im Hotel suchen wir uns dann einen Unterschlupf und beraten das weitere Vorgehen.« In seinen Augen flackerte es. »Und vor allem müssen wir herausfinden, was sich auf dem verdammten Datenstick befindet!«

Bob und Justus hatten mittlerweise zum dritten Mal ihre Horchpositionen eingenommen, in der Hoffnung, doch noch relevante Informationen aufzuschnappen. Und tatsächlich schien Bob diesmal Glück zu haben, denn der redselige Serienerfinder Wachinski breitete vor seinen weiblichen Zuhörern soeben ein höchst interessantes Thema aus.

»Noch ist natürlich nix in trockenen Tüchern«, erklärte er mit verschwörerischem Tonfall und hörbar schwerer wer dender Zunge, »aber wenn dieser ganze Spielzeugquatsch super anläuft, stehen die Chancen gut, dass meine HEROES auch auf der großen Leinwand ein fettes Comeback feiern.«

Teils bewunderndes, teils verdutztes Gekicher setzte ein. Eine wasserstoffblonde Dame beugte sich vor und klimperte ausdrucksstark mit ihren falschen Wimpern. »Du meinst … einen Kinofilm?«

»Und ob ich das meine, Baby«, bestätigte Wachinski mit gedämpfter Stimme und deutete unauffällig auf einen etwas abseits am Bartresen sitzenden Mittdreißiger mit Bürstenhaarschnitt und dunkelblauem Zweireiher. »Dieses verschnarchte Milchgesicht da drüben ist Floyd Keathley, stellvertretender Geschäftsführer von Delta Pictures in Los Angeles. Im Hintergrund laufen da schon lange die Drähte heiß. Ich sage nur: ›Die Legende kehrt zurück‹ …«

»Echt?«, entfuhr es einer ebenfalls sichtlich angeheiterten Rothaarigen. »Mitt alln Stars von damalls?«

»Die komplette Besetzung«, bestätigte Wachinski grinsend. »Das Comeback alter Helden hat in Hollywood gerade Hochkonjunktur. Auf diesen Zug werden wir schön aufspringen – mit *mir* als ausführendem Produzenten.«

»Wahnsinn!«, meldete sich nun wieder die Blondine. »Dann drücke ich mal fest die Daumen, dass alles klappt! Bei so einer Riesensache sind ja bestimmt einige Hürden zu nehmen.«

Nun verengten sich Wachinskis Augen, und seine Stimme nahm einen schärferen Tonfall an. »Oh ja … aber das hartnäckigste Problem ist inzwischen aus dem Weg geräumt …«

Der konzentriert lauschende dritte Detektiv hoffte, noch weitere Einzelheiten zu erfahren, doch da bemerkte er plötzlich, dass sich direkt neben ihm eine skelettgesichtige Gestalt aufgebaut hatte, die ihn mit finsterem Blick fixierte.

»Na, wenn das kein interessanter Zufall ist …«

Noch 10 Stunden

24. Dezember, zwei Uhr nachts.
Quälend langsam war es dem Sicherheitschef und Peter schließlich gelungen, unbemerkt den Kellertrakt des *Convention Center* zu erreichen. Wegen der ständigen Gefahr, von ihren Verfolgern gehört zu werden, war an einen Anruf bei Justus natürlich nicht zu denken gewesen. Über einen langen Versorgungstunnel, in dem es glücklicherweise keine Kameras, aber leider auch keinen Netzempfang gab, waren sie anschließend bis in die Lagerräume unterhalb der Küche der *Grand Lodge* gelangt. Dort hatten sie sich in eine Nische hinter einem gewaltigen Berg aus Konservenkisten zurückgezogen. Fassungslos blickte Nostigon nun auf das Display seines Mobiltelefons.
»Neue Schreckensmeldungen?«, fragte Peter, während er ungeduldig darauf wartete, dass auch sein eigenes Handy wieder Empfang anzeigte.
»Kann man wohl sagen.« Der ehemalige Kommissar schnaubte verächtlich. »Die Jagd auf mich ist jetzt auch offiziell eröffnet. Über den Nachrichtenkanal der Security ging eben die Meldung raus, dass ich im Fall Calbourn als dringend Tatverdächtiger gesucht werde. Und das angefügte Bildmaterial ist wirklich höchst beeindruckend …«
Er hielt Peter das Handy hin, der ungläubig die aufgerufenen Kamerabilder betrachtete, auf denen eindeutig Mr Nostigon beim Verlassen von Büro 609 zu sehen war. Die eingeblendete digitale Zeitanzeige stand bei zwei Uhr sieben und in der

rechten Hand des Sicherheitschefs war tatsächlich eine Spritze zu erkennen.
»Wahnsinn …«, hauchte Peter. »Ich dachte, solche perfekten Bildmanipulationen gibt es nur im Kino.«
»Wer auch immer es auf mich abgesehen hat, er muss über unglaubliche technische Möglichkeiten verfügen«, stellte der Exkommissar fest.
»Und er hat Zugriff auf das Sicherheitssystem. Vielleicht ist es ja sogar jemand aus Ihrem Team – möglicherweise dieser unangenehme Typ mit der nasalen Stimme?«
Nostigon seufzte. »Ausschließen kann ich es nicht. Von keinem Mitarbeiter kenne ich nähere Einzelheiten und umgekehrt weiß niemand etwas von mir.«
»Mit anderen Worten: Es gibt hier auch keine Person, die für Sie eintreten würde«, folgerte der Zweite Detektiv.
»Genau. Hier kennt mich niemand wirklich gut – keiner würde für meine Unschuld die Hand ins Feuer legen.«
Mit angespannter Miene rieb sich Peter über die schmerzenden Schläfen. »Und auch Justus, Bob und ich könnten nichts ausrichten. Den Aussagen dreier unbekannter Jungs würde ja garantiert niemand glauben, wenn auf der anderen Seite ein solcher Videobeweis steht.«
»An keiner Front Entlastungsmöglichkeiten.« Konsterniert schüttelte Nostigon den Kopf.
Unsicher blickte der Zweite Detektiv ihn an. »Denken Sie, wir sollten uns jetzt an die Polizei wenden?«
»Nein«, erwiderte der Sicherheitschef mit fester Stimme. »Noch läuft das alles hinter den Kulissen, ohne Beeinträchtigung der Messe und ihrer Gäste. Ein Polizeieinsatz, noch

dazu verbunden mit dem Stichwort ›Mordanschlag‹, würde sofort sämtliche medialen Scheinwerfer auf die *GameFame* richten und einen riesigen Skandal auslösen.«

»Mit unabsehbaren Folgen für den Abschluss der Messe und Ihre eigene Karriere«, ergänzte Peter und hob sein Handy, das inzwischen ebenfalls Empfang anzeigte. »Also müssen wir den Fall allein aufklären. Höchste Zeit, Justus und Bob zu informieren.«

Diesmal war es für die beiden Detektive noch komplizierter gewesen, Skulldor von den redlichen Motiven für ihre Anwesenheit zu überzeugen. Selbst die vorgezeigten Securityausweise hatten nur zögerlich Wirkung gezeigt. Schließlich hatte sich auch Jessalyn eingemischt und vehement darauf verwiesen, dass die beiden jugendlichen Sicherheitsdienstmitarbeiter einen ausgezeichneten Job verrichteten und gewiss niemanden bespitzeln wollten. Da es nach all der Aufmerksamkeit nun endgültig aussichtslos war, weiterhin verdeckt auf der Party zu agieren, zogen sich die Jungen an einen leeren Stehtisch zurück, um zu den Klängen von ›Last Christmas‹ die bisherigen Erkenntnisse zu besprechen. Gerade als Bob von Mr Wachinskis höchst verdächtiger Aussage über die Beseitigung eines hartnäckigen Problems berichtete, klingelte Justus' Mobiltelefon.

Während des folgenden Gesprächs wurden die Augen des Ersten Detektivs größer und größer. Als er auflegte, war ihm deutlich anzusehen, wie heftig seine Gedanken in Aufruhr geraten waren. »Du glaubst im Leben nicht, was Peter mir gerade erzählt hat …«

Noch 9 Stunden

24. Dezember, drei Uhr nachts.

Während des ausführlichen Gesprächs mit Justus, in das sich auch Mr Nostigon mehrmals eingeschaltet hatte, war dem Zweiten Detektiv erst so richtig das gesamte Ausmaß der unfassbaren Geschehnisse bewusst geworden.

»Mannomann, in meinem Kopf dreht sich alles …«

»Kein Wunder«, erwiderte der Sicherheitschef und verschränkte die Arme vor der Brust. »Die ganze Sache kann einen ja wirklich um den Verstand bringen. Umso wichtiger, dass wir endlich den Hintergründen auf die Spur kommen. Nach dem, was Justus erzählt hat, könnte durchaus Mason Wachinski der Drahtzieher sein.«

»Zumindest hätte er die perfekten Beziehungen, um Skulldor auf Mr Calbourn zu hetzen«, stellte Peter fest. »Wenn es tatsächlich so ist, muss er sich seiner Sache ja sehr sicher sein. Sonst würde er wohl kaum dermaßen feuchtfröhlich feiern, während Sie noch auf freiem Fuß sind.«

Nostigon nickte finster. »Stimmt. Aber falls er wirklich der große Schurke ist, hat er garantiert ausreichend Personal – zusätzlich unterstützt von meiner aufgehetzten Security.« Stirnrunzelnd strich er sich durch die Haare. »Aus genau diesem Grund können wir den Weihnachtsmann wohl von unserer Verdächtigenliste nehmen. Ihm fehlen einfach die notwendigen Vernetzungen, um eine solche Riesennummer abzuziehen. Außerdem hätte er dann wohl kaum so eine Vollrauschaktion hingelegt.«

»Also können wir auch das Motiv ›Hass‹ streichen«, ergänzte der Zweite Detektiv. »Womit wir wieder bei unserer Theorie mit dem dunklen Geheimnis der HEROES sind, das auf keinen Fall enthüllt werden soll.«

»Jedenfalls wissen wir jetzt dank deiner Freunde, dass ein reibungsloser Verkaufsstart der Figuren für Wachinski noch viel bedeutsamer ist als angenommen.«

»Weil ein Skandal seinen Start ins große Kinogeschäft ruinieren könnte«, führte Peter den Gedanken zu Ende und zog den Datenstick aus seiner Hosentasche. »Aber um endlich die Wahrheit zu erfahren, brauchen wir dringend einen PC!«

»Wenn ich es richtig in Erinnerung habe, ist zwei Etagen über uns ein Aufenthaltsraum für das Hotelpersonal mit frei zugänglichen Computern.« Stirnrunzelnd blickte Nostigon auf seine Armbanduhr. »Mit etwas Glück ist da um diese Uhrzeit nichts los, aber zunächst warten wir die Rückmeldung von Justus und Bob ab. Wenn die beiden es schaffen, sich in die Zentrale einzuschleusen, erfahren wir vielleicht, wo der Krisenstab mich derzeit vermutet und wie man weiter gegen mich vorgehen will.«

Gähnend lehnte sich der Zweite Detektiv an die karge Betonwand. »Ein bisschen Rückendeckung von außen könnten wir jetzt wirklich gebrauchen …«

Noch 8 Stunden

24. Dezember, vier Uhr morgens.
Zeitgleich hatten Justus und Bob mehrere unangenehme Zwischenfälle mit angetrunkenen Nachtschwärmern und einer partout nicht zu öffnenden Sicherheitstür nebst anschließend notwendigem Umweg bewältigen müssen. Doch schließlich waren die Jungen bei der Securityzentrale angekommen und hatten es tatsächlich ohne größere Schwierigkeiten geschafft, sich hineinzuschmuggeln. Dabei war ihnen zugutegekommen, dass die Mitarbeiter sich untereinander kaum kannten und mit den Gedanken ganz woanders waren. Wenn überhaupt, huschten nur flüchtige Blicke über die Identifikationskarten. Derzeit befanden sich etwa fünfundzwanzig Personen in dem mit Weihnachtsgirlanden und reichlich Tannengrün geschmückten Büroraum. Das Zentrum bildete ein großer Computertresen mit diversen Monitoren. Die Luft knisterte regelrecht vor Spannung. Mit gewisser Beruhigung stellten die beiden Detektive fest, dass offenbar ziemliches Chaos ausgebrochen war. Catelyn McBride, die stämmige Stellvertreterin von Mr Nostigan, schien mit der Ausnahmesituation vollkommen überfordert zu sein. Soeben entbrannte zwischen ihr und einem Mitarbeiter sogar offenes Kompetenzgerangel bezüglich der Frage, ob die Polizei hinzugezogen werden müsse oder nicht. Um das Stimmendurcheinander perfekt zu machen, quäkten aus irgendeinem Radio zu allem Überfluss auch noch die Piepsstimmen der Chipmunks mit ihrem Weihnachtshit ›Christmas Don't Be Late‹.

In all diesem Wirbel gelang es den Jungen, sich in eine Ecke des Raums zurückzuziehen, wo sie so taten, als würden sie am Computer Daten sondieren. In Wirklichkeit belauschten sie aufmerksam das Geschehen und versuchten gleichzeitig, per Zugriff auf das Informationssystem nähere Einzelheiten über die Vorgänge in Büro 609 zu erfahren.

Plötzlich jedoch durchschnitt eine scharfe Reibeisenstimme den Tumult. »Ist das hier ein Hühnerhaufen oder eine Einsatzzentrale?«

Ein drahtiger Mann Ende fünfzig mit markantem, wettergegerbtem Gesicht, schwarzgrauem Haar und gut geschnittenem Anzug hatte soeben den Raum betreten. Mit festen Schritten ging er zu einem Konferenztisch und schob mit einer energischen Bewegung ein Getränketablett beiseite, sodass mehrere herumliegende Papiere aufwirbelten. Dann deutete er auf die frei gewordene Fläche in der Mitte des Tischs. »Hier landen ab jetzt alle relevanten Informationen, und mit relevant meine ich alles, was mit diesem Nostigon zu tun hat – von der Sozialversicherungsnummer bis zum Namen seiner Lieblingscornflakes! Und würde wohl endlich mal jemand dieses elende Gedudel abstellen?!«

Aufgebracht schritt Mrs McBride heran. »Wie kommen Sie dazu, hier Anweisungen zu erteilen?«

Vollkommen unbeeindruckt wandte sich der Angesprochene um. »Weil das mein Job ist, Lady.« Er zog einen Ausweis aus der Innentasche seiner Anzugjacke. »Mein Name ist Charlton Hogart – ich hatte in diesem Laden acht Jahre lang die Leitung, und nun haben gewisse Herrschaften offenbar gemerkt, dass man diese Position nie hätte neu vergeben sollen.« Der Mann machte eine demonstrative Rundumbewegung. »Das hier ist jetzt also wieder *meine* Party. Wer mit auf die Tanzfläche will, der hat sich nach meiner Musik zu richten – war das so weit verständlich?«

Schlagartig herrschte Stille in der Zentrale. Niemand wollte sich mit dem zurückgekehrten und offenbar höchst durchsetzungsstarken Securitychef anlegen. Insgeheim schienen die meisten sogar froh zu sein, dass nun endlich jemand das Zepter an sich nahm und konkrete Anweisungen erteilte.

»Unser Auftrag ist klar: schnellstmögliche Ergreifung von Nostigon bei geringstmöglichen Eingriffen in den laufenden Betrieb. Da die meisten Gäste vermutlich nicht vor sieben Uhr auf der Bildfläche erscheinen werden, haben wir noch knapp drei Stunden, um weitgehend unbemerkt agieren zu können. Alle Zu- und Ausgänge sind hermetisch abgeschlossen – da könnte nicht mal ein Silberfisch entkommen. Wir müssen also systematisch jeden Quadratmeter der einzelnen Komplexe durchsuchen.« Unvermittelt trat Hogart an einen untersetzten Mann mit Seitenscheitel und dicker Brille heran und klopfte ihm so fest auf die Schulter, dass dieser überrascht zusammenzuckte. »Alle eingehenden Meldungen gehen ab jetzt an Milhouse hier, der sie für mich bündeln und in Prioritätsstufen von ›Dringend‹ bis ›Wer mich mit irrelevantem Dreck belästigt, fliegt achtkantig raus‹ einordnen wird. Alles klar? Dann los, wir haben einen Flüchtigen zu fassen!«

Noch 7 Stunden

24. Dezember, fünf Uhr morgens.
Auch wenn es eine ungeheure Nervenbelastung darstellte, war Peter und Mr Nostigon nichts anderes übrig geblieben, als in ihrem vorerst sicheren Versteck zu bleiben, bis Justus und Bob ihnen grünes Licht für den Ortswechsel signalisierten. Die Müdigkeit hielt sich durch die Anspannung glücklicherweise in Grenzen, aber nach all der Zeit ohne Nahrung meldeten sich ihre knurrenden Mägen nun umso deutlicher. Deshalb nutzten sie die Zwangspause, um den gröbsten Hunger mit einer Packung Donuts zu stillen, von denen es hier unten im Küchenlager ganze Stapel gab.
Nach einer gefühlten Ewigkeit zeigte dann endlich die Vibration von Peters inzwischen auf lautlos gestelltem Handy an, dass ein Anruf einging. Mit gedämpfter Stimme informierte ihn Justus, dass er und Bob es geschafft hatten, unauffällig in der Zentrale Position zu beziehen. Da die Patrouillen sich derzeit in sicherer Entfernung zu Peters Standort befanden, riet ihm der Erste Detektiv, schnellstmöglich in die obere Etage zu wechseln.
Eilig machten sich Peter und der Exkommissar auf den Weg. Tatsächlich schafften sie es, ungesehen zu dem Aufenthaltsraum zu gelangen, der glücklicherweise menschenleer und nur von einer einzigen Kamera überwacht war, die sich dank Nostigons Kenntnissen leicht umgehen ließ. Hastig steckte der Zweite Detektiv den Datenstick in den entsprechenden Anschluss eines Computers und klickte auf das angezeigte Icon.

»Nur ein einziger Ordner«, stellte Mr Nostigon stirnrunzelnd fest. »Betitelt mit ›JW/Ergänzung‹.«
Angespannt lenkte Peter den Cursor auf das Ordnersymbol. »Was auch immer es ist – jetzt erfahren wir endlich, auf welches Geheimnis Mr Calbourn gestoßen ist …«

In der Zwischenzeit war Justus zu dem Entschluss gekommen, dass er einen Strategiewechsel vornehmen musste. Einfach nur in der Zentrale zu hocken, war ihm zu wenig. Auch auf die Gefahr hin, dass seine Tarnung aufflog, wollte er versuchen, ein Körnchen Zweifel in die Spürnase des leitenden Jagdhunds zu streuen. Aus seiner Sicht hatte er bei Mr Hogart eine 50-zu-50-Chance. Entweder war der Mann ebenfalls ein Beteiligter der großen HEROES-Verschwörung, oder er war tatsächlich erst nach Ausbruch der Krise hinzugezogen worden und hatte mit all den Geschehnissen nichts zu tun. Justus wusste, dass er hoch pokerte, aber er war bereit, dieses Risiko einzugehen, um das Blatt zu ihren Gunsten zu wenden. Falls er mit seinem Vorstoß scheiterte, könnte immer noch Bob die Beobachtungsaktion fortsetzen. Nachdem er sich kurz mit seinem Freund besprochen hatte, trat der Erste Detektiv in scheinbarer Verlegenheit an den neuen Securityleiter heran.
»Ähm, Sir? Mir ist da etwas aufgefallen, was möglicherweise wichtig sein könnte.«
Mit abschätzigem Blick musterte Hogart den Ersten Detektiv und die Identifikationskarte, verlor jedoch kein Wort über sein junges Alter. »Dann mal raus damit.«
»Nun, es handelt sich um den Hergang der Ereignisse. Wenn

Mr Nostigon wirklich einen Anschlag auf Mr Calbourn verübt hätte, wieso sollte er dann anschließend bei der Zentrale Aufnahmen der Flurkameras anfordern, die ihn eindeutig als Täter überführen? Das wäre doch völlig idiotisch. Und warum war das Bildmaterial zunächst nicht verfügbar und später nur teilweise zu rekonstruieren, nämlich genau in den entscheidenden Momenten von Nostigons Ankunft und Verlassen des Büros?«

Justus zögerte und beobachtete die Miene des Mannes, konnte jedoch weder Zustimmung noch Zweifel darin erkennen. Er deutete dies als Aufforderung, fortzufahren.

»Außerdem wäre Mr Nostigon als Securitychef doch bestimmt clever genug, um sich nicht mit offen sichtbarer Spritze von seinen eigenen Kameras ablichten zu lassen. Genauso gut hätte er ja auch mit einem Schild wedeln können, auf dem steht: ›Ich war's! Nehmt mich bitte fest!‹ Nicht zu vergessen die Ungereimtheiten wegen der Reinigungskraft Barnes. Inzwischen habe ich nämlich mehrere verlässliche Aussagen darüber gehört, dass dieser Mann gar nicht im Urlaub ist, sondern gestern Nachmittag hier in Sektion D gearbeitet hat.« Das war nicht gelogen, denn er selbst, Peter und Bob würden dies ja tatsächlich bezeugen können.

Noch immer war im Gesicht seines Gegenübers keine Regung zu erkennen. Stumm fixierte Hogart den Jungen mehrere Sekunden lang, so als wolle er mit Röntgenblick tief in sein Inneres sehen. Die anschließende Bewegung war so schnell, dass Justus die Hand des Sicherheitschefs erst wahrnahm, als sie seine Schulter bereits fest umschlossen hatte und sich ein breites Grinsen über Hogarts Züge legte.

Noch 6 Stunden

24. Dezember, sechs Uhr morgens.
Mit einer Mischung aus Ratlosigkeit und stetig wachsender Nervosität hatten Peter und Mr Nostigon Seite um Seite des umfangreichen Datenmaterials überflogen, ohne daraus irgendwelche Erkenntnisse ziehen zu können.
»Nichts als Zahlenkolonnen, Schaltpläne und irgendwelche Grafiken, aus denen kein Mensch schlau wird!«, fauchte der Zweite Detektiv verärgert.
»Zumindest wir nicht«, präzisierte der ehemalige Kommissar. »Wenn ich raten sollte, würde ich sagen, dass das irgendwas mit der Mikrochiptechnik der HEROES-Figuren zu tun hat, aber ich habe nicht den geringsten Schimmer, was. Und schon gar nicht, ob irgendetwas Sensationelles oder Skandalöses daran ist.«
»Allein kommen wir hier auf jeden Fall nicht weiter«, stimmte Peter zu. »Vielleicht sollten wir –«
Doch weiter kam er nicht, denn in diesem Moment erklang aus dem Hintergrund eine überraschte Männerstimme.
»Mister Nostigon?!«

Justus war überzeugt davon gewesen, dass Hogart ihn als Nostigons Komplizen ansah und unter Arrest stellen würde. Doch stattdessen hatte der Securitychef ein raues Lachen von sich gegeben und verkündet: »Scharfblick und Eigeninitiative – das lobe ich mir!« Dann hatte er sich näher zum Ersten Detektiv gebeugt und die Stimme gesenkt. »Aber un-

ter uns Pastorentöchtern – du bist doch nie und nimmer ein echter Securitymitarbeiter, stimmt's?«
»Da haben Sie recht, Sir ...« Nach kurzem Zögern hatte Justus schließlich beschlossen, aufs Ganze zu gehen, eine seiner Visitenkarten hervorgeholt und sie dem sichtlich überraschten Mr Hogart gereicht.
Anschließend waren natürlich viele Fragen zu klären gewesen, angefangen bei der Anwesenheit der Jungen und ihrer Beziehung zu Mr Nostigon bis hin zu den diversen Ungereimtheiten im Fall Calbourn.
Nachdem Justus geendet hatte, kratzte sich Hogart nachdenklich das stoppelige Kinn. »Hmm ... Eine groß angelegte Intrige gegen Nostigon erscheint mir schon recht abenteuerlich. Und dass er flüchtet, statt sich zu stellen, macht ihn auch nicht unverdächtiger. Mein Auftrag ist und bleibt deshalb, diesen Mann zu fassen.« Er machte eine kurze Pause. »*Ich* werde ihn also weder decken noch unterstützen, ist das klar?«
»Vollkommen klar, Sir.« Obwohl es nicht offen ausgesprochen wurde, verstand der Erste Detektiv sofort, dass Hogart ihm soeben eine Art stillen Pakt angeboten hatte. Der Sicherheitschef würde die Jagd fortsetzen, jedoch die Jungen nicht daran hindern, Nostigon dabei zu helfen, seine Unschuld zu beweisen. Dies war auch der Grund, warum Hogart sich die ganze Zeit über nicht erkundigt hatte, ob Justus den Aufenthaltsort Nostigons kannte. Er würde diese Frage nicht stellen und der Erste Detektiv würde nicht lügen müssen.
Stirnrunzelnd blickte der Securitychef ihn an. »Ich muss allerdings zugeben, dass einige Aspekte, die du genannt hast,

höchst merkwürdig sind und eingehend geprüft werden sollten.«

»Mein Kollege Bob und ich sind bereits damit beschäftigt«, räumte Justus ein. »Da nicht auszuschließen ist, dass auch ein Securitymitarbeiter in den Fall verwickelt ist, haben wir das ohne offizielle Anfrage getan.«

Hogart nickte. »Okay, dann bleibt das vorerst auch weiterhin eine verdeckte Ermittlung. Falls euch irgendjemand blöd kommt, kannst du auf mich verweisen, ich regele das dann schon.«

Ein erleichtertes Lächeln huschte über das Gesicht des Ersten Detektivs. »Darauf werde ich gerne zurückkommen, Sir.«

Noch 5 Stunden

24. Dezember, sieben Uhr morgens.
Das unvermittelte Auftauchen des Weihnachtsmanns hatte dem Zweiten Detektiv und Mr Nostigon zunächst einen gehörigen Schrecken eingejagt. Doch schnell war klar geworden, dass der nicht minder überraschte Santa Claus keineswegs zu den Verfolgern zählte. Er hatte brav seinen Rausch ausgeschlafen und war nur zum Computerraum gekommen, um vor Messebeginn einige Mails zu schreiben.
Beim Anblick des schon in voller Montur verkleideten Weihnachtsmanns war dem Exkommissar und Peter zeitgleich eine zündende Idee gekommen. Und auf ihr Bitten hin hatte sich der irritierte Santa tatsächlich dazu bereit erklärt, für Mr Nostigon zwecks einer »Teamüberraschung« sein Ersatzkostüm aus dem Hotelzimmer zu holen.
Nach telefonischer Rücksprache waren Peter und der nun als Weihnachtsmann perfekt getarnte Mr Nostigon dann zu ihrem nächsten Ziel aufgebrochen: Raum 124 auf derselben Etage. Dieses leer stehende Hotelzimmer war ihnen von Bob nach einem Check der Belegungsliste genannt worden. Dank der Central Card des Exkommissars war es erneut kein Problem gewesen, sich Zutritt zu verschaffen. In diesen geschützten und natürlich kameralosen vier Wänden würden sie vor ihren Verfolgern vorerst sicher sein.
Da Peter und Nostigon aus den Schaltplänen nicht schlau geworden waren, entschloss sich Justus kurzerhand, ebenfalls zum Zimmer 124 zu kommen. Der technikversierte Erste

Detektiv wollte sich unbedingt selbst ein Bild von Calbourns geheimnisvollem Datenmaterial machen. Nachdem er Bob informiert hatte, schob Justus sich in einem günstigen Moment ein schmales Notebook unter den Pullover. Er wusste, dass Mr Nostigan das Passwort mit einem Generalcode umgehen konnte. Dann verließ er mit dem in die Runde gemurmelten Hinweis, er müsse mal austreten, die Zentrale. Der dritte Detektiv würde in der Zwischenzeit weiterhin hier Stellung halten, seine heimlichen Recherchen fortsetzen und die Routen der Patrouillen beobachten.
Zehn Minuten später klopfte der Erste Detektiv wie verabredet dreimal zaghaft an die Tür von Zimmer 124 und ein zutiefst erleichterter Peter öffnete ihm.
»Ich war selten so froh, dich zu sehen, Chef.«
»Das beruht auf Gegenseitigkeit«, erwiderte Justus erschöpft lächelnd und nickte auch dem immer noch verkleideten Mr Nostigon zu. »Rot steht Ihnen ausgezeichnet, Sir.«
»Vielen Dank für die Blumen«, erwiderte der ehemalige Kommissar, über dessen angespannte Züge nun ebenfalls ein Lächeln huschte. »Dennoch wird es vermutlich bei diesem einen modischen Kurzausflug bleiben.«
Nach raschem Durchatmen ging Justus zielstrebig zu einem kleinen Schreibtisch hinüber, auf dem der Datenstick schon bereitlag, holte das Notebook hervor und ließ sich von Mr Nostigon das Security-Passwort geben. Während er nun damit begann, aufmerksam das gespeicherte Informationsmaterial zu sondieren, postierte sich der Exkommissar seitlich am Fenster und behielt den laternenbeschienenen Vorplatz des Hotels im Blick.

Leise seufzend ließ sich Peter auf einen bequemen Sessel sinken. Erst jetzt, in der relativen Sicherheit des Hotelzimmers, fiel ein Teil der gewaltigen Anspannung von ihm ab. Durch den ununterbrochenen Stress und das ausgeschüttete Adrenalin hatte der Zweite Detektiv nicht wirklich wahrgenommen, dass sie inzwischen seit fast 24 Stunden ununterbrochen wach waren. Umso aussichtsloser war nun sein Kampf gegen die immer schwerer werdenden Augenlider. Schließlich fiel er in einen unruhigen Halbschlaf, der von wirren Traumfetzen mit monströsen Tiermenschen, jonglierenden Schneemännern und lebenden Skeletten erfüllt war. Am schlimmsten war jedoch die grässliche bleiche Frau, die ihn durch ein Labyrinth endloser Flure jagte, ihre Lippen zu einem blutrot geschminkten Kussmund verzogen, aus dem zwei spitze, elfenbeinfarbene Zähne herausragten …
Ein plötzliches Poltern ließ ihn jäh hochschrecken. Die Morgendämmerung hatte inzwischen eingesetzt und tauchte das Hotelzimmer in rötlich-violettes Licht. Benommen blickte der Zweite Detektiv zu Justus hinüber, der gerade von seinem Stuhl aufgesprungen war. In der rechten Hand hielt er sein Mobiltelefon. »Das war Bob«, rief er in höchster Aufregung. »Eine Gruppe von Anzugtypen kommt in hohem Tempo auf die *Grand Lodge* zu!«

Noch 4 Stunden

24. Dezember, acht Uhr morgens.

»Das gibt's doch nicht!«, entfuhr es Mr Nostigon. »Die ganze Nacht über hatten sie unsere Spur verloren – wie haben die uns jetzt gefunden?«

»Durch mich …«

Die Erkenntnis hatte Justus wie ein Nadelstich durchzuckt. Hektisch begann er, von oben bis unten seine Kleidung abzutasten. »Ich bin der einzige neue Faktor in eurer Konstellation. Wir vermuteten ja bereits, dass unsere Gegner einen technisch brillanten Spion in die Zentrale eingeschleust haben. Dieser Unbekannte muss mir heimlich einen Minisender oder etwas Ähnliches zugesteckt haben, damit ich die Jäger irgendwann zu eurem Versteck führe. Und genau *das* habe ich getan!«

Aufgeregt wedelte Peter mit den Händen. »Dann sieh zu, dass du das verdammte Ding loswirst! Sonst müssen wir uns wieder von dir trennen, und ohne dich finden wir nie heraus, was das für Daten sind!«

»Was auch immer ihr tun wollt, beeilt euch«, mahnte Mr Nostigon, der zurück ans Fenster getreten war. »Ich kann die Typen schon sehen. In spätestens einer Minute sind sie hier!«

»Okay, behalten Sie die genau im Auge«, rief der Erste Detektiv. »Ich probiere etwas aus. Wenn's nicht klappt, nehme ich den Fahrstuhl und lasse mich weit von euch entfernt schnappen!« Mit diesen Worten zog er hastig Schuhe, Hose und Jacke aus.

»Und was kommt jetzt?«, fragte Peter verwirrt. »Willst du auf den Klamotten rumtrampeln, bis der Sender den Geist aufgibt?«
Als Antwort zischte Justus nur »Wäscheschacht!«, während er seine Kleidung und die Schuhe vom Boden aufklaubte. Lediglich die Geldbörse und sein Handy hatte er herausgenommen und auf den Schreibtisch geworfen. Nun stürmte er zur Tür, blickte sich nach dem Öffnen spähend um und lief ein Stück den Flur hinunter, wo ihm auf dem Hinweg ein altmodischer Schacht für die Schmutzwäsche aufgefallen war. Mit fahrigen Händen öffnete Justus die Klappe und warf das Bündel hinein. Schwer atmend kehrte er anschließend ins Hotelzimmer zurück und schaute erwartungsvoll zu Mr Nostigon hinüber.
»Und?«
»Sie sind tatsächlich stehen geblieben!«, verkündete der Exkommissar angespannt. »Einer von ihnen schaut auf ein kleines Gerät und scheint ziemlich irritiert zu sein.«
»Dann hat mein Plan also geklappt«, stellte der Erste Detektiv grimmig lächelnd fest. »In meiner Kleidung steckt somit tatsächlich ein Peilsender, und nun sieht es für die Typen so aus, als würden wir mit einem Höllentempo in die Kelleretage rennen.«
»Tatsächlich – jetzt bewegen sie sich nach rechts in Richtung Tiefgarage«, verkündete Mr Nostigon. »Viel konnte ich von denen nicht erkennen, aber immerhin etwas mehr als vorhin bei Nacht. Zu meinem Team gehören die garantiert nicht.«
Grübelnd zupfte Justus an seiner Unterlippe. »Also eine externe Gruppe – gut zu wissen …«

Peter knuffte ihn erleichtert an die Schulter. »Auf jeden Fall war das eine großartige Reaktion, Erster! Aber jetzt sollten wir Bob anrufen, damit er uns ein neues Zimmer heraussucht. Irgendwann werden die Anzugtypen herauskriegen, dass sie nicht mehr uns, sondern deiner Wäsche nachjagen. Und wenn sie dann zwei und zwei zusammenzählen, werden sie wieder zum Ausgangspunkt kommen, also hierher.«
»Du hast recht«, stimmte Justus zu. »Zwar halte ich es für unwahrscheinlich, dass sie den letzten Peilkontakt zimmergenau zuordnen konnten, aber Vorsicht ist die Mutter der Porzellankiste.«
Glücklicherweise dauerte es nicht lange, bis Bob ein anderes freies Zimmer in der nächsthöheren Etage gefunden hatte. Um nicht in Unterhosen vor die Tür gehen zu müssen, zog sich Justus notgedrungen einen an der Garderobe hängenden weißen Frotteebademantel über. Neue Kleidung aus seinem Zimmer zu holen erschien ihm angesichts der weiten Strecke zu riskant.
Nachdem alle in Raum 208 gehuscht waren, betätigte Mr Nostigon erleichtert aufatmend die Türverriegelung. »Also dann: Neues Heim, neues Glück …«
Während der Erste Detektiv sich wieder an einen Schreibtisch setzte und das Notebook aktivierte, ließ Peter sich genervt schnaubend auf das Kingsize-Doppelbett plumpsen. »Oh Mann … ich würde ja zu gern sehen, wie diese Typen gerade fluchend in einem Berg dreckiger Wäsche herumwühlen, weil sie glauben, wir könnten uns darin verstecken.«
»Falls sie das tatsächlich tun, haben sie vorher einen Außenposten abgestellt«, erwiderte der ehemalige Kommissar und

deutete mit düsterer Miene aus dem Fenster, an dessen rechter Seite er sich wieder postiert hatte.
Justus war schon so sehr in die komplizierten Schaltpläne versunken, dass er den letzten Satz gar nicht mitbekommen hatte. Peter hingegen stand argwöhnisch auf und trat, gleichfalls Deckung wahrend, an Mr Nostigon heran. Nach kurzem Blick auf den noch nahezu menschenleeren, schneebedeckten Vorplatz stockte er und ein eiskalter Schauer lief ihm über den Rücken.
Im Schutz einer liebevoll mit zahlreichen Weihnachtskugeln geschmückten Tanne stand, kerzengerade und reglos wie eine dürre Vogelscheuche, die Elfenbeinfrau und spähte mit einem Fernglas zum Hotel hinauf.

Noch 3 Stunden

24. Dezember, neun Uhr morgens.
Mit jeder verstreichenden Minute waren die Ringe unter Justus' Augen dunkler geworden, während er Seite für Seite des umfangreichen Dokuments herunterscrollte. Die Knöchel seiner verkrampften Finger waren weiß hervorgetreten und auf seiner Stirn glänzten Schweißperlen. Ihm war bewusst, dass nur noch ein kleines Zeitfenster blieb, um die Wahrheit herauszufinden, bevor die große Gala begann und sich anschließend sämtliche Teilnehmer in alle Himmelsrichtungen zerstreuen würden. Wie mit leuchtend roten Ziffern eines riesigen Digitalweckers lief der unerbittliche Countdown vor seinem inneren Auge ab.
»Ich ... komm hier einfach nicht weiter«, murmelte er gepresst.
»Hast du denn wenigstens eine ungefähre Ahnung, worum es bei dem Zeug geht?«, fragte Peter nervös und äugte zum wiederholten Mal zu der bleichen Frau hinüber, die unverwandt das Hotel beobachtete.
Leise stöhnend schloss Justus für einen Moment die schmerzenden Augen. »Der einzige wirklich greifbare Fingerzeig ist das mehrfache Auftauchen des Wortes ›Gaffer‹.«
»Gaffer?«, fragte Mr Nostigon. »Also ein Beobachter?«
Der Erste Detektiv schüttelte den Kopf. »Das halte ich für unwahrscheinlich. Ich vermute eher, dass es sich um einen Begriff aus der Filmwelt handelt. Als ›Gaffer‹ bezeichnet man bei Dreharbeiten nämlich den Chefbeleuchter.«

»Hey, damit hätten wir ja vielleicht eine Verbindung zum Serienerfinder Wachinski!«, stellte Peter aufgeregt fest.
»Dann steckt also möglicherweise ein Mitglied seiner damaligen Crew in der Sache mit drin«, folgerte der Exkommissar.
»Oder jemand vom künftigen Kinoteam.«
»Durchaus vorstellbar«, erwiderte Justus nachdenklich. »Leider gibt uns das immer noch keinen Aufschluss über die konkreten Vorgänge, denen Mr Calbourn auf die Spur gekommen ist.« Betreten tippte er auf den Monitor. »Es scheint etwas mit den optischen Sensoren der Spielfiguren zu tun zu haben. Und mit irgendwelchen Speicherelementen, aber die Details sind einfach zu hoch für mich. Da steige ich nicht durch …«
»Das aus deinem Mund zu hören ist ja eine echte Sensation«, erwiderte der Zweite Detektiv. »Leider kommt sie zum allerschlechtesten Zeitpunkt.«
Energisch fingerte Mr Nostigon am Saum seiner inzwischen abgenommenen Weihnachtsmütze herum. »Dann müssen wir versuchen, einen Experten hinzuzuziehen!«
»Daran hatte ich ebenfalls schon gedacht«, entgegnete Justus, »und ich wüsste auch schon jemanden, an den wir uns wenden könnten. Doe Dungeon, ein ehemaliger Klient von uns, ist professioneller Computerprogrammierer und könnte uns mit Sicherheit weiterhelfen.«
»Stimmt, der wäre als Berater ideal«, pflichtete Peter hoffnungsvoll bei. »Kannst du dich hier einloggen und ihm das Material zusenden?«
»Müsste gehen«, erwiderte der Erste Detektiv und deutete auf die Hosentasche seines Freundes. »Gib mir mal deine

Zimmerkarte. Auf dem Umschlag ist ja ein Zugangspasswort fürs Internet abgedruckt.«
»Falls wirklich ein kriminelles Computergenie in der Zentrale sitzt, sollten wir besser keines von euren zimmergebundenen Passwörtern benutzen«, wandte der Exkommissar ein. »Stattdessen kannst du auch hier lieber einen Generalcode nehmen, den alle Securitymitarbeiter verwenden. So bleibt unser Zugriff völlig unauffällig.« Mit diesen Worten notierte er eine neunteilige Buchstaben- und Zahlenkolonne auf einem Zettel und reichte diesen dem Ersten Detektiv.
»Ausgezeichnet«, erwiderte Justus und wandte sich wieder an Peter. »Während ich alles vorbereite, kannst du Mr Dungeon ja schon mal über unser Anliegen informieren und dir seine Mailadresse geben lassen.«
Der Zweite Detektiv nickte und zog sein Handy hervor. »Alles klar, Chef.«
Der ehemalige Auftraggeber der drei ??? erklärte sich sofort dazu bereit, das Material zu begutachten.
Kaum hatte Justus die Daten verschickt, meldete sich Bob bei ihm. Nach dem kurzen Gespräch blickte Justus ernst in die Runde.
»Im Moment läuft bei der Security eine hitzige Debatte mit der Messeleitung. Es geht darum, ob nun doch überall im Hotel Zimmerkontrollen durchgeführt werden sollen.«
»Das wird ja immer besser«, knurrte Peter leise.
Mit einem gequälten Lächeln lehnte sich Mr Nostigon gegen die Wand. »Oh Mann … Wer hätte gedacht, dass nach einem Provinz-Ei wie mir mal eine kinoreife Großfahndung durchgeführt wird. Es ist nicht zu fassen …«

Einige Sekunden lang herrschte betretenes Schweigen. Dann machte etwas im Kopf des Ersten Detektivs ›klick‹.

»Moment mal!« Aufgeregt blickte er den ehemaligen Kommissar an. »Sir, haben Sie irgendjemandem hier auf der Messe von Ihrer Herkunft erzählt?«

Mr Nostigon blinzelte. »Äh … nein, niemandem. Dafür bestand ja auch gar kein Anlass.«

Triumphierend verschränkte Justus die Arme. »Und doch weiß jemand offenkundig genauestens über Sie Bescheid …«

Ungeduldig wedelte Peter mit den Händen. »Na, wer denn, zum Kuckuck?«

»Jessalyn Wyngard!«

Die verständnislosen Mienen seiner Zuhörer riefen dem Ersten Detektiv ins Gedächtnis, dass die beiden von der nächtlichen Begegnung in der Bar ja nichts wissen konnten.

»Oh, entschuldigt«, fügte er rasch an. »Ihr wart ja nicht dabei. Miss Wyngard ist die Leiterin der Werbeabteilung bei *Fun Fellows*, die Bob und ich gestern auf der Party getroffen haben. Und dabei erwähnte sie, dass ›der Provinzsheriff‹ stolz auf so tüchtigen Securitynachwuchs wie uns sein könne.«

»Echt?«, fragte Peter überrascht. »Und wieso? Habt ihr irgendwelche Heldentaten vollbracht, von denen wir noch nichts wissen?«

»Das ist jetzt zweitrangig«, entgegnete Justus mit abwinkender Handbewegung. »Entscheidend ist, dass diese überfreundliche Dame über Kenntnisse verfügt, die sie gar nicht haben dürfte …«

»… es sei denn, sie hat sich gezielt über mich informiert«, ergänzte Nostigon mit grübelnd verengten Augen.

»Exakt«, bestätigte der Erste Detektiv. »Und zwar eingehend, denn mit der Provinz hat sie ja definitiv nicht Ihren aktuellen Wohnort San Francisco gemeint, sondern das kleine Nest Fishing Port an der Ostküste, aus dem Sie ursprünglich stammen.«

Verwirrt schüttelte Peter den Kopf. »Aber warum sollte eine Werbemanagerin von *Fun Fellows* so detaillierte Informationen über den Sicherheitschef der Messe einholen?«

»Genau das ist der springende Punkt«, erklärte Justus. »Eine solche Aktion ergibt nur dann Sinn, wenn Miss Wyngard einen konkreten Plan damit verfolgt.«

»Du meinst also, sie könnte etwas mit dieser ganzen Verschwörung gegen mich zu tun haben?«, fragte der ehemalige Polizist verdutzt. »Aber welches Motiv sollte sie dafür haben?«

»Das ist die entscheidende Frage, die wir –«

»Die Buchstaben!«, entfuhr es dem Zweiten Detektiv unvermittelt, dann stürzte er zum immer noch geöffneten Notebook und deutete hektisch auf den Namen, den Mr Calbourn dem Dateiordner gegeben hatte. »Hier, der Titel: ›JW/Ergänzungen‹!«

»JW – Jessalyn Wyngard!«, rief Mr Nostigon verblüfft. »Dann steckt hinter dem Skandal, den Mr Calbourn aufdecken wollte, also … diese Werbefrau von *Fun Fellows*?!«

»Falls es tatsächlich so ist, kennen wir nun mit hoher Wahrscheinlichkeit auch die Drahtzieherin des Anschlags und somit die Anstifterin von Skulldor und der Elfenbeinfrau«, fügte Justus grimmig an. »Das wäre dann allerdings eine faustdicke Überraschung. Ein kriminelles Mastermind, ver-

borgen hinter der Fassade eines umwerfenden Lächelns …«
Hellhörig geworden legte Peter grinsend den Kopf schief. »Wow, das hört sich ja so an, als wärst du ein klitzekleines bisschen in die Tussi verschossen.«
»Unsinn!«, wehrte Justus energisch ab. »Sie war einfach ungeheuer freundlich und hat –«
Bei diesen Worten waren die Gesichtszüge des Ersten Detektivs eingefroren. Unter den überraschten Blicken der beiden anderen griff er zu seinem Handy und rief Bob an. Um später keine Zeit mit unnötigen Erklärungen zu verlieren, aktivierte er die Freisprechfunktion, damit Peter und Mr Nostigon mithören konnten.
»Hallo, Bob – stell jetzt bitte keine Fragen, sondern such einfach den kleinen Anstecker raus, den Miss Wyngard dir gegeben hat!«
»Aber … du hast doch selber einen bekommen«, erwiderte ein hörbar überraschter dritter Detektiv.
»Jetzt tu einfach, worum ich dich gebeten habe!«, fauchte Justus genervt.
»Okay, okay, bin ja schon dabei …« Es setzte eine kurze Pause ein, in der hastiges Rascheln zu hören war. »So, hier ist das Ding – und jetzt? Soll ich es anstecken?«
»Nein«, widersprach Justus energisch. »Brich es auf!«
»Äh … ich soll es *aufbrechen*? Ist das dein Ernst?«
»Ja, zum Henker, nun mach schon! Aber tu es unauffällig und sei dabei vorsichtig – da ist vermutlich etwas drin.«
Ergeben seufzte Bob. »Na gut, ich muss es ja nicht kapieren. Also dann: Operation Ansteckeröffnung läuft.« Erneut wurde es kurz still, lediglich unterbrochen von einem leisen

Knacken und Knirschen. Dann erklang wieder die Stimme des dritten Detektivs, diesmal noch irritierter als zuvor.
»Da … ist irgendein winziger Chip drin. Sieht fast aus wie eine Art …«
»Minipeilsender«, ergänzte der Erste Detektiv erbost. »Dachte ich's mir doch! Die Dame ist wirklich gerissen …«
»Aber warum –«
»Später!«, unterbrach ihn Justus. »Wichtig ist, dass du dieses Teufelsding irgendwie loswirst. Am besten wäre es, wenn du es heimlich jemandem in der Zentrale zusteckst.«
»Na, wenn's weiter nichts ist«, erwiderte Bob spitz. »Irgendwann wirst du sicher die Güte haben, mir das alles zu erklären.«
»Versprochen. Und wie sieht's bei euch in puncto Entscheidung aus? Wird die Zimmerkontrolle gestartet?«
»Das ist immer noch in der Schwebe. Ich melde mich, wenn klar ist, wie es weitergeht.«
»Okay, dann bis später!«
»Das ist ja wirklich unglaublich«, murmelte Peter verblüfft. »Du hattest also auch so einen präparierten Anstecker bei dir!«
»Deshalb konnten die Jäger unsere Spur wieder aufnehmen, als du vorhin zu uns gekommen bist«, fügte der ehemalige Kommissar an. »Diese Miss Wyngard setzt ja wirklich alles daran, um mich in die Hände zu bekommen.«
»Nicht nur Sie, sondern auch Mr Calbourns Material, von dem die Dame fraglos Kenntnis besitzt«, präzisierte Justus. »Die unbekannte Gruppe von Anzugtypen gehört also zu Miss Wyngard und agiert unabhängig von der Security – mit

Ausnahme des Spitzels, dessen Einschleusung in die Zentrale mutmaßlich ebenfalls von ihr veranlasst wurde.«

»Klingt logisch«, erwiderte Peter. »Seit sie Wind davon bekommen hat, dass Mr Nostigon nicht auf den Herzanfall hereingefallen ist und eigene Ermittlungen gestartet hat, will sie ihn mit allen Mitteln stoppen.«

»Korrekt.« Mit finsterem Blick schaute der Erste Detektiv zum Notebookmonitor hinüber. »Und das alles hat mit irgendwelchen seltsamen ›Ergänzungen‹ an den Spielfiguren zu tun, die offenkundig auf Jessalyn Wyngards Konto gehen. Hoffen wir, dass Mr Dungeon sich bald meldet, um dieses wichtigste aller Geheimnisse aufzuklären …«

Einstweilen blieb den dreien nichts anderes übrig, als auf den Rückruf des Programmierers zu warten. Die Minuten schienen sich wie zäher Kaugummi zu dehnen und bleierne Müdigkeit ließ die Köpfe immer schwerer und schwerer werden. Doch gerade als das Kinn des Ersten Detektivs auf seine Brust sank, schreckte ihn und die anderen ein heftiges Klopfen an der Tür hoch.

Noch 2 Stunden

24. Dezember, zehn Uhr vormittags.

»Verdammt, was machen wir denn jetzt?«, zischte Peter aufgeregt und blickte instinktiv aus dem Fenster zu dem im Morgenlicht glitzernden Weihnachtsbaum hinüber. Die Elfenbeinfrau war verschwunden.

Hektisch schaute sich Justus um. »Wenn sie uns erwischen, ist alles aus! Wir müssen irgendwie –«

Ein energisches Flüstern ließ ihn abrupt verstummen.

»Hättet ihr vielleicht die Freundlichkeit, mich endlich reinzulassen, oder brauche ich dafür eine schriftliche Einladung?«

»Bob!«, rief der Zweite Detektiv in grenzenloser Erleichterung, eilte zur Tür und ließ den Freund herein.

»Sehr liebenswürdig, tausend Dank«, grummelte der unerwartete Besucher, bevor er beim Anblick von Justus verdutzt innehielt. »Kommst du gerade aus der Badewanne?«

Mit sarkastischer Miene nickte der Erste Detektiv. »Vollkommen richtig, Kollege. Ich empfand die locker-entspannte Atmosphäre hier als perfekt für ein gemütliches Schaumbad. Und zum krönenden Abschluss werde ich nun auf Socken zur Wellness-Oase marschieren und mir eine wohltuende Massage verabreichen lassen.«

»Dann komme ich aber mit!«, mahnte Peter mit schiefem Grinsen an.

Zur Vermeidung weiterer Verwirrung sprang nun Mr Nostigon ein. »Um genau zu sein, war es eine Notfallmaßnahme zur Beseitigung des Peilsenders.« Fragend blickte er Bob an.

»Aber sag mal – warum hast du denn nicht angerufen und Bescheid gesagt, dass du kommst?«

Seufzend ließ sich Bob auf die Bettkante sinken. »Weil mein Handyakku den Geist aufgegeben hat, und jedes andere Telefon in der Zentrale war in direkter Hörnähe von jemandem, sodass man mich unweigerlich belauscht hätte.«

»Verstehe«, gab Justus zurück. »Unter diesen Voraussetzungen machte dein Beobachtungsposten natürlich keinen Sinn mehr.«

»Falls wir wieder getrennt werden, müssen wir aber Kontakt halten können«, stellte Mr Nostigon fest, zog ein kleines Gerät aus seiner Manteltasche und übergab es Bob. »Bis wir die Sache überstanden haben, kannst du mein Privathandy benutzen. Ich selbst habe ja noch das Diensttelefon.«

»Vielen Dank, Sir«, erwiderte der dritte Detektiv erleichtert und blickte dann wieder zu Justus. »Auftragsgemäß habe ich übrigens den Minipeilsender vor meinem Abgang noch heimlich einem ›Kollegen‹ zugesteckt. Alles, was unsere Verfolger jetzt noch orten können, ist ein drei Zentner schwerer IT-Spezialist mit Vorliebe für Peperoni-Pizza.« Verächtlich schüttelte er den Kopf. »Die ganze Sache ist ja wirklich unglaublich. Dieses verschlagene Möchtegernmodel hat also ganz bewusst mit dir geknutscht, um uns aus dem Konzept zu bringen und anschließend zu verwanzen!«

Im folgenden Moment des perplexen Schweigens konnte man Peters Kinnlade regelrecht herunterfallen hören. »Sie hat … *was* mit Just gemacht?!?«

»Einzelheiten sind jetzt absolut nicht fallrelevant!«, wiegelte der Erste Detektiv genervt ab, während seine Gesichtsfarbe sich schlagartig dem Weihnachtsmannkostüm anglich. »Aber sei versichert – es handelte sich um einen forcierten Übergriff, den ich unmöglich hätte abwehren können.«

Mr Nostigon lächelte amüsiert. »Klingt ja wirklich nach heftigen Bedrängnissen, die du zu bewältigen hattest.«

Peter konnte sich gar nicht wieder einkriegen und murmelte fassungslos vor sich hin: »Das ist ja wohl echt die Krönung! Da knutscht der werte Bademantelplayboy wild mit einer Schönheitskönigin herum, und wer ist hinter *mir* her? Eine faltige Gruselhexe mit Weihnachtsglöckchen!«

Zerknirscht blickte Bob den Ersten Detektiv an und versuchte dabei krampfhaft, ein Grinsen zu unterdrücken. »Diesen … Punkt hattest du wohl noch nicht angesprochen, richtig?«

»Das ist zutreffend«, grummelte Justus, »aber dank deines überschwänglichen Mitteilungsdrangs konnte diese Kenntnislücke ja nun erfolgreich geschlossen werden!«

Zaghaft versuchte Mr Nostigon, das Gespräch wieder auf das eigentliche Thema zu lenken. »Konntest du denn vor deinem Verschwinden noch Informationen einholen, Bob?«

»Und ob – dazu komme ich sofort«, entgegnete der dritte Detektiv, dem die Erleichterung, einer drohenden Standpauke entkommen zu sein, deutlich anzusehen war. »Das Wichtigste aber gleich vorweg: In spätestens zehn Minuten müssen wir hier raus sein. Momentan werden nun tatsächlich alle Kräfte zusammengezogen, um anschließend die Zimmerkontrollen zu starten.«

»Dann wird es höchste Zeit, unsere Zelte hier abzubrechen«, stimmte der ehemalige Kommissar mit finsterer Miene zu.

Justus nickte. »Okay, vor unserem Aufbruch rufe ich aber noch Mr Dungeon an und frage, was er bis jetzt herausfinden konnte. Notfalls müssen wir eben mit unvollständiger Munition zum großen Schlussduell mit Jessalyn Wyngard antreten.«
Beunruhigt stutzte Peter. »Wir sollen … *persönlich* gegen diese skrupellose Verbrecherbraut antreten?«
»Keine Sorge – wir werden ausreichend gewappnet sein«, beschwichtigte ihn der Erste Detektiv. »Zuvor müssen wir allerdings klären, wo sich die Dame momentan aufhält.«
»Da kann ich behilflich sein«, verkündete Bob. »Nach der Sache mit dem präparierten Anstecker habe ich ein wenig über Miss Wyngard recherchiert. Aktuell müsste sie sich hier im Hotel in einem reservierten Konferenzraum auf der neunzehnten Etage befinden. Dort bespricht sie mit dem Messeteam die letzten Einzelheiten für die Abschlusspräsentation der HEROES.«
»Ausgezeichnete Arbeit, Dritter«, lobte Justus. »Klingt nach einem perfekten Rahmen für unsere eigene Finalshow.«
»Und da die Zimmerkontrollen hoffentlich schön systematisch von unten nach oben durchgeführt werden, haben wir jetzt noch gute Chancen, ungesehen in den neunzehnten Stock zu kommen«, ergänzte Mr Nostigon tatendurstig.
»Apropos ungesehen«, griff Bob das Stichwort auf. »Ich weiß nun auch, auf welchem Wege Skulldor und die bleiche Frau aus Mr Calbourns Büro entkommen konnten.«
Aufhorchend blickte ihn Peter an. »Na, da bin ich jetzt aber gespannt …«
»Unser Fehler war, dass wir bei der Suche nach einem gehei-

men Zugang ausschließlich die Wände abgesucht haben, weil wir annahmen, der Fluchtweg müsse zu einem angrenzenden Zimmer führen.«

»Diese Annahme war vom Standpunkt der logischen Schlussfolgerung aus ja auch durchaus gerechtfertigt«, wandte Justus ein.

Bob schmunzelte. »Das bestreite ich auch gar nicht. Allerdings bezog sich diese Annahme auf das falsche Stockwerk.«

»Hä?« Peter blinzelte irritiert. Auch der ehemalige Kommissar konnte nicht recht folgen, während auf Justus' Miene ein Funke der Erkenntnis aufblitzte.

Der dritte Detektiv machte eine ausholende Handbewegung. »Des Rätsels Lösung liegt im Raum *unter* Büro 609. Bei meinen Nachforschungen konnte ich nämlich herausfinden, dass der Architekt des Gebäudekomplexes im Namen des damaligen Bauherrn eine sogenannte Kennedy-Luke in der Decke von Raum 509 einbauen ließ. Mittels einer ausziehbaren Leiter war es so möglich, dass ›besondere‹ Gäste über diesen verborgenen Zugang in das darüberliegende Büro 609 wechseln konnten.«

»Mutmaßlich zwecks Genusses trauter Zweisamkeit, die sich aus naheliegenden Gründen im Geheimen vollziehen sollte«, folgerte Justus spöttisch. Dann schüttelte er seufzend den Kopf. »Tja, da haben wir ausführlichst jeden Quadratzentimeter der Bürowände gecheckt, ohne zu merken, dass sich der Fluchtweg genau unter unseren Füßen befand. Nicht gerade eine kriminalistische Glanzleistung …«

»Auch der brillanteste Detektiv kann mal ein Detail übersehen«, tröstete ihn Mr Nostigon.

»Genau«, stimmte Peter versöhnlich zu. »Dieses unruhige Linienmuster des Teppichbodens ist ja schließlich ideal, um irgendwelche Rillen zu verdecken. Selbst bei gezielter Suche hätten wir es da schwer gehabt, die Luke zu finden.«
»Sonst wäre es ja auch keine Geheimtür«, ergänzte Bob zwinkernd. »Offiziell angemietet war das Büro 509 übrigens für einen Typen aus der Produktionsleitung von *Fun Fellows*, der laut System jedoch kurzfristig seine Teilnahme an der Messe abgesagt hat. Und jetzt ratet mal, über wessen Sekretariat diese Reservierung veranlasst wurde?«
In Justus' Augen glitzerte es. »Ich nehme mal an, dass ich diesmal keinem Fehlurteil erliege, wenn ich mich zu der Hypothese hinreißen lasse, dass es sich um eine Dame mit den Initialen ›J‹ und ›W‹ handelt.«
»Diese Annahme ist korrekt«, bestätigte der dritte Detektiv. »Bei Zimmer 609 lief die Reservierung zwar offiziell über die Pressestelle der *GameFame*, aber auch da hatte Miss Wyngard garantiert ihre Finger im Spiel. Nichts an all diesen Geschehnissen war Zufall, jedes Detail war präzise geplant. Beispielsweise habe ich herausgefunden, dass vor drei Tagen über Miss Wyngards Büro eine interessante Personalempfehlung erfolgt ist.«
»Nämlich?«, fragte Peter aufhorchend.
»Es ging um die Stelle eines externen Beraters für das Sicherheitskonzept der Schlussgala. Richtig spannend wird die Sache dadurch, dass man bei eingehenderen Recherchen zu dem Mann namens Basil Gaffer auf Schlagworte wie ›Leitender Ingenieur‹ und ›Technikabteilung von *Fun Fellows*‹ stößt.«

»Gaffer?!«, entfuhr es dem Ersten Detektiv. »Dann war das überhaupt kein Begriff aus der Filmwelt, sondern ein Eigenname!«
Verwirrt blickte Bob ihn an.
»Das Wort Gaffer tauchte mehrmals in Mr Calbourns Datenmaterial auf«, erläuterte Justus hastig. »Zunächst dachte ich, es könne sich um einen Beleuchter aus dem damaligen Serienteam oder der künftigen Kinocrew von Wachinski handeln.«
»In Wirklichkeit ist es aber ein Ingenieur von *Fun Fellows*, den Miss Wyngard als Maulwurf in mein Sicherheitsteam geschleust hat«, fügte Mr Nostigon verblüfft an. »Ich erinnere mich dunkel – das war ein völlig unauffälliger Typ mit einem Dutzendgesicht.«
»Unscheinbare Schale und krimineller Kern – eine ideale Kombination, um sich verdeckt in das Securitysystem zu hacken und das Beweismaterial zu manipulieren«, stellte Bob fest. »Muss ja ein echtes Computergenie sein.«
Justus nickte. »Zweifellos. Über ihn sollten später wahrscheinlich auch die Veränderungen an den Mikrochips der Spielfiguren erfolgen. Der perfekte Mann an Miss Wyngards Seite, dessen Loyalität sie sich vermutlich mit eindrucksvollen Argumenten erworben hat.«
Mit abwesendem Blick schaute Peter aus dem Fenster. »Wenn sie nicht so unglaublich verdorben wäre, könnte man diese Meisterplanerin direkt bewundern. Bleibt nur noch die Frage, was es mit diesen rätselhaften Veränderungen auf sich hat.«

Da immer noch keine Rückmeldung eingegangen war, rief Justus nun, wie angekündigt, bei Mr Dungeon an und fragte nach dem Stand der Dinge. Der hörbar aufgeregte Programmierer entschuldigte sich vielmals für die Wartezeit. Er verwies darauf, dass er nach eingehender Analyse der Daten zu unglaublichen Erkenntnissen gelangt sei, die er derzeit mit Nachforschungen zu untermauern versuchte. Mittels der Freisprecheinstellung lauschten alle gebannt den spektakulären Ausführungen, die ihnen in der Tat die Haare zu Berge stehen ließen. Nach herzlichem Dank für die unschätzbar wertvolle Hilfe und dem Versprechen, sich baldmöglichst wieder zu melden, legte der Erste Detektiv auf und blickte angriffslustig in die Runde.

»Nun kennen wir also das wahre Geheimnis von Jessalyn Wyngard. Höchste Zeit, ihr diese verbrecherische Suppe ordentlich zu versalzen …«

Nach einigen letzten Vorbereitungen machte sich die Gruppe per Fahrstuhl, untermalt von einem Potpourri beschwingter Weihnachtsmelodien, auf den Weg in die neunzehnte Etage. Zwischendurch stiegen einige Personen zu und wieder aus, Mitarbeiter der Security waren jedoch glücklicherweise nicht darunter. Die groß angelegte Kontrollaktion lief offenbar wirklich gerade erst in der untersten Etage an. Es würde also ausreichend Zeit für das geplante Vorhaben bleiben.

Im Zielstockwerk angekommen, marschierten sie direkt zum fraglichen Sitzungssaal.

Nach einem letzten Durchatmen klopfte Mr Nostigon, immer noch in voller Kostümierung, an die Tür und trat ein, ohne eine Antwort abzuwarten. Die drei Detektive folgten ihm auf dem Fuße. Miss Wyngard, die vor einer Gruppe von etwa einem Dutzend Leuten am Kopf eines großen, mit Tannenzweigen und einer bunten Lichterkette dekorierten Konferenztischs stand, hielt abrupt in ihrer Ansprache inne und starrte, ebenso wie ihre Zuhörer, die Ankömmlinge entgeistert an.

»HO-HO-HO, hier kommt Santa Claus!«, rief der Exkommissar mit dröhnender Stimme.

»Und er hat eine dicke Weihnachtsüberraschung dabei!«, fügte Justus mit finsterer Miene an. Ihm war nur allzu klar, dass er mit seinen lilafarbenen Socken und dem Frotteebademantel alles andere als Respekt einflößend aussah. Also versuchte er, dieses Defizit mit umso intensiverer autoritärer Ausstrahlung wettzumachen.

So heftig dieser Auftritt Miss Wyngard auch überrascht hatte, so schnell erlangte sie doch wieder die Kontrolle über sich zurück. Ihre erstarrten Gesichtszüge wichen einem breiten Lächeln, während sie sich mit entschuldigender Geste an die vor ihr sitzenden Personen wandte.

»Sie müssen verzeihen – ich hatte völlig vergessen, dass auch noch ein Briefing mit unserem lieben Weihnachtsmann ansteht. Glücklicherweise waren wir hier ja im Grunde mit allem Wichtigen durch, deshalb möchte ich Sie bitten, jetzt schon mal Ihre Positionen für die Gala einzunehmen. Ich komme dann in Kürze nach, okay?«

Unter überraschtem Gemurmel erhoben sich die Anwesenden und verließen mit skeptischem Blick auf das merkwürdige Quartett den Raum. Die *Fun-Fellows*-Werbemanagerin machte indes ganz und gar nicht den Eindruck, als würde sie an Flucht denken. Immer noch breit lächelnd verharrte sie am Kopfende des Tischs und begann nun, andächtig in die Hände zu klatschen.

»Respekt! Da haben es die vier Weihnachtsmusketiere doch tatsächlich geschafft, ihren Häschern zu entkommen.«

»Und nicht nur das«, erwiderte Bob grimmig. »Wir sind auch hinter Ihr dunkles Geheimnis gekommen, Mylady!«

»Tatsächlich?« In gespielter Überraschung hob Miss Wyngard die Augenbrauen. »Na, da bin ich ja mal gespannt.«

»Spannend wird es mit Sicherheit, keine Sorge«, gab Mr Nostigon lakonisch zurück und nahm sich mit einem energischen Ruck den kratzenden Rauschebart ab. »Niemand anderes als *Sie* waren die Drahtzieherin hinter allem, was in den vergangenen Stunden geschehen ist – angefangen beim Anschlag auf den Journalisten Desmond Calbourn.«

»Ach ja?«, erwiderte die Brünette ungerührt. »Und was für einen Grund sollte ich dafür haben?«

»Einen sehr triftigen«, zischte Peter. »Mr Calbourn war bei seinen Recherchen über die neue Figurenreihe nämlich einem riesigen Skandal auf die Spur gekommen.«

Justus nickte. »Sie, Miss Wyngard, verfolgen mit dem Start der HEROES schon seit Langem insgeheim einen perfiden Plan, basierend auf der bahnbrechenden Konzeption dieser gänzlich neuartigen Actionfiguren.«

»Bekanntlich besteht das Hauptmerkmal der HEROES-Figuren darin, dass sie nahezu völlig unabhängig agieren können«, fuhr Bob fort. »Zu diesem Zweck erfasst jede Figur über ihre optischen Sensoren alle notwendigen Daten, um sich im jeweiligen Umfeld orientieren zu können.«

Spöttisch neigte Miss Wyngard ihren Kopf. »Herzlichen Dank für diesen überaus interessanten technischen Exkurs, aber als zuständiger Werbemanagerin sind mir diese Fakten durchaus bekannt.«

»Ihnen ist sogar noch deutlich mehr bekannt«, präzisierte Mr Nostigon. »Beispielsweise, dass im ursprünglich vorgesehenen Modus sämtliche aufgenommenen Informationen nach der Verarbeitung automatisch aus den Speichern der Figuren gelöscht werden.«

»Die Betonung liegt auf ›ursprünglich‹«, ergänzte der Zweite Detektiv. »Denn Sie haben vor, in den künftigen Fertigungsprozess einzugreifen und eine kleine, aber folgenschwere Veränderung an den Mikrochips durchzuführen.«

Justus trat einen Schritt näher an die immer noch stoisch lächelnde Frau heran. »Nach unserem jetzigen Kenntnisstand soll dies mit Unterstützung des vermutlich bestochenen Leiters der Technikabteilung von *Fun Fellows* geschehen: Basil Gaffer, dessen Name in Mr Calbourns Material mehrfach auftaucht. Das Ergebnis dieser Modifikation wäre, wie Peter es schon andeutete, höchst gravierend: Sämtliche visuellen Informationen der HEROES-Figuren würden nun nämlich vor der Löschung an eine geheime Empfangsstation gesendet, wo sie dann doch gespeichert und ausgewertet würden. Natürlich ohne das Wissen der Käufer.«

»Ein Effekt von geradezu monströsem Ausmaß«, ergänzte der ehemalige Kommissar mit ehrlicher Betroffenheit. »Denn jedes Haus, in das die Figuren gelangen, und sämtliche Aktionen der Bewohner wären nun plötzlich Ausspähziele einer gewissenlosen Werbestrategin.«

Zornig funkelte Bob Miss Wyngard an. »Der Zugriff auf diese Daten würde Ihnen eine ungeheure Machtposition bescheren. Denn kaum etwas in unserer heutigen Konsumwelt ist so wertvoll wie detaillierte Kundeninformationen.«

»Falls die HEROES OF THE UNIVERSE also ihren erwarteten Siegeszug quer durch die USA antreten, besäßen Sie auf einen Schlag die Datenhoheit über hunderttausende, später vielleicht sogar Millionen von Bürgern«, führte Justus weiter aus. »Denn ohne es zu wissen, würde sich jeder Käufer einen oder auch mehrere hoch technisierte Spielzeugspitzel zu sich nach Hause holen und arglos sein Privatleben vor ihnen offenbaren.« Mit dramatischer Geste deutete der Erste Detektiv aus dem Fenster. »Eine Armee von Minispionen, die landesweit die Kinderzimmer überfluten …«

Kopfschüttelnd meldete sich nun auch Peter, der in den vergangenen Sekunden einen aufgeschlagen herumliegenden Prospekt überflogen hatte, wieder zu Wort.

»Und nicht nur die Kinderzimmer. Dank der ›spannenden Themenschwerpunkte‹ der HEROES würden die Figuren vermutlich so gut wie alle Lebensbereiche erobern.« Er wies auf eine knallbunte Doppelseite mit ausführlicher Übersicht. »Beispielsweise lädt der Werbetext für Ocean-Man ausdrücklich dazu ein, dem düsteren Seeherrscher ein Unterwasserreich im Waschbecken einzurichten.«

»… wodurch der Ausspähradius auf Küchen und Badezimmer sowie alle dortigen Produkte ausgedehnt werden würde«, folgerte Mr Nostigon erbost, während er ebenfalls nach einem der zahlreichen auf dem Tisch liegenden Prospekte griff. Bob und Justus taten es ihm gleich.

»In der Tat sehr interessant«, stellte der dritte Detektiv fest. »Ice-Man, der Fürst der Schneewüste, entfaltet seine volle Kraft angeblich dann am besten, wenn man ihn hin und wieder einige Zeit ins Eisfach legt. Damit wäre dann auch der Inhalt des Kühlschranks abgedeckt.«

»Und es geht noch weiter«, ergänzte Peter grimmig. »Das geflügelte Insektenwesen Dream-Man soll nämlich vom Nachttisch aus über die Träume der Kinder wachen. Dadurch wären auch die Schlafzimmer unter Beobachtung!«

Mit bitterem Nicken ließ Justus seinen Prospekt sinken. »Nicht zu vergessen Free-Man, den kraftstrotzenden Anführer der Helden, und seinen blauen Kampftiger Armor Cat, die für die Entfaltung ihrer Energie unbedingt die Freiheit der Natur benötigen.«

»Nach sämtlichen Zimmern der Häuser und Wohnungen würde sich der Spähradius also auch auf Gärten und Parks ausdehnen«, schloss Mr Nostigon und fixierte Miss Wyngard mit durchdringendem Blick. »Wenn die HEROES sich zu allgegenwärtigen Begleitern entwickeln, würden die Figuren Sie automatisch und praktisch rund um die Uhr mit Informationen über die Besitzer versorgen: deren Kleidung, Nahrung, Kosmetik, Fernsehvorlieben, Spielwaren und so weiter und so weiter.«

Verächtlich warf der Zweite Detektiv seinen Prospekt zurück auf den Tisch. »Und selbst wenn Sie zunächst nur einen Bruchteil der riesigen Datenmengen auswerten könnten, wäre das Ergebnis doch im wahrsten Sinne des Wortes Gold wert.«

»Dann nämlich, wenn man sie – je nach Themenbereich – an den Meistbietenden verkauft«, ergänzte Bob angewidert.

»Allein darum geht es Ihnen zweifellos: um das ganz große Geld.«
»Sogar gewisse Geheimdienstkreise wären als höchst interessierte Abnehmer denkbar«, fügte Justus an. »Ein Multimillionengeschäft mit nach oben offenen Grenzen …«
Der ehemalige Kommissar machte eine auffordernde Handbewegung. »Bleibt lediglich die Frage, ob dies alles unter der Schirmherrschaft des großen Bosses Lawrence Taggart stattfindet.«
Nach all der Zeit des maskenhaften Lächelns zeigte Miss Wyngard nun zum ersten Mal eine echte emotionale Reaktion, sogar viel heftiger als erwartet. Von einer Sekunde zur anderen schoss ihr die Zornesröte ins Gesicht und ihre Hände krampften sich um die Rückenlehne des Stuhls, hinter dem sie stand.
»Taggart?«, fauchte sie verärgert. »Ihr habt wohl Fieber! Diese Mumie bekommt doch überhaupt nicht mehr mit, was in der wahren Welt vor sich geht! Und echte Führungsqualität würde er nicht mal erkennen, wenn sie ihm mit einem Neonschild ins Gesicht springt!« Energisch tippte sie sich an die Brust. »Mir hat er es zu verdanken, dass der Deal mit den HEROES damals überhaupt zustande kam – mir allein! Und dankt Taggart mir das nun angemessen mit Gratifikation und Beförderung?«
»Offensichtlich lautet die Antwort ›Nein‹ …«, beantwortete Peter die rhetorische Frage.
»So ist es! Nie hat er mein Talent wahrgenommen, geschweige denn gefördert – im Gegenteil. Inzwischen pfeifen die Spatzen von den Dächern, dass Taggarts Schwiegersohn be-

reits mit den Hufen scharrt, um meinen Posten zu übernehmen. Das muss man sich mal vorstellen: Als Dank für meine brillante Arbeit will dieser Mistkerl mich abservieren!«

»Und um ihm diese Ungerechtigkeit heimzuzahlen, wollen Sie einen der größten Coups in der Firmengeschichte von *Fun Fellows* dafür missbrauchen, zur mächtigen Informationskönigin aufzusteigen, die auf nichts und niemanden mehr angewiesen ist«, folgerte Justus.

»Anschließend wäre von Kündigung sicherlich keine Rede mehr«, mutmaßte Bob. »Schließlich könnten Sie Mr Taggart eiskalt damit erpressen, einen Riesenskandal wegen der illegalen Technik in den HEROES-Figuren loszutreten. Bei Ihrem Geschick im Manipulieren von Beweisen wäre es Ihnen sicher ein Leichtes, die ganze Sache wie Taggarts Aktion aussehen zu lassen.«

Mr Nostigon atmete tief aus. »Sie würden zum neuen Star von *Fun Fellows* aufsteigen und gleichzeitig mit Ihrer unermesslichen Datenmacht steinreich werden.«

»Und um das zu erreichen, ist Ihnen jedes Mittel recht«, fügte Peter zornig an. »Sogar ein Anschlag auf das Leben von Mr Calbourn, der Ihnen vor Kurzem auf die Schliche gekommen ist.«

»Skrupellos und berechnend«, bestätigte der Erste Detektiv. »Ihr Problem war, dass Sie erst jetzt, kurz vor der großen Messegala, Wind von Calbourns Nachforschungen bekamen. Sie sahen sich also gezwungen, direkt hier auf der *GameFame* den drohenden Eklat zu stoppen.«

Nickend verschränkte Bob die Arme vor der Brust. »Also arrangierten Sie ein nahezu perfekt konstruiertes Verbrechen, angefangen bei der Reservierung von Büro 609 für Mr Calbourn, den Sie dann unter irgendeinem Vorwand verfrüht hierherlockten.«

»Und zwar direkt in die Falle«, fügte der ehemalige Polizist an. »Vielleicht haben Sie ihm sogar zunächst noch ein Bestechungsangebot gemacht, damit er schweigt. Oder haben Sie gleich Ihre Handlanger auf ihn gehetzt? Tatsache ist, dass ihm irgendein Giftstoff verabreicht wurde, der ihn kollabieren ließ.«

»Durch die anschließende Präparierung des Tatorts und das spurlose Verschwinden der Täter über die Geheimluke zum unteren Büro sollte das Ganze wie ein Herzanfall aussehen«, stellte Peter fest. »Dummerweise kam ein Reinigungsmann dazwischen, sodass einige Spuren im Zimmer zurückblieben.«

»Spuren, die der hinzugezogene Mr Nostigon und wir entdeckten«, ergänzte Justus. »Und dann geschah genau das, was in Ihrem großen Meisterplan nicht vorgesehen war: Es kamen Zweifel am offensichtlichen Hergang des gesamten Vorfalls auf, und wir begannen mit Nachforschungen. Darüber wurden Sie fraglos augenblicklich durch Ihre Komplizen unterrichtet, die uns vermutlich die ganze Zeit unter der Bodenluke belauscht haben. Natürlich konnten Sie auf keinen Fall zulassen, dass wir bei unserer Untersuchung auf brisante Funde stoßen. Zumal Sie inzwischen festgestellt hatten, dass sich Calbourns Beweismaterial weder im Büro noch in seinem Hotelzimmer befand.«

Bob deutete auf den Exkommissar. »Also disponierten Sie blitzschnell um und eröffneten die Jagd auf den Securitychef. Sie durchleuchteten ihn von oben bis unten und manipulierten anschließend mithilfe des Technikgenies Basil Gaffer das System der Sicherheitszentrale. Von da an übernahm Gaffer die komplette Kommunikation mit Mr Nostigon und schirmte ihn völlig ab. Seine erstaunlich gut gefälschten Videobeweise entlarvten den Securitychef vermeintlich eindeutig als Täter. So war seine Glaubwürdigkeit ruiniert, und da er hier vor Ort keine Vertrauten hat, an die er sich wenden konnte, blieb ihm nur die Flucht.«

»Gehetzt von der eigenen Sicherheitsmannschaft und dem persönlichen Fahndungsteam von Miss Wyngard«, fügte der Erste Detektiv hinzu. »Nicht zu vergessen Ihre gerissene Aktion mit den Peilsendern, die Sie Bob und mir verpasst haben. Seit der Lauschaktion unter Calbourns Büro waren Sie ja ebenfalls darüber informiert, dass wir ›Außenseiter‹ mit Mr Nostigon zusammenarbeiten. Also hofften Sie, dass wir Sie letztlich zu ihm führen würden.«

»Was ihr nun ja auch getan habt, und zwar ganz freiwillig und ohne Sender.« Ein breites Grinsen legte sich über die Züge der Werbemanagerin. »Tja, nach all dem Wirbel könnt ihr euch sicher vorstellen, wie sehr ich mich darüber freue, dass ihr als Ziel eurer Flucht ausgerechnet mich gewählt habt. So schließt sich am Ende doch noch der Kreis.« Mit kalt funkelnden Augen blickte sie auf das Notebook, das Justus unter dem Arm trug. »Ich nehme an, darin steckt, wonach ich die ganze Zeit suche?«

»Nennen Sie es ruhig beim Namen«, forderte Mr Nostigon sie grimmig auf. »Dieses Beweismaterial ist Ihr Untergang! Alle Ihre Pläne von Reichtum und der großen Karriere

können Sie nun getrost begraben – daraus wird nämlich nichts.«
»Und diesmal helfen Ihnen weder der Attentäter Skulldor noch diese durchgeknallte Alte mit der Spritze!«, fauchte Peter triumphierend.
Ein Funken aufrichtiger Irritation huschte über Miss Wyngards Gesicht. »Skulldor? Da muss ich euch leider enttäuschen. Weder er noch sonst irgendein Beteiligter der HEROES hat etwas mit der Sache zu tun. Glaubt ihr ernsthaft, ich würde mit einem unkontrollierbaren Haufen neurotischer Schauspieler zusammenarbeiten?«
Nun waren es Mr Nostigon und die drei Detektive, die überrascht und verunsichert innehielten, was die Werbemanagerin sichtlich genoss. Mit noch breiter gewordenem Grinsen verließ sie jetzt ihre Position und ging einige Schritte auf das Quartett zu.
»Mit der ›durchgeknallten Alten‹ habt ihr hingegen völlig recht, auch wenn ich diese Bezeichnung für meine überaus fähige Sonderbeauftragte Mrs White natürlich missbillige. Zugegeben, sie hat einen gewissen Hang zum Dramatischen, aber die Arbeit soll ja schließlich auch Spaß machen.« Mit auffordernder Geste deutete sie zum hinteren Teil des Konferenzraums. »Nicht wahr, Mrs White?«
Völlig überrumpelt wirbelten die vier herum, konnten jedoch zunächst niemanden entdecken. Dann trat aus dem dunklen Schatten eines großen Aktenschranks in der äußersten Ecke des Raums eine dürre Gestalt hervor.
»Die Elfenbeinfrau …«, hauchte Peter entsetzt.

Noch 1 Stunde

24. Dezember, elf Uhr vormittags.
Wie auch die anderen hatte der Zweite Detektiv sofort registriert, dass die bleiche Frau diesmal keine Spritze, sondern einen altmodischen Trommelrevolver in der Hand hielt.
»Und was haben Sie jetzt vor?«, fragte Justus an Miss Wyngard gewandt. »Wollen Sie uns alle erschießen lassen?«
»Aber nicht doch«, beschwichtigte die *Fun-Fellows*-Managerin. »Wir sind doch keine Barbaren. Mrs White wird euch jetzt eine Weile betreuen, damit ihr keine Dummheiten macht. Währenddessen werde ich die große Schlussgala beaufsichtigen und den HEROES einen grandiosen Start bereiten. Anschließend setzen wir uns dann noch mal in Ruhe zusammen und besprechen, wie es weitergeht. Mit dem passenden finanziellen Anreiz wird sich schon ein für alle Seiten akzeptabler Kompromiss finden lassen. Das gilt übrigens auch für Mr Calbourn, wenn er wieder genesen ist. Nach diesem Schuss vor den Bug wird er für eine einvernehmliche Lösung gewiss deutlich aufgeschlossener sein.«
»Eiskalte Schlange …«, fauchte Bob leise.
Mutig trat Mr Nostigon einen Schritt vor. »Und was ist, wenn wir auf Ihren Bestechungsversuch nicht eingehen?«
Mit tadelnd verzogenen Mundwinkeln schüttelte Miss Wyngard den Kopf. »An so eine unschöne Möglichkeit wollen wir lieber erst gar nicht denken. Andernfalls sähen wir uns gezwungen, euch allen das Leben zu ruinieren. Glaubt mir – Mr Gaffer hat die Möglichkeiten, eure Lebensläufe durch hieb- und stichfeste Beweise mit Vergehen in Verbindung zu

bringen, die ihr euch nicht mal vorstellen könnt. Kein Richter der Welt würde euch anschließend noch irgendwelche wirren Verschwörungstheorien über Minispione in Kinderzimmern glauben.«

»In der Tat, ein Plan, wie er einer Meisterverbrecherin würdig ist«, stellte Justus anerkennend fest, während gleichzeitig ein Lächeln seine Lippen umspielte. »Da tut es einem fast leid, ein so brillantes Konstrukt in sich zusammenfallen zu lassen.«

»Ach?«, erwiderte die Werbemanagerin höhnisch. »Und wie sollte das gelingen, wenn ich höflich fragen darf?«

»Genau genommen ist es bereits gelungen«, verkündete der dritte Detektiv selbstsicher. »Und zwar dank einer der typischen Schwächen krimineller Möchtegern-Genies: Selbstüberschätzung.«

Peter nickte. »Dachten Sie wirklich, dass wir ohne irgendwelche Sicherheitsvorkehrungen hier hereinmarschieren, um fröhlich mit Ihnen über Ihre Untaten zu plaudern und uns anschließend gefangen nehmen zu lassen?«

Nun bekam Miss Wyngards Eispanzer doch erste Risse. »Wie … meint ihr das?«

»Gestatten?«, fragte Justus freundlich und griff demonstrativ langsam, um die Elfenbeinfrau zu keiner Kurzschlussreaktion zu provozieren, in die Tasche seines Bademantels. Zum Vorschein kam sein Handy, das er nun wie eine Trophäe in die Höhe hielt. »Wenn ich kurz vorstellen darf – am anderen Ende befindet sich der zweite Sicherheitschef Charlton Hogart. Und dank der Freisprechschaltung hat er während der vergangenen Minuten sicherlich mit großem Interesse gelauscht.«

Breit lächelnd deutete Mr Nostigon auf die rechte Außentasche des Weihnachtsmannmantels, aus der sein Mobiltelefon die ganze Zeit herausgeragt hatte. »In meiner Leitung befindet sich Ihr Boss, Mr Lawrence Taggart, der seine Werbeabteilung nun wohl sehr zeitnah umgestalten wird.«

»In meiner Tasche hört die Messeleitung mit«, fügte Peter fröhlich an.

Als Letzter tippte der dritte Detektiv an seine Jeanstasche, in der sich das geliehene Privathandy von Mr Nostigon befand. »Und ich habe mir erlaubt, meinen Dad Bill Andrews von der Los Angeles Post das gesamte Gespräch mitschneiden zu lassen.«

»Und, hatte ich zu viel versprochen?«, erkundigte sich Justus mit gespielter Höflichkeit. »So perfekt Ihr Plan auch schien – ein solch exklusives Zeugenensemble können selbst Sie nicht wegmanipulieren.«

Mit einem Mal schien sämtliche Körperspannung aus den Gliedern der Werbemanagerin zu entweichen. In ungläubiger Fassungslosigkeit starrte sie stumm von einem zum anderen. Ihre Knie begannen zu zittern und sie musste sich mit der linken Hand an der Tischplatte abstützen, um nicht einzuknicken.

Die Elfenbeinfrau dachte jedoch gar nicht daran, aufzugeben. Sie nutzte die kurzzeitig auf Miss Wyngard gerichtete Aufmerksamkeit der Gruppe, um den ihr am nächsten stehenden Justus am Genick zu packen und drohend die Waffe auf ihn zu richten.

»Wenn ihr glaubt, dass ich mich so einfach festnehmen lasse, muss ich euch enttäuschen«, zischte sie mit unangenehm

hoher Stimme. »Ich werde jetzt mit diesem Frottee-Adonis den Rückzug antreten – und keiner wird mich dabei aufhalten, verstanden?«
Hilflos mussten Mr Nostigon, Bob und Peter mit ansehen, wie der erstarrte Erste Detektiv von der bleichen Frau zur Tür gezerrt wurde. Doch gerade als die dürren Finger ihrer linken Hand die Klinke umschlossen, wurde die Tür so heftig aufgeschleudert, dass die Kidnapperin und Justus durch den gewaltigen Stoß zu Boden stürzten. Im Eingang stand jedoch nicht, wie Nostigon und die Jungen gedacht hatten, Mr Hogart mit seinem Einsatzteam, sondern ein sichtlich verwirrter, muskelbepackter Hüne im Lendenschurz.
»Free-Man?«, entfuhr es Peter und Bob gleichzeitig, während der ehemalige Kommissar bereits über der Elfenbeinfrau kniete und sie mit geübtem Griff entwaffnete.
»Was … ist denn hier los?«, fragte der verdutzte Heldendarsteller mit Blick auf die seltsame Runde.
Erleichtert blickte Mr Nostigon zu ihm auf. »Ganz einfach: Dank Ihres beherzten Einsatzes konnte eine höchst gefährliche Revolverlady unschädlich gemacht werden.«
»Ach, wirklich?« Augenblicklich witterte der blonde Krieger die Chance einer werbewirksamen Selbstinszenierung. »Tja, ein wahrer Held hat eben einen sechsten Sinn für Notsituationen. Schließlich lautet mein Leitspruch: ›Wo böse Mächte sich erheben, kann es nur *einen* Retter geben …‹« Theatralisch stellte er sich in Pose und spannte seinen gewaltigen Bizeps an. »Free-Man, der stärkste Mann des Universums!‹«
»Von wegen sechster Sinn!«, fauchte nun der seitlich auftauchende, sichtlich genervte Beastor. »Du bist doch bloß in

den Raum reingeplatzt und hast dabei zufällig die Omma irgendwie mit der Tür erwischt!«

Mit belehrender Geste hob Free-Man den rechten Zeigefinger. »Nicht *irgendwie*, sondern punktgenau im richtigen Moment – und so etwas nennt man eine Heldentat.«

»Einen behämmerten Zufall nennt man das!«, keifte jetzt der kleine Zauberer Quorko, der sich soeben zwischen den anderen eingetroffenen HEROES-Darstellern nach vorn gedrängelt hatte. »Aber unser ›Superheld mit dem sechsten Sinn‹ wird daraus jetzt natürlich einen Riesenzirkus machen und uns noch wochenlang damit nerven!«

»Ehre, wem Ehre gebührt«, erwiderte der Hüne unbeeindruckt. Dann blickte er sich auffordernd um und deutete auf die Bürotür. »Würde vielleicht endlich mal jemand ein Foto von Free-Man und dem Tor der Vergeltung machen?!«

»Oh Mann …«, stöhnte Beastor kopfschüttelnd. »Jetzt hat er auch schon einen Titel für die Nummer.«

»He – wieso geht es denn da vorn nicht weiter?«, ertönte aus dem Hintergrund die verärgerte Stimme von Skulldor, der sich nun zur Türschwelle vorschob. »Was ist denn jetzt? Kricgcn wir hier die letzten Anweisungen für die Gala oder nicht?«

»Es tut mir leid, aber die Besprechung fällt kurzfristig aus …«, erklärte Justus, der sich inzwischen ächzend aufgerappelt hatte und seinen schmerzenden Ellenbogen betastete. Dann huschte ein aufmunterndes Lächeln über sein Gesicht. »Ich bin mir jedoch sicher, dass die legendären Helden des Universums sich von dieser kleinen Änderung nicht beirren lassen und dennoch eine grandiose Show abliefern werden.«

Jetzt endlich erschien auch Mr Hogart und bahnte sich, gefolgt von seinen Leuten, energisch einen Weg durch die Reihen der exotischen Monster und Krieger. Schwer atmend verharrte er im Türrahmen und stellte erleichtert fest, dass keine Gefahr mehr drohte.

»Sorry für die Verspätung«, schnaufte er. »Wegen irgendeines Systemfehlers sind vorhin sämtliche Fahrstühle ausgefallen. Offensichtlich eine letzte Aktion von diesem Mr Gaffer, der das Chaos für seine Flucht nutzen wollte. Hat dem Mistkerl jedoch nichts genutzt – vor wenigen Minuten ist er meinen Männern ins Netz gegangen. Aber zu Fuß dauerte es natürlich sehr viel länger, bis wir den verdammten neunzehnten Stock erreicht hatten.« Genervt hielt er sein Handy in die Höhe. »Von eurer glorreichen Konferenz habe ich übrigens nur einen Bruchteil verstanden – die Tonqualität war einfach unterirdisch.«

»Das dürfte bei unseren anderen Gesprächspartnern wohl ähnlich gewesen sein«, erwiderte Justus schmunzelnd. »Aber das konnte Miss Wyngard ja nicht wissen. Wir werden natürlich sämtliche noch offenen Fragen beantworten.«

»Das will ich doch schwer hoffen.« Genervt wischte sich Hogart über die schweißnasse Stirn. »Mannomann, das müssen mindestens eine Milliarde Stufen gewesen sein. Am liebsten würde ich meine Füße wegschmeißen und neue dranschrauben.«

Mit erschöpftem Lächeln blickte Peter ihn an.

»Sie glauben gar nicht, wie gut wir das nachfühlen können, Sir …«

Während das Sicherheitsteam Miss Wyngard und die Elfenbeinfrau vor den Augen der erstaunten Weltraumhelden festnahm, gingen die drei Detektive nach Beendigung ihrer jeweiligen Telefonate gemeinsam mit Mr Nostigon ein paar Schritte zur Seite. Inzwischen hatten sie von Mr Hogart die erfreuliche Nachricht erhalten, dass Desmond Calbourn wieder bei Bewusstsein und auf dem Weg der Genesung war.
»Was denkt ihr?«, fragte Peter mit Blick auf die kostümierten Darsteller. »Wird der große Start der HEROES-Figuren durch diese Sache beschädigt werden?«
»Ich hoffe nicht«, erwiderte Justus. »Weder *Fun Fellows* noch Dwight Fillmore oder die Schauspieler können etwas für die Machenschaften dieser Gangsterlady. Und nachdem sie und Gaffer nun aus dem Verkehr gezogen sind, wird es die Spionaufrüstung der Figuren niemals geben.«
Bob nickte. »So wie ich meinen Vater verstanden habe, sollen keine technischen Einzelheiten an die Öffentlichkeit gehen. Und auch Doe Dungeon wird dichthalten.«
»Somit haben es die Helden und Monster nun ganz allein in der Hand beziehungsweise Kralle, ob eine erfolgreiche Zukunft vor ihnen liegt«, folgerte Nostigon lächelnd.
Zusammen traten alle den Rückweg an. Glücklicherweise funktionierten die Aufzüge inzwischen wieder. Die drei Jungen teilten sich einen Fahrstuhl mit Mr Nostigon, Free-Man, Beastor, Quorko und Skulldor.
Ein wenig verlegen wandte sich Bob an den Mann mit der Skelettmaske. »Ähm, verzeihen Sie bitte die Frage, aber rein zufällig hatte ich gestern Abend ein kleines Streitgespräch mitbekommen. Dabei ging es um irgendeine Aktion von Ih-

nen, die von Ihren Kollegen kritisiert wurde. Und nun überlege ich die ganze Zeit –«

»Na fabelhaft, inzwischen reden sogar schon die Fans drüber!«, entfuhr es Beastor. »Dabei ist dieses verflixte Magazin doch erst heute erschienen!«

»Magazin?«, fragte Justus verwirrt. Auch seine Freunde und der Exkommissar waren völlig perplex.

Verärgert gab Free-Man einen lauten Seufzer von sich. »Na, jetzt ist es auch egal – ihr erfahrt es ja ohnehin. Mein goldiger Kollege hier«, er deutete mit finsterem Blick auf Skulldor, »hat seit Ewigkeiten einen Knacks im Ego, weil er zwar einen der berühmtesten Schurken der Fernsehgeschichte gespielt hat, aber kein Mensch sein Gesicht kennt.«

»Jetzt verstehe ich …«, murmelte der dritte Detektiv. »Mit ›nicht betroffen‹ meinte Skulldor also, dass jemand wie Free-Man dieses Problem nicht hat, weil er ja keine Maske trägt – ebenso wenig wie Reela.«

»Quorko, Beastor und die meisten anderen HEROES dagegen schon«, fügte Justus an, der nun ebenfalls begriff.

Der kleine Zauberer nickte eifrig, sodass ihm fast sein Schlapphut vom Kugelkopf rutschte. »Deshalb kam unser erlauchter Herr der Unterwelt jetzt, im Zuge des Neustarts, auf die glorreiche Idee, in einem Hollywood-Hochglanzblättchen eine fette Homestory zu veröffentlichen!«

»Und … wo ist das Problem?«, erkundigte sich Nostigon.

Erbost gestikulierte Free-Man mit den mächtigen Händen herum. »Was das Problem ist? Das will ich Ihnen sagen! Dieser Vollidiot hat bei der Bilderauswahl auch mehrere Fotos aus unseren wilden Drehzeiten von damals freigegeben!«

»Unter anderem ein paar Schnappschüsse von einer feuchtfröhlichen Poolparty!«, ergänzte Beastor zornig.
»Jetzt geht das Ganze von vorn los …«, stöhnte Skulldor genervt. »Dieser ganze Aufstand wegen der paar Bilder ist doch völlig übertrieben.«
»Übertrieben?!«, brüllte Free-Man zornentbrannt. »Auf den meisten Fotos habe ich nicht mal eine Hose an!!«
In diesem Moment war der Fahrstuhl glücklicherweise im Erdgeschoss angekommen, sodass Mr Nostigon und die drei Detektive sich von den Streithähnen absetzen konnten.
Als sie durch die festlich dekorierte Lobby schritten, hielt Justus plötzlich inne und deutete schmunzelnd zum Empfangstresen. »Auch wenn der werte Free-Man ein großer Verfechter der Freikörperkultur ist, werde ich mich nun erkundigen, wo meine Klamotten nach der Schachtrutschfahrt gelandet sind. Auf Dauer ist mir die jetzige Aufmachung dann doch einen Tick zu luftig …«
Erfreulicherweise gestaltete sich die Auffindung von Justus' Kleidung deutlich unkomplizierter als befürchtet und so kehrte der Erste Detektiv wenig später vollständig angezogen wieder zu seinen Freunden zurück.
In gespieltem Ernst taxierte ihn Bob. »Stimmt, aus detektivischer Sicht ist dein altes Outfit der halb nackten Variante auf jeden Fall vorzuziehen.«
»Absolut«, pflichtete Peter ihm bei. »Apropos nackt – hättet ihr gedacht, dass sogar die mächtigsten Kämpfer der Galaxis sich mit Problemen wie peinlichen Fotos herumschlagen müssen?«
»Vergiss nicht, wer das Ganze ausgefressen hat«, wandte der

dritte Detektiv grinsend ein. »Skulldor, der finstere Lord des Schattenreichs.«
Auch der ehemalige Polizist lächelte. »Tja, es ist und bleibt eben ein ewig währender Kampf zwischen Gut und Böse.«
»Wohl wahr«, stimmte Justus ihm zu, während sie, musikalisch untermalt von ›Walking in a Winter Wonderland‹, nach draußen in den tief verschneiten und malerisch im Sonnenlicht glitzernden Innenhof traten. »Eine Sache stimmt mich jedoch sehr hoffnungsfroh.«
Überrascht hob Peter die Augenbrauen. »Und zwar?«
Strahlend deutete der Erste Detektiv auf Mr Nostigon, der immer noch seinen roten Mantel trug und nun neugierig neben dem prachtvoll geschmückten Tannenbaum verharrte. »Wenn Santa Claus höchstpersönlich gemeinsam mit dem größten Helden des Universums eine böse Winterhexe bezwingt, dann wird es mit Sicherheit ein grandioses Weihnachtsfest!«

MERRY CHRISTMAS
AND A HAPPY NEW YEAR!